十八家詩鈔

四部備要

集部

中華書局據原刻本校刊

桐鄉陸費逵總勘

杭縣高時顯
吳汝霖輯校

杭縣丁輔之監造

十八家詩鈔卷二十三目錄

黃山谷七律二百八十六首 附山谷之兄大臨詩五首

病起次韻和稚川進叔倡酬之什

稚川約晚過進叔次前韻贈稚川並呈進叔

和答登封王晦之登樓見寄

伯氏到濟南寄詩頗言太守居有湖山之勝同

韻和

同世弼韻作寄伯氏濟南兼呈六舅祠部學士

世弼惠詩求舜泉輒欲以長安酥共泛一杯次

韻戲答

次韻蓋郎中率郭郎中休官二首

和張沙河招飲

閏月訪同年李夷伯子真於河上子真以詩謝

次韻

次韻郭右曹

次韻元日

曹村道中

秋懷二首

次韻伯氏寄贈蓋郎中喜學老杜詩

蓋郎中惠詩有二强攻一老不戰而勝之嘲次韻解之

雨晴過石塘留宿贈大中供奉

次韻奉和仲謨夜話唐史

答龍門潘秀才見寄

寄張仲謀次韻

客自潭府來稱明因寺僧作靜照堂求予作

飲韓三家醉後始知夜雨

張仲謨許送河鯉未至戲督以詩

和答張仲謨泛舟之詩

食瓜有感

舅中叔爲縣時題名歎此寺不日而成哀縣
學弊而不能復
次韻答任仲微
何主簿蕭齋郎贈詩思家戲和答之
南安試院無酒飲周道輔自贛上攜一榼時時
對酌惟恐盡試畢僕夫言尚有餘樽木芙蓉
盛開戲呈道輔
贈清隱持正禪師
奉答固道
奉答聖思講論語長句
次韻清虛同訪李園
次韻清虛
次韻清虛喜子瞻得常州
次韻公秉子由十六夜憶清虛

十八家詩鈔卷二十三目錄

珍倣宋版印

十八家詩鈔卷二十三

湘鄉曾國藩纂
合肥李鴻章審訂
東湖王定安校

黃山谷七律二百八十六首

贈鄭郊

高居大士是龍象草堂丈人非熊羆不逢壞衲乞香飯唯見白頭垂釣絲鴛鴦終日愛水鏡菡萏晚風凋舞衣開徑老禪來煑茗還尋密竹逕中歸山谷以元豐六年解官太和過武甯聞惟清上人當至延恩寺因謁鄭郊問消息題此詩於鄭郊草堂之壁大士指惟清也丈人指鄭郊也壞衲句謂惟清尚未來延恩也白頭句謂郊也老禪指延恩長老法安師也

和游景叔月報三捷

漢家飛將用廟謀復我匹夫匹婦讐眞成折箠禽胡月不是黃榆牧馬秋幄中已斷匈奴臂軍前可飲月氏頭願見呼韓朝渭上諸將不用萬戶侯元祐二年八月禽西蕃首領果莊青宜結檻送闕下蓋游師雄與种誼所定之謀而誼與姚兕所攻破者師雄有絕句四首七

律一首山谷並和之景叔師雄字也

贈惠洪

吾年六十子方半。槁項頂螺忘歲年。韻勝不減秦少覯。氣爽絕類徐師川。不肯低頭拾卿相。又能落筆生雲煙。脫卻衲衫(一作衣)著蓑笠。來佐涪翁刺釣船。

崇寧二年正月己丑夢東坡先生於寒溪西山之間予誦寄元明觴字韻詩數篇東坡笑曰公詩更進於曩時因和予一篇語意清奇予擊節賞歎東坡亦自喜於九曲嶺道中連誦數過遂得之

天教兄弟各異方。不使新年對舉觴。作雲作雨手翻覆。得馬失馬心清涼。何處胡椒八百斛。誰家金釵十二行。一邱一壑可曳尾。三沐三釁取刳腸。

王聖美三子補中廣文生(聖美名子韶)

王家人物從來遠今見諸孫總好賢三級定知魚尾進一鳴已作鴈行連愧無藻鑑能推轂願卷囊書當贈錢此句當是饋以書籍故曰當贈錢歸去雄誇向兒姪舍中犢子賸狂顛晉書石勒之母曰快牛爲犢子時多能破車

次韻柳通叟寄王文通

故人昔有淩雲賦何意陸沈黃綬閒陸沈莊子注曰無人中隱者譬無水而沈也頭白眼花行作吏兒婚女嫁望還山心猶未死杯中物春不能朱鏡裏顏寄語諸公肯湔祓割雞令得近鄉關

次韻王定國揚州見寄

清洛思君晝夜流北歸何日片帆收元豐中導洛水入汴河謂之清洛二句謂山谷在汴京晝夜思王猶清洛水之晝夜流下揚州也未生白髮猶堪酒垂上青雲卻佐州飛雪堆盤鱠魚腹明珠論斗煑雞頭平生行樂自不惡豈有竹西歌吹愁

寄黃幾復元注云乙丑年德平鎮作

我居北海君南海寄鴈傳書謝不能桃李春風一杯酒江湖夜雨十年燈持家但有四立壁治病不蘄三折肱想得讀書頭已白隔溪猿哭瘴溪藤幾復時在廣州四會故曰南海日瘴溪

次韻幾復和答所寄山谷跋此詩云丁卯歲幾復至吏部改官和予乙丑在德平鎮所寄詩也

海南海北夢不到會合乃非人力能地褊未堪長袖舞夜寒空對短檠燈相看鬢髮時窺鏡曾共詩書更曲肱作個生涯終未是故山松長到天藤二句言二人俱不能歸隱以官為生涯終不可也

同子瞻韻和趙伯充團練

金玉堂中寂寞人仙班時得共朝真兩宮無事安磐石萬國歸心有老臣家釀可供開口笑侍兒工作捧

心聾醉鄉乃是安身處付與升平作幸民〔金玉句指趙謂宗室富貴之家而能自處於寂靜也仙班句謂東坡與趙同在朝列也兩宮指宣仁后及哲宗也老臣指文呂諸公〕

送顧子敦赴河東三首〔子敦名臨元祐元年七月以祕書少監顧臨爲河東轉運使〕

頭白書林二十年印章今領晉山川紫參可掘宜包貢〔潞州出紫團參〕青鐵無多莫鑄錢〔河東大通監西冶歲鍊青鐵十餘萬〕勸課農桑誠有道折衝樽俎不臨邊要知使者功多少看取春郊處處田〔任注云欲其務本業以厚民〕

家在江東不繫懷愛民憂國有從來月斜汾沁催驛馬雪暗岢嵐傳酒杯塞上金湯唯粟粒胸中水鏡是人才遙知更解青牛句一寸功名心已灰〔青牛謂老子乘青牛車也句當謂功成名遂身退之語〕

攬轡都城風露秋行臺無妾護衣篝虎頭墨妙能頻

寄馬乳葡萄不待求上黨地寒應强飲兩河民病要分憂猶聞昔在軍興日一馬人間費十牛漢官儀尚書郎入直臺中女侍史二人執香爐燒薰以從入使護衣服行臺句謂顧未攜家往耳末二句任注云元豐四年陝西用兵河東困於征調故十耕牛之費僅給一戰馬

寄上叔父夷仲三首夷仲名廉元祐初爲都大提舉成都府路榷茶陝西

買馬

少年有功翰墨林中歲作吏幾陸沈庖丁解牛妙世故監市履豨知民心萬里書來兒女瘦十月山行冰雪深夢魂和月繞秦隴漢節落毛何處尋

艱難聞道有歸音部曲霜行壁月沈王春正月調玉燭使星萬里朝天心頗令山海藏國用乃見縣官恤民深經心隴蜀封疆守必有人材備訪尋任云廉奉使在元祐元年八月而三年正月除右司郎中則入奏蓋在二年之冬也

關寒塞雪欲嗣音燕鴈拂天河鯉沈百書不如一見

面幾日歸來兩慰心弓刀陌上望行色兒女燈前語夜深更懷父子東歸得手種江頭柳十尋

詠雪奉呈廣平公（宋盈祖）

連空春雪明如洗忽憶江清水見沙夜聽疏疏還密密曉看整整復斜斜風迴共作婆娑舞天乃巧（一作能）開頃刻花政使盡情寒至骨不妨桃李用年華

次韻宋楙宗僦居甘泉坊雪後書懷

漢家太史宋公孫漫逐班行謁帝閽燕頷封侯空有相蛾眉傾國自難昏家徒四壁書侵坐馬瘦三山葉擁門（元稹望雲騅歌曰騰聳三山尾株直山谷此句用官清馬骨高之意）安得風帆隨雪水江南石上對窪尊

次韻宋楙宗三月十四日到西池都人盛觀翰林公出遨

金狨繫馬曉鶯邊（任注金狨謂狨毛金色國朝禁從皆跨狨韉）不比春江

上水船人語車聲喧法曲花光樓影倒晴天人間化鶴三千歲海上看羊十九年還作遨頭驚俗眼蜀人好游樂謂成都帥為遨頭此借用風流文物屬蘇仙

次韻張昌言給事喜雨

三雨全清六合塵詩翁喜雨句淩雲埀漂戰蟻餘追北柱轝乖龍有裂文減去鮮肥憂玉食謂朝廷以旱故減常膳徧宗河嶽起鑪薰謂徧走羣望以禱雨聖功惠我豐年食未有涓埃可報君

次韻奉酬劉景文河上見寄

省中岑寂坐雲窗忽有歸鴻拂建章歸鴻用鴈寄書事珍重多情惟石友琢磨佳句問潛郎石友指劉潛郎山谷自謂遙憐部曲風沙裏不廢平生翰墨場想見哦詩費春茗向人懷抱去關防

和答元明黔南贈別紹聖二年山谷年五十一歲以國史事為蔡卞所中

傷謫黔州安置與其兄元明出尉氏許昌出濮洧趨江陵上夔峽四月廿三日到黔州後元明別去

萬里相看忘逆旅三聲清淚落離觴朝雲往日攀天夢夜雨何時對榻涼急雪鶺鴒相並影驚風鴻鴈不成行歸舟天際常回首從此頻書慰斷腸

贈黔南賈使君

綠髮將軍領百蠻橫戈得句一開顏少年圯下傳書客老去崆峒問道山春入鶯花空自笑秋成梨棗爲誰攀何時定作風光主待得征西鼓吹還春入二句任云故園無主之意國藩按此詩蓋送賈出行者山谷放臣既少歡悰賈又出巡城中無主故待賈征西還日鶯花梨棗皆有主耳

次韻黃斌老晚游池亭二首按第二首亦見東坡集題作東園夢神遊作夢神州

路入東園無俗駕忽逢佳士喜同遊綠荷菡萏稍覺

曉黃菊拒霜殊未秋客位正須懸榻下主人自愛小塘幽老夫多病鑾江上頗憶平生馬少游

岑寂東園可散愁膠膠擾擾夢神游萬竿苦竹旌旗卷一部鳴蛙鼓吹休雨後月前天欲冷身閑心遠地常幽杜門謝客恐生謗且作人間鵬鷃游

次韻楊君全送酒長句君全名琳神州人

扶衰卻老世無方唯有君家酒未嘗秋入園林花老眼茗搜文字響枯腸醡頭夜雨排檐滴杯面春風繞鼻香不待澄清遣分送定知佳客對空觴

次韻少激甘露降太守居桃葉上

金莖甘露薦齋房潤及邊城草木香蕡實葉間天與味成蹊枝上月翻光羣心愛戴葵傾日萬事驅除葉隕霜任云山谷意謂徽宗踐祚羣心欣戴如日之方升奸回屏斥如霜之肅殺也玉燭時和君會否舊臣重疊起南荒

次韻奉答少激紀贈二首（少激名抗臨邛人）

詩來清吹拂衣巾句法詞鋒覺有神今日相看青眼舊他年肯作白頭新（范諷詩惟有南山與君眼相逢不改舊時青）

文如霧豹容窺管氣似靈犀可辟塵慙愧相期在臺省無心枯木豈能春

文章藻鑑隨時去人物權衡逐勢低楊子墨池春草遍武侯祠廟曉鶯啼書帷寂寞知音少幕府流連要路迷顧我何人敢推輓看君桃李合成蹊（少激登元祐三年進士第時東坡知貢舉山谷爲其屬頗有師友淵源自紹聖改元東坡謫竄時去而勢移矣三四句言蜀國悽愴五六句言交舊彫疏少激與坡皆蜀人故因坡貶而言蜀中蒼涼之狀）

次韻文少激推官祈雨有感

窮儒憂樂與民同何況朱輪職勸農終日虀鹽供一飯幾時膚寸冒千峯未須邱垤占鳴鸛祇要雷霆起臥龍從此滂沱徧枯槁愛民天子似仁宗

次韻馬荊州

六年絶域夢刀頭。判得南還萬事休。誰謂石渠劉校尉。來依絳帳馬荊州。霜髭雪鬢共看鏡。茱糝菊英同送秋。他日江梅臘前破。還從天際望歸舟。馬城字中玉山谷自館閣遷貶故以劉向自比荊州即漢之南郡故以中玉比馬融也

贈李輔聖

交蓋相逢水急流。八年今復會荊州。已回青眼追鴻翼。謂將逐冥鴻而遠引肯使黃塵沒馬頭。謂不復浮沈京洛風塵閒也舊管新收幾妝鏡。流行坎止一虛舟。相看絶歎女博士。筆硯管絃成古邱。元注云女博士謂輔聖後房孔君也於文藝無所不能皆妙絶

和高仲本喜相見按東坡集亦載此詩題云贈仲勉子文

雨昏南浦曾相對。山谷自蜀放還過萬州曾見仲本萬州即唐南浦郡雪滿荊州喜再逢。有子才如不羈馬。知公心是後彫松。閑尋書冊應多味。老傍人門似更慵。何日晴軒觀筆硯。一

尊相屬要從容

和中玉使君晚秋開天甯節道場徽宗以十月十日降誕爲天甯節開啓蓋九月十日

江南江北盡雲沙車騎東來風旆斜倒影樓臺開紫府得霜籬落牘黃花釣溪築野收多士航海梯山共一家想見星壇祝堯壽步虛聲裏靜無譁

自巴陵略平江臨湘入通城無日不雨至黃龍奉謁清禪師繼而晚晴邂逅禪客戴道純款語作長句呈道純山谷以元豐六年過武甯延恩寺訪問推清時年三十九歲至是崇甯元年復至武甯黃龍寺年五十八歲閱十九年矣

山行十日雨霑衣幕前峯阜對落暉野水自添田水滿晴鳩卻喚雨鳩歸靈源大士人天眼惟清禪師自號靈源雙塔老師諸佛機惠南死塔於黃龍山祖心禪師死亦葬南公塔東號雙塔白髮蒼顏重到此問君還是昔人非

新喻道中寄元明用觴字韻

中年畏病不舉酒，孤負東來數百觴。喚客煎茶山店遠，看人穫稻午風涼。但知家裏俱無恙，不用書來細作行。一百八盤攜手上，至今猶夢繞羊腸。山谷以崇甯四年四月省元明於萍鄉，同住十五日而去。任注以爲別後所作，然穫稻殊不類四月閒事，未知其審。末二句指元明送山谷至黔中時事。

湖口人李正臣蓄異石九峯，東坡先生銘曰壺中九華，並爲作詩。後八年，自海外歸，過湖口，石已爲好事者所取，乃和前篇以爲笑。實建中靖國元年四月十六日。明年當崇甯之元，五月二十日，庭堅繫舟湖口，李正臣持此詩來，石既不可復見，東坡亦下世矣。感歎不足，因次前韻

有人夜半持山去，頓覺浮嵐暝翠空。試問安排華屋

處何如零落亂雲中能迴趙璧人安在已入南柯夢不通賴有霜鐘難席卷袖椎來聽響玲瓏末二句言石雖為人偷取而石鐘山則不能偷去猶可聽其音響壺中九華

追和東坡題李亮功歸來圖

今人常恨古人少今得見之誰謂無欲學淵明歸作賦先須摩詰畫成圖小池已築魚千里隙地仍栽芋百區朝市山林俱有累不居京洛不江湖

次韻雨絲雲鶴二首

煙雲杳靄合中稀霧雨空濛密更微園客繭絲抽萬緒蛛蝥網面罩羣飛風光錯綜天經緯草木文章帝杼機願染朝霞成五色為君王補坐朝衣

幾片雲如薛公鶴精神態度不曾齊安知隴鳥樊籠密便覺南鵬飛翼低風散又成千里去夜寒應上九天栖坐來改變如蒼狗試欲揮毫意自迷

次韻文安國紀夢（文勳字安國）

道人偶許俗人知法喜非妻解養兒夜久金莖添沆瀣室虛壁月映琉璃遠來醉俠恖恖去近出詩仙句句奇獨怪區區踐繩墨相逢未省角巾欹

次韻德孺五丈惠貺秋字之句（范純粹字德孺崇甯二年正月謫黃州別駕鄂州居住）

少日才華接貴游老來忠義氣橫秋未應白髮如霜草不見丹砂似箭頭（言未應鬢髮遽白豈不顧我今見有御老之丹砂耶）成喪家狗期君早作濟川舟漢家宗社英靈在定是寒儒淚自愁（言區區憂國之心徒過計耳）

宜陽別元明用觴字韻

霜須八十期同老酌我仙人九醞觴（元注云術者言吾兄弟皆壽八十近得重醞法甚妙）明月灣頭松老大永思堂下草荒涼（明月灣永思堂皆在雙井堂在先墓之側故以永思爲名）千林風雨鶯求友萬里雲天

鴈斷行別夜不眠聽鼠齧非關春茗攪枯腸

廖致平送綠荔支爲戎州第一王公權荔支綠

酒亦爲戎州第一

王公權家荔支綠廖致平家綠荔支試傾一杯重碧

色快剝千顆輕紅肌撥醅葡萄未足數堆盤馬乳不

同時誰能同此勝絶味唯有老杜東樓詩

次韻李任道晚飲鎖江亭 任道名仔梓人寓江津二十餘年鎖江亭

在戎州之東今敘州也

西來雪浪如炰烹兩岸一葦乃可橫忽思鍾陵江十

里 唐改豫章曰鍾陵山谷自思鄉里也 白蘋風起縠紋生酒杯未覺浮

蟻滑茶鼎已作蒼蠅鳴歸時共須落日盡亦嫌持蓋

僕屢更

再次韻兼簡履中南玉三首

李侯詩律嚴且清諸生賡載筆縱橫句中稍覺道戰

勝胸次不使俗塵生山繞樓臺鐘鼓晚江屬石磯砧杵鳴鎖江主人能致酒願渠久住莫終更江津道人心源清不繫虛舟盡日橫道機禪觀轉萬物文彩風流被諸生與世浮沈惟酒可隨時憂樂以詩鳴江頭一醉豈易得事如浮雲多變更鎖江主人江津道人李侯皆謂李任道也

鎖江亭上一樽酒山自白雲江自橫李侯短褐有長處不與俗物同條生經術貂蟬續狗尾文章瓦釜作雷鳴古來寒士但守節夜夜抱關聽五更經術二句指當時誦法王氏之學者抱關用蕭望之事

罷姑熟寄元明用觴字韻

追隨富貴勞牽尾太玄經勤首曰勞牽不于其鼻于尾弊范注曰牽牛不於鼻而於尾故勞弊準擬田園略濫觴本與江鷗成保社聊隨海燕度炎涼未栽姑熟桃李徑卻入江西鴻雁行別後常

同千里月書來莫寄九迴腸

胡逸老致虛菴

藏書萬卷可教子遺金滿籯常作災能與貧人共年穀必有明月生蚌胎山隨宴坐畫圖出水作夜窗風雨來觀山觀水皆得妙更將何物污靈臺

送劉季展從軍鴈門二首 元豐七年公年四十在德州

劉郎才力耐百戰蒼鷹下韝秋未晚千里荷戈防犬羊十年讀書厭藜莧試尋北產汗血駒莫殺南飛寄書鴈人生有祿親白頭可令一日無甘饌

石趺谷中玉子瘦金剛窟前藥草肥仙家耕耘成白璧道人煮掘起風痱絳囊璀璨思盈斗竹畚香甘要百圍到官莫道無來使日日北風鴻鴈歸 代州五臺山有仙人迹石巖出美石金剛窟出藥草三句五句皆承石言四句六句皆承草言

徐孺子祠堂 以下外集○戊申年廿四歲

喬木幽人三畝宅生芻一束向誰論藤蘿得意干雲日簫鼓何心進酒樽白屋可能無孺子黄堂不是欠陳蕃古人冷淡今人笑湖水年年到舊痕

送徐隱父宰餘干二首（元豐五年壬戌年三十八歲）

地方百里身南面翻手冷霜覆手炎贅壻得牛庭少訟長官齋馬吏爭廉邑中丞掾陰桃李案上文書略米鹽治狀要須問豈弟此行端爲霽威嚴（贅壻句用唐書張允濟傳事長官句用唐書馮元淑傳事）

天上麒麟來下瑞江南橘柚閒生賢（謂徐稺生於南昌也）玉臺書在猶騷雅（承首句言徐陵）孺子亭荒秖草煙（承次句言徐稺）半世功名初墨綬同兄文字敵青錢割雞不合庖丁手家傳風流更著鞭

答德甫弟（丁未廿三歲）

烏號花發獨愁思憐子二章怨慕詩鴻鴈雙飛彈射

下鶺鴒同病急難時功名所在猶爭死意氣相須尚不移史注云相須當作相傾何況極天無以報林回投璧負嬰兒元注時以父事兄兄弟俱在縲絏

何造誠作浩然堂陳義甚高然頗喜度世飛昇之術築屋飯方士願乘六氣遊天地間故作浩然詞二章贈之戊申廿四歲

公欲輕身上紫霞瓊縻玉饌厭豪奢百年世路同朝菌九籥天關守夜叉霜檜左紋空白鹿金鑪同契漫丹砂要令心地閑如水萬物浮沈共我家

萬物浮沈共我家清明心水徧河沙無鉤狂象聽人語露地白牛看月斜小雨呼兒藝桃李疏簾幃客轉琵琶。塵塵三昧開門戶不用丹田養素霞史注云詩意勸以釋氏三昧勿學道家修養之法

池口風雨留三日池口即今池州府江口山谷之官太和縣自此經過

孤城三日風吹雨，小市人家只菜蔬。水遠山長雙屬玉，身閑心苦一舂鋤。翁從旁舍來收網，我適臨淵不羨魚。俯仰之閒已陳迹，莫窗歸了讀殘書。

思親汝州作 戊申廿四歲

歲晚寒侵遊子衣，拘留幕府報官移。富鄭公以前宰相判汝州，山谷爲葉縣尉，九月至汝州，吏責其愆期，拘留至歲晚。五更歸夢三千里，一日思親十二時。車上吐茵元不逐，市中有虎竟成疑。言丞相不以爲罪，吏或讒之，以三人成虎耳。秋毫得失關何事，總爲平安書到遲。言事本極小，而傳播故鄉，老母懸念也。

次韻戲答彥和 元注：彥和年四十棄官，杜門不出。○戊申廿四歲

本不因循老鏡春，江湖歸去作閑人。天於萬物定貧我，智效一官全爲親。布袋形骸增碨磊，傳燈錄：布袋和尚形裁腲脮，蹙額皤腹。此借以喻彥和之肥偉。錦囊詩句愧清新。杜門絕俗無行迹，相憶猶當遣化身。

衝雪宿新寨忽忽不樂（辛亥廿七歲在葉縣）

縣北縣南何日了又來新寨解征鞍山銜斗柄三星沒雪共月明千里寒小吏忽（一作有）時須束帶故人頗問不休官江南長盡梢雲竹歸及春風斬釣竿

郭明父作西齋於潁尾請予賦詩二首（辛亥）

食貧自以官爲業聞說西齋意凜然萬卷藏書宜子弟十年種木長風煙未嘗終日不思潁想見先生多好賢安得雍容一樽酒女郎臺下水如天（女郎臺在潁州汝陰縣西北）

東京望重兩并州（郭丹郭伋）遂有汾陽整綴旒（子儀）翁伯入關傾意氣（郭解）林宗異世想風流（郭泰）君家舊事皆青史今日高材未白頭莫倚西齋好風月長隨三徑古人遊

戲詠江南土風（辛亥廿七歲）

十月江南未得霜高林殘水下寒塘飯香獵戶分熊白酒熟漁家擘蟹黃橘摘金苞隨驛使禾舂玉粒送官倉踏歌夜結田神社游女多隨陌上郎

和答孫不愚見贈 辛亥廿七歲

詩比淮南似小山酒名麴米出雲安且憑詩酒勤春事莫愛兒郎作好官簿領侵尋台相筆風埃蓬勃使星軺小臣才力堪爲掾敢學前人便挂冠 五六句謂因奉台相之筆牘而困於簿領因迎使星之軺馬而困於風埃也

次韻裴仲謀同年 時仲謀爲舞陽尉○己酉廿五歲

交蓋春風汝水邊客牀相對卧僧氊舞陽去葉纔百里賤子與公俱少年白髮齊生如有種青山好去坐無錢煙沙篁竹江南岸輸與鸕鷀取次眠

次韻寄滑州舅氏 熙甯三年庚戌廿六歲是年四月壬午右正言李常落祕閣校理降太常博士通判滑州常字公擇山谷之舅也

舫齋聞有小溪山便是壺公謫處天想聽瑣窗深夜雨似看葉水上江船瞻相白馬津亭路寂寞雙鳧古縣前舅氏知甥最疏懶折腰塵土解哀憐

病起次韻和稚川進叔倡酬之什

池塘夜雨聽鳴蛙老境侵尋每憶家白髮生來驚客鬢黃粱炊熟又春華百年不負膠投漆萬事相依葛與瓜勝日主人如有酒猶堪扶病見鶯花

稚川約晚過進叔次前韻贈稚川並呈進叔

人騎一馬鈍如蛙行向城東小隱家道上風埃迷皁白堂前水竹湛清華我歸河曲定寒食公到江南應削瓜樽酒光陰俱可惜端須連夜發園花

和答登封王晦之登樓見寄 辛亥廿七歲

縣樓三十六峰寒少室山在登封縣西南有三十六峯王粲登臨獨倚闌清坐一番春雨歇相思千里夕陽殘詩來嗟我不

同醉別後喜君能自寬舉目盡妨人作樂幾時歸得釣鯢桓

伯氏到濟南寄詩頗言太守居有湖山之勝同韻和 李公擇自滑州通判知鄂州湖州又移齊州即濟南也○戊午三十四歲

西來黃犬傳佳句知是陸機思陸雲歷下樓臺追把酒舅家賓客厭論文山椒欲雨好雲氣湖面逆風生水紋想得爭棊飛鳥上行人不見祇聽聞

同世弼韻作寄伯氏濟南兼呈六舅祠部學士 戊午

山光埽黛水挼藍聞說樽前愜笑談伯氏清修如舅氏濟南蕭灑似江南屢陪風月乾吟筆不解笙簧醉舞衫祇恐使君乘傳去拾遺今日是前銜

世弼惠詩求舜泉輒欲以長安酥共泛一杯次韻戲答 舜泉河北酒名

寒虀薄飯留佳客蠹簡殘編作近鄰避地梁鴻真好學著書揚子未全貧玉酥鍊得三危露石火燒成一片春沙鼎探湯供卯飲不憂問字絕無人

次韻蓋郎中率郭郎中休官二首己未三十五歲

仕路風波雙白髮閑曹笑傲兩詩流故人相見自青眼新貴卽今多黑頭桃葉柳花明曉市荻牙蒲筍上春洲定知聞健休官去酒戶家園得自由

世態已更千變盡心源不受一塵侵青春白日無公事紫燕黃鸝俱好音付與兒孫知伏臘聽教魚鳥逐飛沉黃公壚下曾知味定是逃禪入少林

和張沙河招飲

張侯耕稼不逢年過午未炊兒女煎腹裏雖盈五車讀囊中能有幾錢穿況聞緼素尚黃葛可怕雪花鋪白氈誰料丹徒布衣得今朝忽有酒如川

閏月訪同年李夷伯子真於河上子真以詩謝

次韻戊午三十四歲

十年不見猶如此自治平丁未與李同唱第至是十一年矣未覺斯人歎滯留白璧明珠多按劍濁涇清渭要同流日晴花色自深淺風軟鳥聲相應酬談笑一樽非俗物對公無地可言愁

次韻郭右曹己未

閱世行將老斲輪那能不朽見仍雲歲中日月又除盡聖處功夫無半分秋水寒沙魚得計南山濃霧豹成文古心自有著鞭地尺璧分陰未當勤

次韻元日紹聖元年甲戌五十歲

會朝四海登圖籍絳闕青都想盛容春色已知回寸草霜威從此霽寒松飲如嚼蠟初忘味事與浮雲去絕蹤四十九年蘧伯玉聖人門戶見重重前一歲十二月山谷

謫授涪州別駕黔州安置故此詩有霜威嚼蠟等語

次韻答柳通叟求田問舍之詩

少日心期轉繆悠蛾眉見妬且障羞但令有婦如康子安用生兒似仲謀橫笛牛羊歸晚徑捲簾瓜芋熟西疇功名可致猶回首何況功名不可求

過平輿懷李子先時在幷州平輿縣隸蔡州○辛亥解葉縣尉時作

前日幽人佐吏曹我行隄草認青袍心隨汝水春波動輿與幷門夜月高世上豈無千里馬人中難得九方皋酒船魚網歸來是花落故溪深一篙

謝送宣城筆

宣城變樣蹲一作尊雞距諸葛名家捋一作將鼠鬚一束喜從公處得千金求買市中無漫持墨客摹科斗勝與朱門飽蠹魚愧我初非草玄手不將閑寫吏文書

李公擇在宣城令諸葛生作雞距法題云草玄筆以寄孫莘老

寄懷公壽 熙甯五年壬子廿八歲

好賦梁王在日邊重簾複幕鎖神仙莫因酒病疏桃李且把春愁付管絃愚智相懸三十里榮枯同有百餘年及身强健且行樂一笑端須直萬錢

讀曹公傳 并序

曹公自以勳高宰衡文對西伯蟬蛻揖讓之中而用漢室於家巷更黨錮之災義士忠臣耘除略盡獻甯之閒北面朝者拱而觀變漢魏何擇焉彼見宗廟社稷之無與也執太阿而用其穎以司一世之命左右無不得意引後宮於鈇鉞如刈蒲茅夫匹婦婢使得罪家人猶爲謝過而親北面受命之君自以爲未知死所嗚呼厲憐王其誰曰過言雖然終已

恭讓腹毒而色取仁任丕以易漢姓者何也
漢之末造雖得罪於社稷骨鯁之臣而猶不
得罪於民故猶相與愛其名耳余聞曰道揆
以上惠不足而明有餘不在社稷而數有功
粢盛殆其不繼哉感之作曹公詩一章

南征北伐報功頻劉氏親爲魏國賓畢竟以丕成霸
業豈能於漢作純臣兩都秋色皆喬木二祖恩波在
細民駕馭英雄雖有術力扶宗社可無人

楙宗奉議有佳句詠冷庭叟野居庭堅於庭叟
有十八年之舊故次韻贈之庭叟有佳侍兒
因早朝而逸去其後乃插椒藩甚嚴密

城西冷叟半忙閑人道王陽得早還四望樓臺皆我
有一原花竹住中閒初無狗盜窺籬落底事蛾眉失
鎖關每爲朝天三十里時時驚枕夢催班

李濠州挽詞二首

循吏功名兩漢中平生風義最雍容魚遊濠上方云樂鵩在承塵忽告凶挂劍自知吾已許脫驂不爲涕無從百年窮達都歸盡淮水空圍墓上松

禮數最優徐孺子風流不減謝宣城那知此別成千古未信斯言隔九京落日松楸陰隧道西風簫鼓送銘旌善人報施今如此隴水長寒鳴咽聲

衞南

今年畚鍤棄春耕折葦枯荷繞壞城白鳥自多人自少汚泥終濁水終清沙場旗鼓千人集漁戶風煙一笛横唯有鳴鴟古祠柏對人猶是向時情白鳥句用杜詩江湖多白鳥人少豺虎多二句之意

奉送劉君昆仲

遊子歸心日夜流南陔香草可晨羞平原曉雨半槐

夏汾上午風初麥秋鴻鴈要須翔集早鸛鴒無憾急難求欲因行李傳家信姑射山前是晉州

勸交代張和父酒辛亥廿七歲

風流五日張京兆今日諸孫困小官作尹大都如廣漢畫眉仍復近長安三人成虎事多有衆口鑠金君自寬酒與情親俱不淺賤生何取罄交歡

次韻寅菴四首寅菴山谷之兄名大臨字元明

四詩說盡菴前事寄遠如開水墨圖略有生涯如谷口非無卜肆在成都傍籬榛栗供賓客滿眼雲山奉宴居閑與老農歌帝力年豐村落罷追胥

兄作新菴接舊居一原風物萃庭隅陸機招隱方傳洛張翰思歸正在吳五斗折腰慙僕妾幾年合眼夢鄉閭白雲行處應垂淚黃犬歸時早寄書

大若塘邊獨網魚小桃源口帶經鋤詩催孺子成雞

柵茶約鄰翁掘芋區苦楝狂風寒徹骨黃梅細雨潤
如酥此時睡到日三丈自起開關招酒徒
未怪窮山寂寞居此情常與世情疏誰家生計無閑
地大半歸來已白鬚不用看雲眠永日會思臨水寄
雙魚公私逋負田園薄未至妨人作樂無

附大臨詩四首並序

雙井傲廬之東得勝地一區長林巨麓危峯四環泉甘土肥可以結茅菴居是在寅山之頰命曰寅菴喜成四詩遠寄魯直可同魏都士人共和之

一溪婉婉如平篆四野青青似畫圖阮客放船
迷洞府化人攜袂到清都山中安用名丞相天
下於今得廣居我卽其閒搆宮室預愁帝夢有
華胥
山前有路到華胥下卽乾坤極海隅西接洞庭
開曉楚東傾彭蠡浸晴吳四時更代觀形化萬
物推移見尾閭此世人人少閑暇每攜樽酒自
看書
手把齊民種蒔書莎衫臺笠事耘鋤夏栽醉竹
餘千箇春糞辰瓜滿百區早秫旋舂嘗麴糵新
粱炊熟自樵蘇日西杖屨行山口招得鄰丁作
飲徒
招得鄰丁作飲徒山家肴蔌蓋胥疏就根煨筍

連黃籜和蒂栽瓜帶綠鬢羹熟澤中親射鴈膾成溪上自罾魚遠懷羊仲荒三徑能似林閒今日無

次韻張祕校喜雪三首

落月煙沙靜渺然好風吹雪下平田瓊瑤萬里酒增價桂玉一炊人少錢學子已占秋食麥廣文何憾客無氊睡餘强起還詩債臘裏春初未隔年

巷深朋友稀來往日晏兒童不掃除雪裏正當梅臘盡民饑可待麥秋無寒生短棹誰乘興光入疏櫺我讀書官冷無人供美酒何時卻得步兵廚

滿城樓觀玉闌干小雪晴時不共寒潤到竹根肥臘筍暖開蔬甲助春盤眼前多事觀游少胸次無憂酒量寬聞說壓沙梨已動會須鞭馬蹋泥看

和師厚郊居示里中諸君

籬邊黃菊關心事窗外青山不世情江橘千頭供歲

訃秋蛙一部洗朝酲歸鴻往燕競時節宿草新墳多友生身後功名空自重眼前樽酒未宜輕

和師厚秋半時復官分司西都熙甯十年詔復都官郎中謝景初權藩郡通判

遙知得謝分西洛無復冒彈冠上塵園地除瓜猶入市水田收秫未全貧杜陵白髮垂垂老張翰黃花句句新還與老農爭坐席青林同社賽田神

次韻外舅謝師厚喜王正仲三丈奉詔禱南嶽回至襄陽捨驛馬就舟見過三首王存字正仲熙甯九年十一月詔安南行營將士疾病者衆遣王存禱南嶽

漢上思見龐德公別來悲歎事無窮聲名藉甚漫前日須鬢索然成老翁家釀已隨刻漏下園花更開三四紅相逢不飲未爲得聽取百鳥啼怱怱謝師厚廢居於鄧王左丞存其妹壻此奉使過之夜至其家謝有詩云倒著衣裳迎戶外盡呼兒女拜燈前

能來問疾好音傳蹇步昏花當日痊烹鯉得書增目力呼兒扶立候門前游談取重慙犀首居物多羸昧計然惟有交親等金石白頭志義復忘年

語言少味無阿堵冷（一作冰）雪相看有此君燈火詩書如夢寐麒麟圖畫屬浮雲平章息女能爲婦歡喜兒曹解綴文憂樂同科惟石友別離空復數朝曛

以十扇送徐天隱（元符三年庚辰五十六歲）

人貧鶩鴈聒鄰牆公貧琢詩聲繞梁坐客有氈吾不愛暑榻無扇公自涼黨錮諸君尊孺子建安七人先偉長遣奴送箑非爲好恐有佳客或升堂

聞致政胡朝請多藏書以詩借書目

萬事不理問伯始籍甚聲名南郡胡遠孫白頭坐郎省乞身歸來猶好書手鈔萬卷未閣筆心醉六經還荷鉏顧公借我藏書目時送一鴟開鏁魚

汴岸置酒贈黃十七 黃名幾復

吾宗端居叢百憂長歌勸之肯出遊黃流不解涴明月碧樹爲我生涼秋初平羣羊置莫問叔度千頃醉卽休誰倚柁樓吹玉笛斗杓寒挂屋山頭

題落星寺三首

星官遊空何時落著地亦化爲寶坊詩人畫吟山入座醉客夜愕江撼牀蜜房各自開牖戶蟻穴或夢封侯王不知青雲梯幾級更借瘦藤尋上方

巖巖匡俗先生廬其下宮亭水所都北辰九關隔雲雨南極一星在江湖相黏蠔山作居室竅鑿混沌無完膚萬鼓舂撞夜濤湧驪龍莫睡失明珠

落星開士深結屋龍閣老翁來賦詩小雨藏山客坐久長江接天帆到遲宴寢清香與世隔畫圖妙絕一作絕筆無人知元注云僧隆畫甚富而寒山拾得畫最妙蜂房各自開戶牖處

處。煮。茶。藤。一。枝。此詩舊題云題落星寺嵐漪軒三詩非一時所作故語有重複

叔父釣亭丙午廿二歲

檻外溪風拂面涼四圍春草自鉏荒陸沈霜髮爲鉤直柳貫錦鱗緣餌香影落華亭千尺月夢通岐下六州王麒麟臥笑功名骨不道山林日月長

次韻胡彥明同年羈旅京師寄李子飛三章一章道其困窮二章勸之歸三章言我亦欲歸耳胡李相甥也故有檳榔之句

看除日月坐中銓一歲應無官九遷蔥韭盈盤市門食詩書滿枕客牀氈留連節物孤朋酒。惱亂鄰翁謁子錢。誰料丹徒布衣侶。困窮且忍試新年。首句按唐制三銓選士曰尚書銓曰侍郎中銓曰侍郎東銓宋有侍郎左右選胡彥明隸左選故曰中銓

丁未同升鄉里賢胡與山谷以治平四年丁未同登第別離寒暑未推遷蕭條羈旅深窮巷早晚聲名上細氈碧。嶂清江元。

有宅自魚黃雀不論錢檳榔一斛何須得李氏弟兄佳少年

畏人重祿難堪忍閱世浮雲易變遷徐步當車飢當肉鉏頭爲枕草爲氈元無馬上封侯骨安用人間使鬼錢不是朱門爭底事清溪白石可忘年

元豐癸亥經行石潭寺見舊和棲蟾詩甚可笑因滅柎滅稿別和一章

千里追犇兩蝸角百年得意大槐宮空餘祇夜數行墨不見伽黎一臂風俗眼只如當日白我顏非復向來紅浮生不作游絲上即在塵沙逐轉蓬

出迎使客質明放船自瓦窰歸

鼓吹喧江雨不開丹楓落葉放船回風行水上如雲過地近嶺南無鴈來樓閣人家捲簾幕菰蒲鷗鳥樂灣洄惜無陶謝揮斤手詩句縱横付酒杯

次韻奉寄子由

半世交親隨逝水幾人圖畫入淩煙春風春雨花經
眼江北江南水拍天欲解銅章行問道定知石友許
忘年春令各有思歸恨日月相催雪滿顛山谷之兄元明寄子由詩云鐘鼎勳名淹管庫朝廷翰墨寫風煙管庫謂子由監筠州鹽酒稅也子由思東坡山谷思元明故曰春令各有恨也

再次韻奉答子由

蠆尾銀鉤寫珠玉剡藤蜀繭照松煙似逢海若談秋
水始覺醯雞守甕天何日清揚能覿面祇今黃落又
凋年萬錢買酒從公醉一鉢行歌聽我顛

再次韻寄子由

想見蘇耽攜手僊青山桑柘冒寒煙麒麟墮地思千
里虎豹憎人上九天風雨極知雞自曉雪霜甯與菌
爭年何時確論傾樽酒醫得儒生自聖顛元注云出素問

附大臨奉寄子由元唱

鐘鼎功名淹管庫朝廷翰墨寫風煙遙知道院頗岑寂定是壺中第幾天歷下笑談漫一夢江南消息又餘年動心忍性非無意吏部如今信大顛

次韻寄上七兄

學得屠龍長縮手鍊成五色化蒼煙誰言遊刃有餘地自信無功可補天嘑鳥笑歌追暇日飽牛耕鑿望豐年荷鋤端欲相隨去邂逅青雲恐疾顛

吉老受秋租輒成長句 吉老太和丞也

黃花事了綠叢霜蟋蟀催寒夜夜牀愛日捃收如盜至失時鞭撲奈民瘡田夫田婦肩頳擔江北江南稼滌場少忍飛糠眯君眼要令私廩上公倉

再次韻和吉老

今日僕姑晴自語愁陰前日雪鋪牀三冬一雨禾頭溼百斛幾痕牛領瘡民欲與翁歸作臘公方無事可

開場相勸凍坐真成惡愧我偷閑飽太倉

寄黃從善（辛亥二十七歲）

故人千里隔談經想見牛刀刃發硎渴雨芭蕉心不展（渴雨見雲漢詩箋）未春楊柳眼先青梟飛葉縣郎官宰虹貫江南處士星天子文思求逆耳吾宗一爲試雷霆

登快閣（快閣在太和）

癡兒了卻公家事快閣東西倚晚晴落木千山天遠大澄江一道月分明朱絃已爲佳人絕青眼聊因美酒橫萬里歸船弄長笛此心吾與白鷗盟

題息軒

僧開小檻籠沙界鬱鬱參天翠竹叢萬籟參差寫明月一家寥落共清風蒲團禪板無人付茶鼎薰爐與客同萬水千山尋祖意歸來笑殺舊時翁

題安福李令朝華亭

丹楹刻桷上崢嶸表裏江山路一作略眼平曉日成霞張錦綺青林多露綴珠纓人如旋磨觀羣蟻田似圍棊據一枰對案昏昏迷簿領暫來登覽見高明

寄舒申之戶曹 舒申之名卷

吉州司戶官雖小曾屈詩人杜審言今日宣城讀書客還趨手板傍轅門江山依舊歲時改桃李欲開煙雨昏公退但呼紅袖飲剩傳歌曲教新翻

和七兄山蕷湯

廚人清曉獻瓊糜正是相如酒渴時能解飢寒勝湯餅略無風味笑蹲鴟打窗急雨知然鼎亂眼晴雲看上匙已覺塵生雙井椀濁醪從此不須持

奕棊二首呈任公漸

偶無公事負朝暄三百枯棊共一樽坐隱不知巖穴樂手談勝與俗人言簿書堆積塵生案車馬淹留客

在門戰勝將驕疑必敗果然終取敵兵翻

偶無公事客休時席上談兵校（一作角）兩棊心似蛛絲遊碧落身如蜩甲化枯枝湘東一目誠甘（一作堪）死天下中分尚可持誰謂吾徒猶愛日參橫月落不曾知

次韻吉老寄君庸

何郎生事四立壁心地高明百不憂白眼醉來思阮籍碧雲吟罷對湯休諸公著力書交上尺璧深藏價未酬空使君如巢幕燕將雛處處度春秋

寄袁守廖獻卿

公移猥甚叢生笋訟牒紛如蜜分窠少得曲肱成夢蝶不堪衙吏報鳴鼉已荒里社田園了可奈春風桃李何想見宜春賢太守無書來問病維摩

廖袁州次韻見答並寄黃靖國再生傳次韻寄之

春去懷賢感物多飛花高下罥絲窠傳聞治境無戾虎更道豐年鳴白鼉史筆縱橫窺寶鉉詩才清壯近陰何寄聲千萬相勞苦姑倚胡牀得按摩干寶作搜神記徐鉉作稽神錄廖君當有小說

袁州劉司法亦和予摩字詩因次韻寄之

袁州司法多兼局日莫歸來印幾窠詩罷春風榮草木書成快劍斬蛟鼉遙知吏隱清如此應問鄉曹果是何頗憶病餘居士否在家無意食蘿摩

次韻奉答吉老並寄何君庸

傾懷相見開城府取意閑談汲白窠但取吏曹無狡兔任呼舞女伐靈鼉屢中甕面酒幾聖苦憶樽前人姓何願得兩公俱助我不唯朱墨要漸摩

次韻奉答廖袁州懷舊隱之詩

詩題怨鶴與驚猿一幅溪藤照廨煙閒道省郎方結

綬可容名士乞歸田嚴安召見天嗟晚賈誼歸來席
更前何況班家有超固應封定遠勒燕然

觀王主簿家酴醿

肌膚冰雪薰沈水百草千花莫比芳露溼何郎試湯
餅日烘荀令炷爐香風流徹骨成春酒夢寐宜人入
枕囊輸與能詩王主簿瑤臺影裏據胡牀冷齋夜話云詩人詠花多比美女山谷詠酴醿獨比美丈夫

次韻元翁從王夔玉借書

爲吏三年弄文墨草萊心徑失耕鋤常思天下無雙
祖得讀人間未見書公子藏山真富有小儒捫腹正
空虛何時管鑰入吾手爲理籤題撲蠹魚

去歲和元翁重到雙澗寺觀余兄弟題詩之篇總忘收錄病中記憶成此詩

素琴聲在時能聽白鳥盟寒久未尋眼見野僧垂雪

髮養親原不顧朱金開泉浸稻雙澗水煨笋充盤春竹林安得一廛吾欲老君聽莊舃病時吟

登贛上寄余洪範

二川章水貢水來集南康郡氣味相似相和流木落山明數歸鴈鬱孤欄楯繞深秋胸中淳于吞一石壓下庖丁解十牛他日欲言人不解西風散髮棹扁舟史注云壓下疑是筆下

同韻和元明兄知命弟九日相憶二首

華囊南渡傳詩句摹寫相思意象真九日黃花傾壽酒幾回青眼望歸塵早為學問文章誤晚作東西南北人安得田園可温飽長拋簪紱裹頭巾

萬水千山厭問津芭蕉林裏自觀身鄰田雞黍留熊也風雨關河走阿秦鴻鴈池邊照雙影鶺鴒原上憶三人年年獻壽須歡喜白髮黃花映角巾阿熊阿秦當是山谷

兄弟小字山谷兄弟五人長大臨字元明次庭堅字魯直次叔獻次叔達字知命次仲熊字非熊卽此詩所謂熊也則阿秦可類推已

題槐安閣并序○東禪寺屬虔州山谷自太和考試南安過虔州作

東禪僧進文結小閣於寢室東養生之具取諸左右而足彼雖聞中天之臺百常之觀蓋無慕嫪之心予爲題曰槐安閣而賦詩夫據功名之會以娉姱一世其與蟻邱亦有辨乎雖然陋蟻邱而仰泰山之崇崛猶未離乎俗觀也

曲閣深房古屋頭病僧枯几過春秋垣衣蛛網蒙窗牖萬象縱橫不繫留白蟻戰酣千里血黃粱炊熟百年休功成事遂人間世欲夢槐安向此遊

子範儌巡諸鄉捕逐羣盜幾盡輒作長句勞苦行李

白髮尉曹能挽弓著鞭跨馬欲生風乃兄本是文章伯子範之兄李觀字夢符為清江尉其文嘗為歐陽公所稱此老真成矍鑠翁袍鼓諸村宵警報牛羊幾處莫牢空得公萬戶開門臥看取三年治最功

喜太守畢朝散致政

膏火煎熬無妄災就陰息迹信明哉功名富貴兩蝸角險阻艱難一酒杯百體觀來身是幻萬夫爭處首先回胸中元有不病者記得陶潛歸去來萬夫爭處即功名富貴處也

戲贈南安倅柳朝散

柳侯風味晚相見衣袂頗薰荀令香桃李能言妙歌舞樽前一曲斷人腸洞庭歸客有佳句庾嶺梅花如小棠乘興高帆少相待淮湖江月要傳觴

次韻君庸寓慈雲寺待韶惠錢不至

主簿看梅落雪中閨人應賦首飛蓬問安兒女音書少破笑壺觴夢寐同馬祖峯前青未了鬱孤臺下水如空江山信美思歸去聽我勞歌亦欲東馬祖峯在太和鬱孤臺在虔州時君庸在虔山谷在太和皆有思歸之意

次韻奉答存道主簿

主簿朝衣如敗荷高懷千尺上松蘿旅人爭席方歸去秋水黏天不自多學到會時忘粲可詩留別後見羊何向來四海習鑿齒今日期君不啻過

題神移仁壽塔

十二觀音無正面僧伽至臨淮嘗臥賀跋氏家現十二面觀音形見高僧傳誰令塔戶向東開定知四梵神通力曾借六丁風雨推蜒說冰霜如夢寐鷃聞鐘鼓亦驚猜從今不信維摩詰斷取三千世界來

送高士敦赴成都鈐轄

玉鈐金印臨參井控蜀通秦四十州日下書來望鴻鴈江頭花發醉貔貅巴滇有馬駒空老林菁無人葉自秋能爲將軍歌此曲鳴機割錦與纏頭

次韻漢公招七兄

白髮霏霏雪點斑朱櫻忽忽鳥銜殘公庭休吏進湯餅語燕無人窺井欄詩句多傳知有暇道人相見不應難老郎親屈延處士風味依稀如姓桓元注云桓沖禮處士

劉驎之鄭粲甚厚

題李十八知常軒

身心如一是知常事不驚人味久長蓋世功名棋一局藏山文字紙千張無心海燕窺金屋有意江鷗傍草堂驚破南柯少時夢新晴鼓角報斜陽

次韻奉答吉鄰機宜

黠虜乘秋屢合圍上書公獨請偏師庭中子弟芝之蘭

秀。塞上威名草木知千里折衝深寄此。三衙虛席看
除。誰。與公相見清班在仁祖從來築舊基

送曹黔南口號元符元年戊寅年五十四歲山谷以紹聖二年四月至黔州黔守曹譜字伯達待之甚厚

摩圍山色醉今朝試問歸程指斗杓。荔子陰成棠棣
愛。竹枝歌是去思謠。陽關一曲悲紅袖巫峽千波怨
畫橈。歸去天心承雨露。雙魚來報舊賓僚。

清明戊申廿四歲

佳節清明桃李笑野田荒隴祇生愁雷驚天地龍蛇
蟄雨足郊原草木柔。人乞祭餘驕妻妾士甘焚死不
公侯賢愚千載知誰是滿眼蓬蒿共一邱

二月丁卯喜雨吳體爲北門留守文潞公作熙甯九年丙辰三十二歲

乘輿齋祭甘泉宮遣使駿奔河岳中誰與至尊分旰

食北門臥鎮司徒公微風不動天如醉潤物無聲春有功三十餘年霖雨手淹留河外作時豐外集止此

漁父二首熙甯元年戊申葉縣作○此下李彤補本

秋風淅淅蒼葭老波浪悠悠白鬢翁范子幾年思狡兔呂公何處兆非熊天寒兩岸識漁火日落幾家收釣筒不困田租與王役一船妻子樂無窮

草草生涯事不多短船身外豈知他蒹葭浩蕩雙蓬鬢風雨飄零一釣蓑春鮪出潛留客鱠秋蕖遮岸和兒歌莫言野父無分別解笑沈江捐汨羅

古漁父

窮秋漫漫蒹葭雨短褐休休白髮翁范子歸來思狡兔呂公何意兆非熊漁收亥日妻到市醉臥水痕船信風四海租庸人草草太平長在碧波中與漁父前一首互有異同

題楊道人默軒崇甯二年戎州作

炙手權門烈火炎冷溪寒谷反幽潛輕塵不動琴横膝萬籟無聲月入簾秋後絲錢誰數得春餘蒼竹自知添客星異日乘槎去會訪成都人姓嚴

用幾復韻題伯氏思堂治平二年二十二歲

夫子勤於蘧伯玉洗心觀道得靈龜開門擇友盡三益清坐不言行四時風與蛛絲遊碧落日將槐影下隆墀天空地迥何處覓歲計有餘心自知

贈别幾復

風驚鹿散豫章城邂逅相逢食楚萍佳友在門忘燕寢故人發藥見平生秖今滿坐且樽酒後此夜堂還月明契闊愁思已知處西山影落莫江清

趙令許載酒見過熙甯元年二十四歲

玉馬何時破紫苔南溪水滿綠徘徊買魚斫鱠須論

網（謂數網而論價言其賤也）撲杏供盤不數枚廣漢威名知訟少平原樽俎費詩催草玄寂寂下簾幙稍得閑時公合來

和答趙令同前韻

人生政自無閑暇忙裏偷閑得幾回紫燕黃鸝驅日月朱櫻紅杏落條枚詩成稍覺嘉賓集飲少先愁急板催親遣小童鋤草徑鳴騶早晚出城來

趙令答詩約攜山妓見訪

晴波瀲灩漾潭隈能使遊人判不回風入園林寒漠漠日移宮殿影枚枚未嘗綠蟻何妨撥宿戒紅妝莫待催缺月西南光景少仍須挽（一作擔）取燭籠來

次韻賞梅

安知宋玉在鄰牆笑立春晴照粉光淡薄似能知我意幽閑元不爲人芳微風拂掠生春思小雨廉纖洗

暗妝祇恐濃而（一作葩）委泥土誰令解合反魂香

次韻答李端叔（元豐五年三十六歲太和作）

喜接高談若飲氷風騷清興坐來增重尋伐木君何厚欲賦驪駒我未能山影北來浮匯澤松行東望際鐘陵相期爛醉西樓月緩帶憑欄濯鬱烝

戲題葆真閣（熙甯元年葉縣作）

眞常自在如來性肯綮修持祇益勞十二因緣無妙果三千世界起秋豪有心便醉聲聞酒空手須磨般若刀截斷衆流尋一句不離兔角與龜毛

戲贈惠南禪師（惠南即江西老禪號積翠菴清隱亦在分甯）

佛子禪心若葦林此門無古亦無今庭前柏樹祖師意竿上風旛仁者心草木同霑甘露味人天傾聽海潮音胡牀默坐不須說撥盡爐灰刧數深

寄別說道（熙甯三年葉縣作）

數行嘉樹紅張錦一派春波綠潑油回望江城見歸鳥亂鳴雙櫓散輕鷗柳條折贈經年別蘆笛吹成落日愁雙鯉寄書難盡信有情江水尚回流

李大夫招飲元祐三年祕書省作

欲遣吟人對好山莫天和雨醉憑欄座中雲氣侵人溼砌下泉聲逼酒寒紅燭圍棋生死急清風揮麈笑談閑更籌報盡不成起車從厭厭夜已闌

南康席上贈劉李二君元豐三年

伯倫酒德無人敵太白詩名有古風浪許薄才酬大雅長愁小戶對洪鐘月明如畫九江水天靜無雲五老峯此賞不疏真共喜登臨歸興尚誰同

光山道中治平四年赴葉縣作

客子空知行路難中田耕者自高閑柳條鶯囀清陰裏楸樹蟬嘶翠帶閑夢幻百年隨逝水勞歌一曲對

青山出門捧檄羞閑友歸壽吾親得解顏

過方城尋七叔祖舊題（元豐元年北京作叔祖諱注字夢升終南陽主）

（傳方城屬唐州）

壯氣南山若可排今爲野馬與塵埃清談落筆一萬字白眼舉觴三百杯周鼎不酬康瓠價豫章元是棟梁材眷然揮涕方城路冠蓋當年向此來

新息渡淮

京塵無處可軒眉照面淮濱喜自知風裏麥苗連地起雨中楊樹帶煙垂故林歸計嗟遲暮久客平生厭別離落日江南采蘋去長歌柳惲洞庭詩

初望淮山

風裘雪帽別家林紫燕黃鸝已夏深三釜古人干祿意一年慈母望歸心勞生逆旅何休息病眼看山力不禁想見夕陽三徑裏亂蟬嘶罷柳陰陰（三徑亂蟬指雙井家）

林也

宿廣惠寺 元豐七年赴德平作

鴉啼殘照下層城僧舍初寒夜氣清風亂竹枝垂地影霜乾桐葉落階聲不遑將毋傷今日無以爲家笑此生都下苦無書信到數行歸鴈月邊橫

初至葉縣 熙甯元年

白鶴去尋王子晉真龍得葉沈諸梁千年往事如飛鳥一日傾愁對夕陽遺老能名唐郡邑斷碑猶是晉文章浮雲不作苞桑計只有荒山意緒長

和答王世弼

文章年少氣如虹冝愛閑曹一秃翁絃上深知流水意鼻端不怯運斤風燕堂淡薄無歌舞鮭菜清貧秖韭葱慚愧伯鸞留步履好賢應與孟光同

陳氏園詠竹 葉縣作

不問主人來看竹小溪風物似家林春供饋婦幾番筍夏與行人百畝陰直氣雖衝雲漢上高材終恐斧斤尋截竿可舉北溟釣欲贈溪翁誰姓任

哀逝熙甯三年葉縣作

玉堂岑寂網蜘蛛那復晨妝覲阿姑綠髮朱顏成異物青天白日閉黃壚人間近別難期信地下相逢果有無萬化途中能邂逅可憐風燭不須臾

迎醇甫夫婦公之妹適陳塑醇甫其字也

陳甥歸約柳青初麥隴纖纖忽可鉏望子從來非一日因人略不寄雙魚園中鳥語勸沽酒窗下日長宜讀書策馬得行休更秣已令僮稺剗生芻

河舟晚飲呈陳說道

西風脫葉靜林柯淺水扁舟閣半河落日遊魚穿鏡面中秋明月漲金波由來白髮生無種豈似青山保

不磨勝事祇愁樽酒盡莫言爭柰醉人何

次韻任君官舍秋雨

牆根戢戢數蝸牛雨長垣衣亭更幽驚起歸鴻不成字辭柯落葉最知秋菊花莫恨開時晚穀穟猶思晴後收獨立搔頭人不解南山用取一樽酬

題樊侯廟二首

漢興豐沛開天下故舊因依日月明拔劍一卮戲下酒剖符千戶舞陽城鼓刀屠狗少時事排闥諫君身後名異日淮陰倘相見安能鞅鞅似平生

門掩虛堂陰窈窈風搖枯竹冷蕭蕭邱墟餘意誰相問豐沛英魂我欲招野老無知惟卜歲神巫何事苦吹簫人歸里社黃雲莫只有哀蟬伴寂寥

和答任仲微贈別 元豐五年太和作

任君灑墨即成詩萬物生愁困品題清似釣船聞夜

雨壯如軍壘動秋聲寒花籬腳飄金鈿新月天涯掛玉篦更欲少留觀落筆須判一飲醉如泥

和仲謀夜中有感 葉縣作亦哀逝以後之詩

紙窗驚吹玉蹀躞竹砌碎撼金琅璫蘭釭有淚風飄地遙夜無人月上廊愁思起如獨緒繭歸夢不到合歡牀少年多事意易亂詩律坎坎同寒螿

書睢陽事後

莫道睢陽覆我師再興庸祚匪公誰流離顛沛義不辱去就死生心自知政使賀蘭非長者豈妨南八是男兒乾坤震蕩風塵晦愁絕宗臣陷賊詩一作時

漫書呈仲謀 葉縣作

漫來從宦著青衫秣馬何嘗解轡銜眼見人情如格五心知外物等朝三經時道上衝風雨幾日樽前得笑談賴有同僚慰羈旅不然吾已過江南過字疑當作返

登南禪寺懷裴仲謀

茅亭風入葛衣輕坐見山河表裏清歸燕略無三月事殘蟬猶占一枝鳴天高秋樹葉公邑日莫碧雲樊相城别後寄詩能慰我似逃空谷聽人聲

次韻答任仲微元豐五年太和作

邂逅相逢講世盟諸任尊行名才名交情吾子如棠棣酒碗今秋對菊英高論生風搖麈尾新詩擲地作金聲文章學問嗟予晚深信前賢畏後生

夏日夢伯兄寄江南葉縣作

故園相見略雍容睡起南窗日射紅詩酒一年談笑隔江山千里夢魂通河天月暈魚分子槲葉風微鹿養茸幾度白砂青影裏審聽嘶馬自搘筇

同孫不愚過昆陽元注昆陽正屬葉縣即光武破王尋之地

田園恰恰值春忙驅馬悠悠昆水陽古廟藤蘿穿戶

牖斷碑風雨碎文章眞人寂寞神爲社堅壘委蛇女

採桑拂帽村帘誇酒好爲君聊解一瓢嘗

寄頓二主簿時在縣界首部夫鑿石塘河

楊柳青青春向分遙知河曲萬夫屯侵星部曲隨金鼓帶月旌旗宿渚濆畚鍤如雲聲洶洶風埃成霧氣昏昏已令訪問津頭路行約青帘共一樽

次韻答蒲元禮病起

暖律溫風何處饒莫言先上綠楊條梢頭紅糝杏花發甕面浮蛆酒齊銷吏事困人如縛虎君詩入手似聞韶直須扶病營春事老味難將少壯調

春祀分得葉公廟雙鳧觀

春將祠事出門扉宮殿參差繚翠微淸曉風煙迷部曲小蹊桃杏挂冠衣葉公在昔眞龍去王令何時白鶴歸糟魄相傳漫青史獨懷千古對容徽

送陳氏女弟至石塘河

富貴常多覆族憂賤貧骨月不相收獨乘舟去值花雨寄得書來應麥秋行李淮山三四驛風波春水一雙鷗人言離別愁難遣今日真成始欲愁

戲贈頓二主簿不置酒

桐植客亭欣款曲一作四海聲名習主簿歌傾家釀勿徘徊一作相逢未見酒樽開百年中半夜分去一歲無多春甚來落日園林須秉燭能言桃李聽傳杯紅疏綠暗明朝是公事相過得幾回

孫不愚引開元故事請爲移春檻因而贈答

南陌東城處處春不須移檻損天真鬢毛欲白休辭飲風雨無端祇誤人鳥語提壺元自好酒狂驚俗未應瞋稍尋綠樹爲詩社更藉殘紅作醉茵

答和孔常父見寄

孔氏文章冠古今君家兄弟況南金爲官落魄人誰問從騎雍容獨見尋旅館別時無宿酒郵筒閒處得新吟黃山依舊寒相對豈有愁思附七林

次韻伯氏謝安石塘蓮花酒

花藥芙蕖拍酒醇浮蛆相亂菊英新寒光欲漲紅螺面爛醉從歌白鷺巾行樂銜杯常有意過門問字久無人王孫欲遣雙壺到如入醉鄉三月春

題雙鳧觀

飄蕭閱世等虛舟歎息眼前無此流滿地悲風盤翠竹半叢寒日破紅榴青山空在衣冠古白鶴不歸空殿秋王令平生樽酒地千年萬歲想來遊

從陳季張求竹竿引水入廚

井邊分水過寒廳軒竹南溪仗友生來釀百壺春酒味怒流三峽夜泉聲能令官舍庖廚潔未減君家風

月清揮斧直須輕放手卻愁食實鳳凰驚

呈王明復陳季張

倦客西來厭馬鞍爲予休戀小長安陳遵投轄情何厚王粲登樓興未闌雪壓羣山晴後白月臨千里夜深寒少留待我同歸去洛下林中斫釣竿

陳季張有蜀芙蓉長飲客至開輒翦去作詩戲之

翦花莫學韓中令投轄惟聞陳孟公客興不孤春竹葉年華全屬拒霜叢玄子蹙迫三秋盡青女摧殘一夜空著意留連好風景非君誰作主人翁

再贈陳季張拒霜花二首

鼓盆莊叟賦情濃天遣霜華慰此公想見尚能迷蝶夢移栽聞說自蠶叢酒傾玉醆垂蓮盡鱠簇金盤下筯空秉燭欄邊連夜飲全藤折與賣花翁

倒著接䍦吾素風。當時酩酊似山公。且看小檻新花
藥休泥他家晚菊叢。屋笑千金延客醉解酲五斗爲
君空歡娛盡屬少年事。白髮欺人作老翁。

送杜子卿歸西淮

雪意涔涔滿面風杜郎馬上若征鴻樽前談笑我方
惜。天外淮山誰與同行望村帘沽白蟻醉吟詩句入
丹楓一時真賞無人共尚憶江南把釣翁

雪中連日行役戲書同僚

簿書催出似驅雞聞道飢寒滿屋啼炙背宵眠榾柮
火嚼冰晨飯薩波虀風如利劍穿狐腋雪似流沙飲
馬蹄官小責輕聊自慰。猶勝擐甲去征西。

呈李卿

歌舞如雲四散飛東園籃轝去聲醉歸時細看春色低
紅燭仰折花枝墜接䍦仙李回風轉長袖野桃侵雨

浸燕脂夜長晝短知行樂不負君家樂府詩

六月閔雨熙甯七年北京作

湯帝咨嗟懲六事漢庭災異劾三公聖朝罪己恩寛大時雨愆期旱蘊隆東海得無寃死婦南陽疑有臥雲龍傳聞已減太官膳肉食諸君合奏功

既作閔雨詩是夕遂澍雨夜中喜不能寐起作

喜雨詩

南風吹雨下田塍田父伸眉願力耕麰麥明年應解好簾櫳今夜不勝清直須洗盡焦枯意不厭屢聞飄灑聲黄卷腐儒何所用惟將歌詠報昇平

予既不得葉遂過洛濱醉遊累日

瘻民見我亦悠悠瘻木纍纍滿道周飛烏已隨王令化真龍甯爲葉公留未能洗耳箕山去且復吹笙洛浦遊舍故趨新歸有分令人何處欲藏舟

曹村道中元豐二年北京作

嘶馬蕭蕭蒼草黄金天雲物弄微涼瓜田餘蔓有荒隴梨子壓枝鋪短牆明月風煙如夢寐平生親舊隔湖湘行行秋興已孤絕不忍更臨山夕陽蒼字有字疑誤

秋懷二首熙甯八年北京作

秋陰細細壓茅堂吟蟲啾啾昨夜涼雨開芭蕉新閉舊風撼篔簹宮應商砧聲已急不可緩檐景既短難爲長狐裘斷縫棄牆角豈念晏歲多繁霜

茅堂索索秋風發行遶空庭紫苔滑蛙號池上晚來雨鵲轉南枝夜深月翻手覆手不可期一死一生交道絕湖水無端浸白雲故人書斷孤鴻沒

次韻伯氏寄贈蓋郎中喜學老杜詩元豐二年北京作

老杜文章擅一家國風純正不欹斜帝閽悠邈開關鍵虎穴深沈檬爪牙千古是非存史筆百年忠義寄

江花潛知有意升堂室獨抱遺編校舛差

蓋郎中惠詩有二强攻一老不戰而勝之嘲次韻解之

詩翁琢句玉無瑕淡墨稀行秋鴈斜讀罷清風生塵尾吟餘新月度檐牙自知拙學無師匠要且强一作狂言遮眼花筆力有餘先示怯真成句踐勝夫差

雨晴過石塘留宿贈大中供奉

長虹垂地若篆字晴岫插天如畫屏耕夫荷鋤解襏襫漁父曬網投笭箵子期聞笛正懷舊車胤當窗方聚螢獨臥蕭齋已無月夜深猶聽讀書聲

次韻奉和仲謨夜話唐史

貞觀規模誠遠大開元宗社半存亡才聞冠蓋遊西蜀又見干戈暗洛陽哲婦乘時傾嫡后大閹當國定儲皇傷心不忍前朝事願作元龜獻未央

答龍門潘秀才見寄熙甯四年葉縣作

男兒四十未全老便入林泉真自豪明月清風非俗物輕裘肥馬謝兒曹山中是處有黃菊洛下誰家無白醪想得秋來常日醉伊川清淺石樓高

寄張仲謀次韻

風力蕭蕭吹短衣茅檐霜日淡暉暉天寒塞北鴈行落歲晚大梁書信稀湖稻初春雲子白家雞正有藁頭肥割鮮炊黍廋前約公事可來君不違

客自潭府來稱明因寺僧作靜照堂求予作

客從潭府渡河梁藉甚傳誇靜照堂正苦窮年對塵土坐令合眼夢湖湘市門曉日魚蝦白鄰舍秋風橘柚黃去馬來舟爭歲月老僧元不下胡牀

飲韓三家醉後始知夜雨

醉臥人家久未曾偶然樽俎對青燈兵廚欲罄浮蛆

甕饋婦初供醒酒冰元注云子嘗醉後字水晶鱠為醒酒冰酒徒以為知言只
見眼前人似月豈知簾外雨如繩浮雲不負青春色
未覺新詩減杜陵

張仲謨許送河鯉未至戲督以詩

浮蛆琰琰動春醅張仲臨津許鱠材鹽豉欲催蓴菜
熟霜鱗未貫柳條來日晴魚網應曾曬風軟河冰必
暫開莫誤小窗占食指仍須持取報章回

和答張仲謨泛舟之詩

雲容天影水中搖分坐船舷似小橋聯句敏於山吐
月舉觴疾甚海呑潮興來活臠牛心熟醉罷紅鑪鴨
腳焦公子翩翩得真意馬蹄塵裏有嘉招

食瓜有感

暑軒無物洗煩蒸百果凡材得我憎蘚井筠籠浸蒼
玉金盤碧筯薦寒冰田中誰問不納履坐上適來何

處蠅此理一杯分付與我思明哲在東陵食瓜者先以井水浸之或以竹籠置井中蒼玉喻瓜之皮寒冰喻瓜之瓤也

道中寄公壽

披陁嬴馬莫雲昏苦憶兔園高帝孫子舍芝蘭皆可佩後房桃李總能言鞦韆門巷火新改桑柘田園春向分病酒相如在行役梁王誰與共清樽

去賢齋熙甯四年葉縣作

爭名朝市魚千里觀道詩書豹一斑末俗風波尤浩渺古人廉陛要躋攀螗螂怒臂當車轍鸜鵒能言著鏁關顧我安知賢者事松風永日下簾閑

粹老家隔簾聽琵琶元豐二年北京作

馬卿勸客且無喧請以侍兒臨酒樽妝罷黃昏簾隔面曲終清夜月當軒絃絃不亂撥來往字字如聞人語言千古胡沙埋妙手豈如桃李在中園

道中寄景珍兼簡庚元鎮 熙甯五年北京作

傳語濠州賢刺史隔年詩債幾時還因循樽俎疏相見棄擲光陰秖等閑心在青雲故人處身行紅雨亂花閒遙知別後多狂醉惱殺江南庚子山

次韻景珍酴醾

莫惜金錢買玉英擔頭春老過清明天香國豔不著意詩社酒徒空得名及此一時須痛飲已拚三日作狂酲濠州園裏都開盡腸斷蕭蕭雨打聲

呈馬粹老范德孺 元豐二年北京作

潁上相逢杏始青爾來瓜壟有新耕四時爲歲已中半萬物得秋將老成日永清風搖塵尾夜闌飛雹落棊枰兩廳未覺過從數政以疏頑累友生

雨過至城西蘇家 元祐元年祕書省作

飄然一雨灑青春九陌淨無車馬塵漸散紫煙籠帝

闕稍回晴日麗天津花飛衣袖紅香溼柳拂鞍韉綠色勻管領風光唯痛飲都城誰是得閒人

謝仲謀示新詩

贈我新詩許指瑕令人失喜更驚嗟清於夷則初秋律美似芙蓉八月花采菲直須論下體鍊金猶欲去寒沙唐朝韓老誇張籍定有雲孫作世家

紅蕉洞獨宿 熙甯三年葉縣作

南牀高臥讀逍遙真感生來不易銷枕落夢魂飛蛺蝶燈殘風雨送芭蕉永懷玉樹埋塵土何異蒙鳩挂葦苕衣笐妝臺蛛結網可憐無以永今朝

春雪呈仲謀

暮雪霏霏若散鹽須知千隴麥纖纖夢闌半枕聽飄瓦睡起高堂看入簾剩與月明分夜砌郎成春溜滴晴檐萬金一醉張公子莫道街頭酒價添

和答劉太博攜家遊盧山見寄 元豐三年赴太和道中作

緩轡松陰不起塵嵐光經雨一番新遙知數夜尋山宿便是全家避世人落日已迷煙際路飛花還報洞中春可憐不更尋源入若見劉郎想問秦

次韻伯氏戲贈韓正翁菊花開時家有美酒

鬢髮斑然潘騎省腰圍瘦盡沈東陽茶甌屢煑龍山白酒椀希逢若下黃烏角巾邊簪鈿朵紅銀杯面凍糖霜會須著意憐時物看取年華不久芳

答李康文

才甫經年斷來往逢君車馬慰秋思幽蘭被逕聞風早薄霧乘空見月遲每接雍容端自喜交無早晚在相知深慙借問談經地敢屈康成入絳幃

送彭南陽

南陽令尹振華鑣二月春風困柳條攜手河梁愁欲

別離魂芳草不勝招壺觴調笑平民訟賓客風流醉舞腰若見賢如武侯者爲言來仕聖明朝

送鄧慎思歸長沙

鄧侯過我解新鞿潦倒猶能似舊時西邑初除折腰尉。南陵常詠采蘭詩。姓名已入飛龍榜書信新傳喜鵲知何日家庭供一笑綠衣便是老萊衣

景珍太傅見示舊倡和蒲萄詩因而次韻

映日圓光萬顆餘如觀寶藏隔蝦鬚夜愁風起飄星去曉喜天晴綴露珠宮女揀枝模錦繡論一作包師持味比醍醐欲收百斛供春釀放出聲名壓酪奴

喜念四念八至京元豐八年都下改官時作念四即阿熊念八諱仲堪字覺民公從弟

朔雪蕭蕭映薄幃。夢回空覺淚痕稀驚聞庭樹烏烏樂知我江湖鴈歸拂榻喜開姜季被上堂先著老

萊衣酒樽煙火長相近酬勸從今更不遲

和呂祕丞元豐二年北京作

北海尊中忘日月南山霧裏晦文章清朝不上九卿列白髮歸來三徑荒車轍馬蹏疏市井花光竹影照門牆人閒榮辱無來路萬頃風煙一草堂

次韻子高即事

詩禮不忘他日問文章未覺古人疏青雲自致居龍學白首同歸種樹書綠葉青陰嗁鳥下游絲飛絮落花餘無因常得杯中物願作鴟夷載屬車

次韻寄藍六在廣陵崇甯二年自鄂赴宜州作

聖學相期滄海頭當時名倚富春秋班揚文字初無意滕薛功名自不優焦尾朱絃非衆聽南山白石使人愁傳聲爲向揚州問相憶猶能把酒不

再和寄藍六

南極一星淮上老承家令子氣橫秋萬端祇要稱心耳五鼎何如委吏優海燕催歸人作社江花欲動雨含愁追思二十年前會棠棣飄零歎鄂不

戲書效樂天 葉縣作

造物生成秪叔嬾好人容縱接輿狂烏飛魚泳隨高下蟻集蜂衙聽典常毋惜此兒長道路兄嗟予弟困冰霜酒壺自是華胥國一醉從他四大忙

講武臺南有感 北京作有感者哀逝也

月明猶在搭衣竿曉蹋臺南路屈盤鷗子雨中先馬去村童煙外倚牆看鴉號宰木秋風急鷺立漁船野水乾花似去年堪折贈插花人去淚闌干 按此詩亦載東坡集

小巽

孫不愚索飲九日酒已盡戲答一篇

滿眼黃花慰索貧可憐風物逐時新范丹出後塵生

釜郭泰歸來雨墊巾偶有淸樽供壽母遂無餘瀝及他人年豐酒價應須賤爲子明年作好春

辱粹道兄弟寄書久不作報以長句謝不敏

病癖無堪吾懶書交親情分豈能疏深慚煙際兩鴻鴈遺我䍐中雙鯉魚故國青山長極眼今年白髮不勝梳幾時得計休官去筍葉裹茶同趁虛

秋思

椎牛作社酒新篘扶老將兒嬉隴頭木落人家見雞犬曉寒溪口在汀洲無功可佩水蒼玉卒歲空思狐白裘身到楚傖非屈宋顧慙疏懶作悲秋

希仲招飲李都尉北園 元豐二年北京作

曉踏驊騮傍古牆北園同繫紫游韁主人情厚杯無算別館春深日正長楊柳陰斜移坐晚酴醾花暗染衣香夜深恐觸金吾禁走馬天街趁夕陽

贈謝敞王博諭 北京作

高哉孔孟如秋月萬古清光仰照臨千里特來求驥馬兩生於此敵南金文章最忌隨人後道德無多祇本心廢軫斷弦塵漠漠起予惆悵伯牙琴

和答郭監簿詠雪 北京作

細學梅花落晚風忽翻柳絮下春空家貧無酒願鄰富官冷有田知歲豐夜聽枕邊飄屋瓦夢成江上打船篷覺來幽鳥語聲樂疑在白鷗寒葦中

題司門李文園亭

白氏草堂元自葺陶公三徑不教荒青蕉雨後開書卷黃菊霜前碎錦裳落日看山凭曲檻清風談道據胡牀此來遂得歸休意卻莫翻然起相湯

南屏山 治平三年丙午二十三歲

髮積藍光刻削成主人題作正南屏身更萬事已頭

自相經百年終眼青烟雨數峯當隱几林塘一帶是中庭紅塵車馬無因到石壁松門本不扃

七臺峯

欲雕佳句累層巒深愧揮斤斲鼻端作者七人俱老大昂藏卻立古衣冠千年避世朝市改萬籟入松溪澗寒我有號鍾鎖蛛網何時對汝發清彈三四句以七人比山之七峯

疊屏巖

篁竹參天無人行來遊者多蹊自成石屏重疊翡翠玉蓮蕩宛轉芙蓉城世緣遮盡不到眼幽事相引頗關情一爐沈水坐終日喚夢鵓鴣相應鳴

靈壽臺

藤樹誰知先後生萬年相倚共枯榮層臺定自有天地鼻祖已來傳父兄虎豹文章藏霧雨龍蛇頭角聽

雷聲何時暫取蒼煙策獻與本朝優老成（蒼煙策謂竹之根節可作杖者優老成用孔光靈壽杖事）

仙橋洞

橫閣晴虹渡石溪幾年鑰鎖鎮瑤扉洞中日月眞長久世上功名果是非叱石原知牧羊在爛柯應有看棋歸若逢白鶴來華表識取當年丁令威

靈椿臺

固蒂深根且一邱少時常恐斧斤求何人比擬明堂柱幾歲經營江漢洲終以不才名四海果然無禍閱千秋空山萬籟月明底安得閑眠石枕頭

雲溪石

造物成形妙畫工地形咫尺遠連空蛟鼉出沒三萬頃雲雨縱橫十二峯清坐使人無俗氣閑來當暑起清風諸山落木蕭蕭夜醉夢江湖一葉中

羣玉峯

洞天名籍知第幾洞口諸峯蒼翠堆雕虎嘯風斤斧去飛廉吹雨曉煙回日晴圭角升虹氣月冷明珠剖蚌胎種玉田中飽春筍仙人憶得早歸來

夜觀蜀志

蓋世英雄不自知暮年初志各參差南陽隴底卧龍日北固樽前失箸時霸主三分割天下宗臣十倍勝曹丕寒爐夜發塵書讀似覆輸籌一局棋

行役縣西喜雨寄任公漸大夫葉縣作

行役勞勞望縣齋心如枯井喜塵埃青燈簾外蕭蕭雨破夢山根殷殷雷新麥欲連天際好濃雲猶傍日邊來田歌已有豐年意令尹眉頭想豁開

戲題水牯菴太和作

水牯從來犯稼苗著繩祇要鼻穿牢行須萬里無寸

草臥對十方同一槽租稅及時王事了雲山橫笛月輪高華亭浪說吹毛劍不見全牛可下刀

癸亥立春日煮茗於石屯寺見庚戌中盛二十舅中叔爲縣時題名歎此寺不日而成哀縣學弊而不能復作 太和作

中叔風流映江左當年桃李自光輝看成佛屋上雲雨不忍學宮荒蕨薇人物深藏青白眼官聯曾近赭黃衣蛛絲柱後惠文暗憔悴今乘別駕歸 第五句元注云中叔胸中人物了了而未嘗危言劇論

次韻答任仲微

伯氏文章足起家鴈行唯我乏芳華不堪黃綬腰銅印祇合清江把釣車縮項魚肥炊稻飯扶頭酒熟臥蘆花吳兒何敢當倫比或有離騷似景差

何主簿蕭齋郎贈詩思家戲和答之

善吟閨怨斷人腸二妙風流不可當傳粉未歸號玉筯吹笙無伴澀銀簧睡添鄉夢客牀冷瘦盡腰圍衣帶長天性少情詩亦少羨他蕭史與何郎

南安試院無酒飲周道輔自贛上攜一榼時時對酌惟恐盡試畢僕夫言尚有餘樽木芙蓉盛開戲呈道輔

聞說君家好弟兄窮鄉相見眼俱青偶同一飯論三益頗爲諸生醉六經山邑已催乘傳馬曉窗猶共讀書螢霜花留得紅妝面酌盡齋中竹葉缾

贈清隱持正禪師葉縣作

清隱開山有勝緣南山松竹上參天擘開華岳三峯手參得浮山九帶禪水鳥風林成佛事粥魚齋鼓到江船異時折腳鐺安穩更種平湖十頃蓮

奉答固道元豐六年癸亥太和作○以下緝香堂本別集

平生湖海魚竿手強學來操製錦刀末俗相看終眼

自古人不見想山高未乘春水歸行李儻得閑官去

坐曹自是無能欲樂爾煩君錯爲歎賢勞

奉答聖思講論語長句 元豐六年癸亥太和作

簿領文書千筆禿公庭囂訟百蟲鳴時從退食須臾

頃喜聽鄰家諷誦聲觀海諸君知浩渺學山他日看

崇成暮堂吏退張燈火抱取魯論來講評

次韻清虛同訪李園 清虛謂王定國元豐乙丑作

年來高興滿蓴絲寒薄春風駘蕩時稍見臙脂開杏

蕚已聞香雪爛梅枝老逢樂事心猶壯病得新詩和

更遲何日聯鑣向金谷擬追仙翼到瑤池

次韻清虛

地遠城東得得來正如湖畔昔銜杯眼中故舊青常

在鬢上光陰綠不回歸去汴橋三鼓月相思粱苑一

枝梅我閑時欲從君醉為備芳醪更滿罍

次韻清虛喜子瞻得常州

喜得侵淫動搢紳俞音下報謫仙人驚回汝水間關夢乞與江天自在春罨畫初遊氷欲泮浣花何處月還新涼州不是人間曲佇見君王按玉宸

次韻公秉子由十六夜憶清虛元豐乙丑作

九陌無塵夜際天兩都風物各依然車馳馬逐燈方鬧地靜人閒月自妍佛館醉談懷舊歲齊宮詩思鎖今年但聞公子微行去門外驊騮立繡韉

和王明之雪

金母紫皇開壽域煉成天地一爐沙千花亂發春無耐萬井交光月未斜貧巷有人衣不纊北窗驚我眼飛花歌樓處處催沽酒誰念寒生泣白華

與黔倅張茂宗

靜居門巷似烏衣文采風流衆所歸別乘來同二千石化民曾寄十三徽寒香亭下方遺愛吏隱堂中已息機暫與計司參婉畫百城官吏借光輝

史天休中散挽詞

光祿九男公獨秀賦名幾與景仁班淹留州縣看恬默出入風波笑險艱遺愛蜀中三郡有退身林下十年閑山川英氣消磨盡昨日華堂作土山

宋夫人挽詞 崇甯癸未作

往歲塗宮暗碧紗傾城出祖路人嗟松楸峯下還華寢雲月光中咽曉笳有子今爲二千石同州才數兩三家兒孫滿地廞衣舉不見歸時桃李華

四月末天氣陡然如秋遂御裌衣游北沙亭觀江漲 熙甯元年葉縣作

沙岸人家報急流船官解纜正夷猶震雷將雨度絕

鑿遠水黏天吞釣舟甚欲去揮曲羽箑可堪更著紫

茸裘平生得意無人會浩蕩春鉏且自由

十八家詩鈔卷二十三

十八家詩鈔卷二十四目錄

陸放翁七律上三百六十二首

寄鄧公壽

簡章德茂

閬中作二首

驛亭小憩遣興

自笑

三泉驛舍

嘉川鋪得檄遂行中夜次小柏

歸次漢中境上

書事

長木晚興

赴成都泛舟自三泉至益昌謀以明年下三峽

宿武連縣驛

綿州魏成縣驛有羅江東詩云芳草有情皆礙馬好雲無處不遮樓戲用其韻

初秋

別楊秀才

行至嚴州壽昌縣界得請許免入奏仍除外官

感恩述懷

新築山亭戲作

自詠

感秋

冬煖頗有春意追憶成都昔遊悵然有作

冬夜不寐至四鼓起作此詩

夜飲示坐中

獨孤生策字景略河中人工文善射喜擊劍一

世奇士也有自峽中來者言其死於忠涪間

感涕賦詩

夜泊水村

閉戶

落魄

入城至郡圃及諸家園亭遊人甚盛

蓬萊館午憩

夢遊散關渭水之閒

病臥

晚眺

感舊

睡覺聞兒子讀書

步至近村

默坐

遣興

題老學菴壁

親舊書來多問近況以詩畣之

十八家詩鈔卷二十四目錄

十八家詩鈔卷二十四

湘鄉曾國藩纂

合肥李鴻章審訂
東湖王定安校

陸放翁七律上三百六十二首

二月二十四日作

棠梨花開社酒濃南村北村鼓鼕鼕且祈麥熟得飽飯敢說穀賤復傷農崖州萬里竄酷吏湖南幾時起臥龍但願衆賢集廊廟書生窮死勝侯封

新夏感事

百花過盡綠陰成漠漠爐香睡晚晴病起兼旬疏把酒山深四月始聞鶯近傳下詔通言路已卜餘年見太平聖主不忘初政美小儒唯有涕縱橫

留題雲門草堂

小住初爲旬月期二年留滯未應非尋碑野寺雲生屨送客溪橋雪滿衣親滌硯池餘墨漬臥看爐面散

煙霏他年遊宦應無此早買漁蓑未老歸

寄陳魯山

公自注陳時調官都下

諸公貴人識面稀胸中璀璨漫珠璣卽今舉手遮西日應有流塵化素衣舊學極知難少貶吾儕持此欲安歸夜來風雨空堂靜忽憶燈前語入微

天下無虞國論深書生端合老山林平生力學所得處正要如今不動心舊友幾年猶短褐謫官萬里少來音願公思此寬羈旅靜勝炎曦豈易侵

度浮橋至南臺

客中多病廢登臨聞說南臺試一尋九軌徐行怒濤上千艘橫繫大江心寺樓鐘鼓催昏曉墟落雲煙自古今白髮未除豪氣在醉吹橫笛坐榕陰

出縣

匆匆簿領不堪論出宿聊寬久客魂稻壠牛行泥活

活埜塘橋壞雨昏昏槿籬護藥纔通徑竹筧分泉自遍村歸計未成留亦好愁腸不用遶吳門

還縣

霽色清和日已長綸巾蕭散意差强飛飛鷗鷺陂塘綠鬱鬱桑麻風露香南陌東村初過社輕裝小隊似還鄉哦詩忘卻登車去枉是人言作吏忙

雨晴遊洞宮山天慶觀坐間復雨

近水松篁鎖翠微洞天宮殿對清暉快晴似爲酴醾計急雨還妨燕子飛道士晝閑丹竈冷山童曉出藥苗肥拂牀不用勤留客我困文書自怕歸

送杜起莘殿院出守遂甯

羽檄聯翩晝夜馳臣憂顧不在邊陲軍容地密甯當議陛下恩深不忍欺白簡萬言幾慟哭青編一傳可前知平生所學今無負未歎還鄉兩鬢絲

聞武均州報已復西京

白髮將軍亦壯哉西京昨夜捷書來胡兒敢作千年計天意寧知一日回列聖仁恩深雨露中興赦令疾風雷懸知寒食朝陵使驛路梨花處處開

送七兄赴楊州帥幕

初報邊烽照石頭旋聞胡馬集瓜州諸公誰聽芻蕘策吾輩空懷畎畝憂急雪打窗心共碎危樓望遠涕俱流豈知今日淮南路亂絮飛花送客舟

送梁諫議

湖海還朝白髮生嬾隨年少事聲名極知憂國人誰及細看無心語自平歸訪鄉人志位重作辭言責覺身輕籃輿避暑雲門寺應過幽居聽水聲自注游有庵居在雲門流泉遶屋諫議舊所愛賞

出都

重入修門甫歲餘又攜琴劍返江湖乾坤浩浩何由報犬馬區區正自愚緣熟且爲蓮社客侔來喜對草堂圖西廂屋了吾真足高枕看雲一事無

晨起偶題

城遠不聞長短更上方鐘鼓自分明幽居不負秋來睡末路偏諳世上情大事豈堪重破壞窮人難與共功名風爐歙鉢生涯在且試新寒芋糝羹

病中簡仲彌性唐克明蘇訓直

移疾還家暫曲肱依然耐久北窗燈心如澤國春歸鴈身是雲堂早過僧細雨佩壺尋廢寺夕陽下馬弔荒陵小留莫厭時追逐勝社年來冷欲冰自注三君皆有歸志故云

秋夜讀書每以二鼓盡爲節

腐儒碌碌歎無奇獨喜遺編不我欺白髮無情侵老

境青燈有味似兒時高梧策策傳寒意疊鼓鼕鼕迫睡期秋夜漸長飢作祟一杯山藥進瓊糜

望江道中此由判建康府改判隆興府道出望江隆興今江西南昌府也

吾道非邪來曠野江濤如此去何之起隨烏鵲初翻後宿及牛羊欲下時風力漸添帆力健艣聲常雜鴈聲悲曉來又入淮南路紅樹青山合有詩

去年余佐京口判建康府故曰佐京口遇王嘉叟從張魏公督師過焉魏公道免相嘉叟亦出守莆陽近辱書報魏公已葬衡山感歎不已因用所遺柱頰亭詩韻奉寄

河亭挈手共徘徊萬事寧非有數哉黃閣相君三黜去青雲學士一麾來中原故老知誰在南嶽新邱共此哀火冷夜窗聽急雪相思時取近書開

自詠示客

衰髮蕭蕭老郡丞洪州又看上元燈羞將枉直分尋尺寧走東西就斗升吏進飽諳箝紙尾客來苦勸摸牀稜歸裝漸理君知否笑指廬山古澗藤自汴廬山僧近寄藤杖甚奇

燒香

茹芝卻粒世無方隨食江湖每自傷千里一身鳧泛泛十年萬事海茫茫春來鄉夢憑誰說歸去君恩未敢忘一寸丹心幸無愧庭空月白夜燒香

寒食臨川道中此官南昌時詩

百卉千花了不存墮溪飛絮看無痕家人自作清明節老子來穿綠暗村日落啼鴉隨野祭雨餘荒蔓上頹垣道邊醉飽休相避作吏堪羞甚乞墦

寄別李德遠

蕭蕭風雨臨川驛邂逅連牀若有期自起挑燈貪夜

話急呼索飯療朝飢自注皆記前日相從時事卽今明月共千里

已占深林巢一枝惜別自嫌兒女態夢騎羸馬度芳陂自注德遠所居名秫陂

李侯不恨世賣友陸子那須錢買山出牧君當千里去歸耕我判一生閑中原亂後儒風替黨禁興來士氣孱復古主盟須老手勉追慶歷數公閒

示兒子以下自南昌免歸還家之詩

父子扶攜反故鄉欣然擊壤詠陶唐墓前自誓甯非隘澤畔行吟未免狂雨潤北窗看洗竹霜清南畝課刈桑秋毫何者非君賜回首修門敢遽忘

寄龔實之正言

臺省諸公歲歲新平生敬慕獨斯人山林不恨音塵遠夢寐時容笑語親學道皮膚雖脫落憂時肝膽尚輪囷至和嘉祐須公了乞向升平作幸民

遊山西村

莫笑農家臘酒渾豐年留客足雞豚山重水複疑無路柳暗花明又一村簫鼓追隨春社近衣冠簡樸古風存從今若許閑乘月拄杖無時夜叩門

殘春

殘春醉著釣魚菴花雨娛人落半巖豈是天公無皂白獨悲世俗異酸鹹妄身似夢行當覺談口如狂未易緘已作沈舟君勿歎年來何止閱千帆

家園小酌

旋作園廬指顧成柳陰已復著啼鶯百年更把幾杯酒一月元無三日晴鷗鷺向人殊耐久山林與世本無營小詩漫付兒曹誦不用韓公說有聲

滿林春筍生無數竟日鸕鷀來百回衣上塵埃須一洗酒邊懷抱得頻開池魚往者憂奇禍社櫟終然幸

散材世事紛紛心本嬾閑門豈獨畏嫌猜

上虞逆旅見舊題歲月感懷

綘艋爲家東復西今朝破曉下前溪青山缺處日初上孤店開時鶯亂啼倦枕不成千里夢壞牆閑覓十年題漆園傲吏猶非達物我區區豈足齊

舜廟懷古

雲斷蒼梧竟不歸江邊古廟鎖朱扉山川不爲興亡改風月應憐感慨非孤枕有時鶯喚夢斜風無賴客添衣千年回首消磨盡輸與漁舟送落暉

霜風

十月霜風吼屋邊布裘未辦一銖綿豈惟飢索隣僧米真是寒無坐客氈身老嘯歌悲永夜家貧撐拄過凶年丈夫經此甯非福破涕燈前一粲然

獨學

師友彫零身白首杜門獨學就誰評秋風棄扇知安命小炷留燈悟養生踵息無聲酣午枕舌根忘味養晨烹少年妄起功名念豈信身閑心太平

春日二首（錄一）

老夫一臥三山下兩見城門送土牛貧舍春盤還草草莫年心事轉悠悠湖光漲綠分煙浦柳色搖金映市樓藥餌及時身尚健無風無雨且閑遊

僧房假榻

過盡青山喚渡船晚窗洗脚臥僧氈剩償平日清遊願更結來生熟睡緣呑啄漸稀如老鶴鳴聲已斷似寒蟬旁觀莫苦嘲癡鈍此妙吾宗祕不傳

送芮國器司業

此心知我豈非天雙鬢皤然氣浩然曾見灰寒百僚底真能山立萬夫前洛城霜重聽宮漏霅水雲深著

釣船拈起吾宗安樂法人生何處不隨緣

往歲淮邊虜未歸諸生合疏論危機人材衰靡方當慮士氣崢嶸未可非萬事不如公論久諸賢莫與衆心違還朝此段宜先及豈獨遺經賴發揮

晚泊（以下皆自大江泝流而上入蜀之詩）

半世無歸似轉蓬今年作夢到巴東身遊萬死一生地路入千峯百嶂中隣舫有時來乞火叢祠無處不祈風晚潮又泊淮南岸落日啼鴉戍堞空

弔李翰林墓

飲似長鯨快吸川思如渴驥勇犇泉客從縣令初何有醉忤將軍亦偶然駿馬名姬如昨日斷碑喬木不知年浮生今古同歸此回首桓公亦故阡（自注桓溫冢亦在當塗）

黃州

珍倣宋版印

局促常悲類楚囚遷流還歎學齊優江聲不盡英雄恨天意無私草木秋萬里羈愁添白髮一帆寒日過黃州君看赤壁終陳跡生子何須似仲謀

武昌感事

百萬呼盧事已空新寒擁褐一衰翁但悲鬢色成枯草不恨生涯似斷蓬煙雨凄迷雲夢澤山川蕭瑟武昌宮西遊處處堪流涕撫枕悲歌興未窮

哀郢

遠接商周祚最長北盟齊晉勢爭強章華歌舞終蕭瑟雲夢風煙舊莽蒼草合故宮惟鴈起盜穿荒冢有狐藏離騷未盡靈均恨志士千秋淚滿裳

荊州十月早梅春徂歲真同下阪輪天地何心窮壯士江湖從古著羇臣淋漓痛飲長亭莫慷慨悲歌白髮新欲弔章華無處問廢城霜露溼荊榛

塔子磯

塔子磯前艇子橫一窗秋月爲誰明青山不滅年年恨白髮無端日日生七澤蒼茫非故國九歌哀怨有遺聲古來撥亂非無策夜半潮平意未平

水亭有懷

漁村把酒對丹楓水驛憑軒送去鴻道路半年行不到江山萬里看無窮故人草詔九天上老子題詩三峽中笑謂毛錐可無恨書生處處與卿同

蝦蟇碚

不肯爬沙桂樹邊朶頤千古向巖前巴東峽裏最初峽天下泉中第四泉齧雪飲冰疑換骨掬珠弄玉可忘年清遊自笑何曾足疊鼓鼕鼕又解船

新安驛

孤驛荒山與虎鄰更堪風雪暗南津羈遊如此眞無

策獨立悽然默愴神木盎汲江人起早銀釵簇髻女妝新蠻風愀惡蛟龍橫未敢全誇見在身

秭歸醉中懷都下諸公示坐客

長謠爲子說天涯四座聽歌且勿譁蠻俗殺人供鬼祭敗舟觸石委江沙此身長是滄浪客何日能爲飽煖家坐憶故人空有夢尺書不敢到京華

䆁歸州光孝寺寺後有楚冢近歲或發之得寶玉劍佩之類

秭歸城畔蹋斜陽古寺無僧晝閉房殘珮斷釵陵谷變苫茅架竹井閭荒虎行欲與人爭路猿嘯能令客斷腸寂寞倚樓搔短髮剩題新恨付巴娘

巴東令廨白雲亭

寇公壯歲落巴蠻得意孤亭縹緲間常倚曲欄貪看水不安四壁怕遮山遺民雖盡猶能說老令初來亦

愛閑正使官清貧至骨未妨留客聽潺潺。

登江樓

已過瞿唐更少留小船聊繫古夔州簿書未破三年夢杖屨先尋百尺樓、日暮雪雲迷峽口歲窮畬火照鬬頭野人不解微官縛。尊酒應來此散愁。

雪晴

臘盡春生白帝城俸錢雖薄勝窮耕眼前但恨親朋少身外元知得喪輕日映滿窗松竹影雪消並舍烏烏聲老來莫道風情減憶向煙蕪信馬行

玉笈齋書事

莫笑新霜點鬢鬚老來却得少工夫晨占上古連山易。夜對西真五嶽圖。叔夜曾聞高士嘯。孔賓豈待異人呼。眉間喜色誰知得今日新添火四銖

雪霽茅堂鐘磬清晨齋枸杞一杯羹隱書不厭千回

讀大藥何時九轉成孤坐月魂寒徹骨安眠龜息浩無聲剩分松屑爲山信明日青城有使行自注時傳道人欲歸青城

山寺

籃輿送客過江村小寺無人半掩門古佛負牆塵漠漠孤燈照殿雨昏昏喜投禪榻聊尋夢嬾爲啼猿更斷魂要識人閒盛衰理岸沙君看去年痕

寒食

峽雲烘日欲成霞瀼水生紋淺見沙又向蠻方作寒食强持卮酒對梨花身如巢燕年年客心羡游僧處處家賴有春風能領略一生相伴遍天涯

鄉中每以寒食立夏之閒省墳客夔適逢此時

松陰繫馬啓朱扉粧校青紅正此時守墓萬家猶有

淒然感懷

日及親三釜永無期詩成謾寫天涯感淚盡何由地下知富貴賤貧俱有恨此生長廢蓼莪詩

手持綠酒酹蒼苔今歲何由匹馬來清淚不隨春雨斷孤吟欲和暮猿哀皂貂破敝歸心切白髮淒涼老境催誓墓只思長不出松門日日手親開

自詠

朝衣無色如霜葉將奈雲安別駕何鐘鼎山林俱不遂聲名官職兩無多低昂未免聞雞舞慷慨猶能擊筑歌頭白伴人書紙尾只思歸去弄煙波

初夏懷故山

鏡湖四月正清和白塔紅橋小艇過梅雨晴時插秧鼓蘋風生處采菱歌沈迷簿領吟哦少淹汨蠻荒感慨多誰謂吾廬六千里眼中歷歷見漁蓑

晚晴聞角有感

暑雨初收白帝城小荷新竹夕陽明十年塵土青衫色萬里江山畫角聲零落親朋勞遠夢淒涼鄉社負歸耕議郎博士多新奏誰致當時魯二生

夜登白帝城樓懷少陵先生

拾遺白髮有誰憐零落歌詩遍兩川人立飛樓今已矣浪翻孤月尚依然升沈自古無窮事愚智同歸有限年此意淒涼誰共語夜闌鷗鷺起沙邊

假日書事

萬里西來爲一飢坐曹日日汗霑衣但嫌憂畏妨人樂不恨疏慵與世違雕檻迎陽花並發畫梁避雨燕雙歸放懷始得閑中趣下馬何人又叩扉

追懷曾文清公呈趙教授趙近嘗示詩

憶在茶山聽說詩親從夜半得玄機常憂老死無人付不料窮荒見此奇律令合時方帖妥工夫深處卻

平夷人閒可恨知多少不及同君卭老師

初冬野與

關北關南霜露寒瀼東瀼西山谷盤簟紋細細吹殘水黿背時時出小灘衰髮病來無復綠寸心老去尚如丹逆胡未滅時多事卻爲無才得少安

醉中到白崖而歸

醉眼朦朧萬事空今年痛飲瀼西東偶呼快馬迎新月卻上輕輿御晚風行路八千常是客丈夫五十未稱翁亂山缺處如橫線遙指孤城翠靄中

過廣安弔張才叔諫議

春風匹馬過孤城欲弔先賢涕已傾許國肺肝知激烈照人眉宇尚崢嶸中原成敗寧非數後世忠邪自有評歎息知人眞未易流芳遺臭盡書生

柳林酒家小樓

桃花如燒酒如油緩轡郊原當出遊微倦放教成午夢宿酲留得伴春愁遠途始悟乾坤大晚節偏驚歲月遒記取清明果州路半天高柳小青樓

送劉戒之東歸

去國三年恨未平東城況復送君行難憑魂夢尋言笑空向除書見姓名殘日半竿斜谷路西風萬里玉關情蘭臺粉署朝回晚肯記麤官數寄聲五六句言跡今雖在斜谷情已若出玉關也

寄鄧公壽

高標瑤樹與瓊林靈府清寒出苦吟海內十年求識面江邊一見即論心紛紛俗子常成市亹亹微言孰賞音聞道南池梅最早要君攜手試同尋

簡章德茂

殊方邂逅豈無緣世事多乖復悵然造物無情吾輩

老古人不死此心傳冷雲黯黯朝橫棧紅葉蕭蕭夜滿船箇裏約君同著句不應輸與灞橋邊

閬中作

殘年作客遍天涯下馬長亭便似家三疊淒涼渭城曲數枝閑澹閬中花嬖[illegible]授管相逢晚理鬢熏衣一笑譁俱是邯鄲枕中夢墜鞭不用憶京華

挽住征衣爲濯塵閬州齋釀絕芳醇鶯花舊識非生客山水曾遊是故人遨樂無時冠巴蜀語音漸正帶咸秦平生賸有尋梅債作意城南看小春

驛亭小憩遣興

淡日微雲共陸離曲闌危棧出參差老松臨道閱千載杜宇號山連四時漢水東流那有極秦關北望不勝悲郵亭下馬開孤劍老大功名頗自期

自笑

自笑謀生事事疏年來錐與地俱無平章春韭秋菘味折補天吳紫鳳圖食肉定知無骨相珥貂空自誑頭顱惟餘數卷殘書在破篋蕭然笑獠奴

三泉驛舍

殘鐘斷角度黃昏小驛孤燈早閉門霜氣峭深摧草木風聲浩蕩卷郊原故山有約頻回首末路無歸易斷魂短鬢蕭蕭不禁白强排幽恨近清樽

嘉川鋪得檄遂行中夜次小柏

黃旗傳檄趣歸程急服單裝破夜行肅肅霜飛當十月離離斗轉欲三更酒消頓覺衣裘薄驛近先看炬火迎渭水函關元不遠著鞭無日涕空橫

歸次漢中境上

雲棧屏山閱月遊馬蹄初喜蹋梁州地連秦雍川原壯水下荆揚日夜流遺虜孱孱寧遠略孤臣耿耿獨

私憂良時恐作他年恨大散關頭又一秋

書事

生長江湖狎釣船跨鞍塞上亦前緣雲埋廢苑呼鷹處雪暗荒郊射虎天醲酒芳醇偏易醉胡羊肥美了無羶揚州雖有東歸日閑置車中定悵然

長木晚興 孝宗乾道八年壬辰年四十八歲

沮水嶓山名古今聊將行役當登臨斷橋煙雨梅花瘦絕磵風霜槲葉深末路清愁常滾滾殘冬急景易鬖鬖故巢東望知何處空羨歸鴉解滿林

赴成都泛舟自三泉至益昌謀以明年下三峽

詩酒清狂二十年又摩病眼看西川心如老驥常千里身似春蠶已再眠暮雪烏奴停醉帽秋風白帝放歸船飄零自是關天命錯被人呼作地仙

宿武連縣驛

平日功名淚自期頭顱到此不難知宦情薄似秋蟬
翼鄉思多於春繭絲野店風霜敝裘早縣橋燈火下
程遲鞭寒熨手戎衣窄憶南山射虎時

綿州魏成縣驛有羅江東詩云芳草有情皆礙
馬好雲無處不遮樓戲用其韻

老夫乘興復西遊遠跨秦吳萬里秋尊酒登臨遍山
寺歌辭散落滿江樓孤城木葉蕭蕭下古驛灘聲滾
滾流未許詩人誇此地茂林修竹憶吾州

即事

渭水岐山不出兵卻攜琴劍錦官城醉來身外窮通
小老去人間毀譽輕捫蝨雄豪空自許屠龍工巧竟
何成雅聞岷下多區芋聊試寒爐玉糝羹

登荔枝樓

平羌江水接天流涼入簾櫳已似秋喚作主人元是

客知非吾土强登樓閑憑曲檻常忘去欲下危梯更小留公事無多廚釀美此身不負負嘉州自注薛能詩不負嘉州只負身

獨遊城西諸僧舍

我是天公度外人看山看水自由身蘚崖直上飛雙屐雲洞前頭岸幅巾萬里欲呼牛渚月一生不受庾公塵非無好客堪招喚獨往飄然覺更真

晚登望雲

一出修門又十年輩流多已珥金蟬衰如蠹葉秋先覺愁似鰥魚夜不眠輦路疏槐迎駕處苑城殘日泛湖天君恩未報身今老徙倚危樓一泫然

晚來煙雨暗江干烽火遙傳畫角殘看鏡功名空自許上樓懷抱若爲寬青楓搖落新秋令白髮淒涼舊史官飽見少年輕宿士可憐隨處强追歡

醉中感懷

早歲君王記姓名。祇今憔悴客邊城。青衫猶是鵷行舊。白髮新從劍外生。古戍旌旗秋慘淡。高城刁斗夜分明。壯心未許全消盡。醉聽檀槽出塞聲。

送客至江上

多事經旬不出城。今朝送客此閑行。郊原外帶新晴色。人語中含樂歲聲。天際斂雲山盡出。江流收漲水初平。故園社友應惆悵。五歲無端棄耦耕。

深居

作吏難堪簿領迷。深居聊復學幽棲。病來酒戶何妨小。老去詩名不厭低。零落野雲寒傍水。霏微山雨晚成泥。自憐甫里家風在。小摘殘蔬遶廢畦。

八月二十二日嘉州大閱 王炎辟先生幹辦公事是時當隨王至嘉州

陌上弓刀擁寓公水邊旌旆卷秋風書生又試戎衣窄山郡新添畫角雄（自注郡舊止角四枝近方增如式）早事樞庭虛畫策晚遊幕府愧無功草間鼠輩何勞磔要挽天河洗洛嵩

曉出城東

渺渺長江下估船亭亭孤塔隱蒼煙不堪異縣蕭條地更遇初寒慘澹天巾褐已成歸有約簞瓢未足去無緣包羞强索侏儒米豪舉何人記少年

遊修覺寺

上盡蒼崖百級梯詩囊香椀手親攜山從飛鳥行邊出天向平蕪盡處低花落忽驚春事晚樓高剩覺客魂迷興闌掃榻禪房臥清夢還應到剡溪

湖上筍盛出戲作長句

⿰角戠⿰角戠穿苔瑇瑁簪按行日夜待成林養渠百尺干霄

氣見我平生及物心剩插藩籬憂玉折豫期風雨聽龍吟明年又徙囊衣去誰與平安報好音

宿杜氏晨起遇雨

怪藤十圍蔽白日老木千尺干青霄水泛戛灘竹作舫陸行跨空繩繫橋陰陰古屋精靈語慘慘江雲蛟鱷驕吾道非邪行至此諸公正散紫宸朝

東湖新竹

插棘編籬謹護持養成寒碧映淪漪清風掠地秋先到赤日行天午不知解籜時聞聲簌簌放梢初見葉離離官閑我欲頻來此枕簟仍教到處隨

讀胡基仲舊詩有感

少日飛騰翰墨場暮年相見尚昂藏沈沙舟畔千帆過翦翮籠邊百鳥翔訪古每思春竝轡說詩仍記夜連牀怱怱去日多於髮不獨悲君亦自傷

寓驛舍自注予三至成都皆館於是

閒坊古驛掩朱扉又憩空堂綻客衣九萬里中鯤自化一千年外鶴仍歸遶庭數竹饒新筍解帶量松長舊圍惟有壁間詩句在暗塵殘墨兩依依

宴西樓

西樓遺跡尚豪雄錦繡笙簫在半空萬里因循成久客一年容易又秋風燭光低映珠幨麗酒暈徐添玉頰紅歸路迎涼更堪愛摩訶池上月方中

離成都後卻寄公壽子友德稱

蕭條常閉爵羅門點檢朋儕幾箇存吾道將為天下裂此心難與俗人言逢時尚可還三代掩卷何由作九原寄語龜城舊交道新涼殊憶共清樽

秋思三首

大面山前秋笛清細腰宮畔暮灘平吳檣楚柁動歸

思隴月巴雲空復情萬里風塵舊朝士百年鉛槧老書生水村漁市從今始安用區區海內名

巢燕成歸秋景奇頗容老子醉哦詩山晴更覺雲含態風定閑看水弄姿痛飲何由從次道竝遊空復憶安期天涯又作經年客莫對青銅恨鬢絲

西風吹葉滿湖邊初換秋衣獨慨然白首有詩悲蜀道清宵無夢到鈞天迂疏早不營三窟流落今甯直一錢把酒未妨餘興在試憑絲管餞流年

觀長安城圖

許國雖堅鬢已斑山南經歲望南山橫戈上馬嗟心在穿塹環城笑虜孱日暮風煙傳隴上秋高星斗落雲閒三秦父老應惆悵不見王師出散關

夜讀了翁遺文有感

秋雨蕭蕭夜不眠挑燈開卷意淒然吾曹自欲期千

載世論何曾待百年當日公卿笑迂闊卽今河洛汚腥羶陰陽消長從來事玩易深知屢絕編自注公有易傳

蜀州大閱自注八月二十七日

曉束戎衣一悵然五年奔走遍窮邊平生亭障休兵日慘淡風雲閱武天戍隴舊遊眞一夢渡遼奇事付他年劉琨晚抱聞雞恨安得英雄共著鞭

秋夜懷吳中

秋夜挑燈讀楚辭昔人句句不吾欺更堪臨水登山處正是浮家泛宅時巴酒不能消客恨蜀巫空解報歸期灞橋煙柳知何限誰念行人寄一枝

莫歸馬上作

石筍街頭日落時銅壺閣上角聲悲不辭與世終難合惟恨無人麤見知寶馬俊游春浩蕩江樓豪飲夜淋漓醉來剩欲吟梁父千古隆中可與期

自上清延慶歸過丈人觀少留

再到蓬萊路欲平卻吹長笛過青城空山霜葉無行迹半嶺天風有嘯聲細棧跨雲縈峭絶危橋飛柱插澄清玉華更控青鸞在要倚欄干待月明

宿江原縣東十里張氏亭子未明而起

寸禀驅人卒歲勞一官坐失布衣高劍南十月霜猶薄江上五更雞亂號孤枕擁衾尋短夢青燈照影著征袍客愁相續無時斷那得幷州快翦刀

戍卒說沈黎事有感

亭障曾無閱歲甯頻聞夷落犯王靈孤城月落寃魂哭百里風吹戰血腥瘴重厭看茅葉赤春殘不放柳條青焦頭爛額知何補弭患從來貴未形

西樓夕望

夜郎城裏歎途窮賴有西樓著此翁溪鳥孤飛寒靄

外野人參語夕陽中。蒼天可恃何曾老。白髮緣愁卻未公。俗態十年看爛熟。不如留眼送歸鴻。

晚登橫溪閣二首錄一

樓鼓聲中日又斜。憑高愈覺在天涯。空桑客土生秋草。野渡虛舟集晚鴉。瘴霧不開連六詔。俚歌相答帶三巴。故鄉可望應添淚。莫恨雲山萬疊遮。

夏日過摩訶池淳熙二年乙未五十一歲

烏帽翩翩白紵輕。摩訶池上試閑行。淙潺野水鳴空苑。寂歷斜陽下廢城。縱轡迎涼看馬影。袖鞭尋句聽蟬聲。白頭散吏元無事。卻爲興亡一愴情。

喜雨自注五月二十二日

黃塵赤日欲忘生。一夜新涼滿錦城。雨急驟增車轍水。泥深漸壯馬蹄聲。蚊蠅斂迹知無地。燈火於人頓有情。市遠雞豚不須問。小畦稀甲已堪烹。

寓舍書懷

借得茅齋近笮橋羈懷病思兩無聊君從豆蔻梢頭老日向摴蒱齒上消叢竹曉兼風力橫高梧夜挾雨聲驕書生莫倚身常健未畫淩煙鬢已凋

成都大閱

千步毬場爽氣新西山遙見碧嶙峋令傳雪嶺蓬婆外聲震秦川渭水濱旗脚倚風時弄影馬蹄經雨不霑塵屬櫜縛袴毋多恨久矣儒冠誤此身

書懷

萬里馳驅坐一飢自憐無計脫塵羈身留幕府還家少眼亂文書把酒稀客路更逢秋色晚故山空有夢魂歸芋羹豆飯元堪飽錯用人言恨子威

成都書事

劍南山水盡清暉濯錦江邊天下稀煙柳不遮樓角

斷風花時傍馬頭飛茸羹筍似稽山美斫膾魚如笠
澤肥客報城西有園賣老夫白首欲忘歸
大城少城柳已青東臺西臺雪正晴鶯花又作新年
夢絲竹常聞靜夜聲廢苑煙蕪迎馬動清江春漲拍
堤平尊中酒滿身强健未恨飄零過此生

自警

乳烹佛粥遽如許菜簇春盤行及時草木欣欣渠得
意乾坤浩浩我何私懷材所忌多輕用學道當從不
自欺日莫置規君勿怪修身三省自先師

馬上偶成

城南城北紫遊韁盡日閑行看似忙刺水離離葛葉
短連村漠漠豆花香夕陽有信催殘角春草無情上
繚牆我亦人閒倦遊者長吟聊復愴興亡

春晚書懷

萬里西遊爲覓詩錦城更付一官癡脫巾漉酒從人笑拄笏看山頗自奇疏雨池塘魚避釣曉鶯窗戶客爭棊老來怕與春爲別醉過殘紅滿地時

春殘

石鏡山前送落暉春殘迴首倍依依時平壯士無功老鄉遠征人有夢歸苜蓿苗侵官道合蕪菁花入麥畦稀倦遊自笑摧頹甚誰記飛鷹醉打圍

武擔東臺晚望

顛頟西窗已一翁登高意氣尚豪雄關河霸國興亡後風月詩人醉醒中病起頓驚雙鬢改春歸一掃萬花空欄邊徙倚君知否直到吳天目未窮

行武擔西南村落有感

騎馬悠然欲斷魂春愁滿眼與誰論市朝遷變歸蕪沒澗谷谽谺互吐吞一徑松楠遙見寺數家雞犬自

成村最憐高冢臨官道細細煙莎遍燒痕

飯昭覺寺抵莫乃歸

身墮黃塵每慨然攜兒蕭散亦前緣聊憑方外巾盂淨一洗人間七箸羶靜院春風傳浴鼓畫廊晚雨溼茶煙潛光寮裏明窗下借我消搖過十年

卜居

歷盡人間行路難老來要覓數年閒供家米少因添鶴買宅錢多為見山池面紋生風細細花根土潤雨斑斑借春乞火依鄰里剩釀村醪約往還

南浮七澤弔沅湘西泝三巴掠夜郎自信前緣與人薄每求寬地寄吾狂雪山水作中濡味蒙頂茶如正焙香儻有把茅端可老不須辛苦念還鄉

書歎

早得虛名翰墨林謝歸忽已歲時侵春郊射雉朝盤

馬秋院焚香夜弄琴病酒閉門常兀兀哦詩袖手久愔愔浮沈不是忘經世後有仁人識此心

次韻范文淵

簞瓢氣已壓膏粱不傍朱門味更長細看高人忘寵辱始知吾輩可憐傷巖扃句漏新丹竈香火匡廬古道場剩欲與君堅此約他年八十鬢眉蒼自注近有術者言僕壽過八十

過野人家有感

縱轡江皋送夕暉誰家井臼映荊扉隔籬犬吠窺人過滿箔蠶飢待葉歸自注吳人直謂桑曰葉世態十年看爛熟家山萬里夢依稀躬耕本是英雄事老死南陽未必非

閒中偶題

楚澤巴山歲歲忙今年睡足向禪房秖知閒味如茶

永不放羇愁似草長架上漢書那復看牀頭周易亦
相忘客來拈起清談麈且破西窗半篆香
久矣雲衢斂羽翰退飛更覺一枝安七千里外新閒
客十五年前舊史官花底清歌春載酒江邊明月夜
投竿癡頑直爲多更事莫怪胸懷抵死寬

病起書懷

病骨支離紗帽寬孤臣萬里客江干位卑未敢忘憂
國事定猶須待闔棺天地神靈扶廟社京華父老望
和鑾出師一表通今古夜半挑燈更細看
酒酣看劍凜生風身是天涯一禿翁捫蝨劇談空自
許聞雞浩歎與誰同玉關歲晚無來使沙苑春生有
去鴻人壽定非金石永可令虛死蜀山中

客自鳳州來言岐雍閒事悵然有感

表裏山河古帝京逆胡數盡固當平千門未報甘泉

火萬耦方觀渭上耕前日已傳天狗墮今年甯許佛貍生會須一洗儒酸態獵罷南山夜下營

月下醉題

黃鵠飛鳴未免飢此身自笑欲何之閉門種菜英雄老彈鋏思魚富貴遲生擬入山隨李廣死當穿冢近要離一樽彊醉南樓月感慨長吟恐過悲

蒙恩奉祠桐柏

少年曾綴紫宸班晚落危途九折艱罪大初聞收郡印恩寬俄許領家山羈鴻但自思煙渚病驥甯容著帝閑回首觚稜渺何處從今常寄夢魂間

和范待制秋興（范待制名成大號石湖）

策策桐飄已半空啼螿漸覺近房櫳一生不作牛衣泣萬事從渠馬耳風名姓已甘黃紙外光陰全付綠尊中門前剝啄誰相覓賀我今年號放翁（范石湖帥蜀時先生

爲參議官以文字交不拘禮法人譏其頹放因自號放翁

睡臉餘痕印枕紋秋衾微潤覆爐熏井梧搖落先霜盡衣杵淒涼帶月聞佛屋紗燈明小像經奩魚蠹蝕真文身如病驥惟思臥誰許能空萬馬羣

山澤沈冥氣尚豪鬢絲未遽歎蕭騷已忘海運鯤鵬化那計風微燕雀高萬里客魂迷楚峽五更歸夢隔胥濤故知有酒當勤醉自古寧聞死可逃

歲莫感懷

征塵十載暗戎衣虛負名山采藥期少日覆氈曾草檄卽今橫槊尚能詩昏昏殺氣秋登隴颯颯飛霜夜出師會有英豪能共此鏡中未用歎吾衰

萬里橋江上習射

坡隴如濤東北傾胡牀看射及春晴風和漸減雕弓力野迥遙聞羽箭聲天上攙搶端可落草閒狐兔不

須驚丈夫未死誰能料一笴他年下百城

和范舍人病後二詩末章兼呈張正字

放衙元不爲春酲澹蕩江天氣未清欲賞園花先夢到忽聞簷雨定心驚香雲不動熏籠暖蠟淚成堆斗帳明關隴宿兵胡未滅祝公垂意在尊生

士生不及慶歷初下方元祐當勿疏請看蛟龍得雲雨豈比鳥雀馴階除舍人起視北門草學士歸著東觀書劍外老農亦吐氣釀酒畦花常晏如

登劍南西川門感懷

自古高樓傷客情更堪萬里望吳京故人不見莫雲合客子欲歸春水生瘴癘連年須藥石退藏無地著柴荆諸公勉畫平戎策投老深思看太平

宿上清宮

永夜寥寥憩上清下聽萬壑度松聲星辰頓覺去人

近風雨何曾敗月明早歲文辭妨至道中年憂患博虛名一菴儻許西峯住常就巢僊問養生

野步至青羊宮偶懷前年嘗劇飲於此

錦官門外曳枯笻此地天教著放翁萬事元無工拙處一官已付有無中拏雲柏樹瘦蛟立繞郭江流清鏡空欲把酒盃終覺嬾緩歌曾醉落花風

感秋

西風繁杵擣征衣客子關情正此時萬事從初聊復爾百年彊半欲何之畫堂蟋蟀怨清夜金井梧桐辭故枝一枕淒涼眠不得呼燈起作感秋詩

絶勝亭

蜀漢羈遊歲月侵京華乖隔少來音登臨忽據三江會飛動從來萬里心地勝頓驚詩律壯氣增不怕酒盃深一琴一劍白雲外揮手下山何處尋

獵罷夜飲示獨孤生三首

客途孤憤只君知不作兒曹怨別離報國雖思包馬革愛身未忍貨羊皮呼鷹小獵新霜後彈劍長歌夜雨時感慨卻愁傷壯志倒瓶濁酒洗餘悲

關輔何時一戰收蜀郊且復獵清秋洗空狡穴銀頭鶻突過重城玉腕騮賊勢已衰真大慶士心未振尚私憂一樽共講平戎策勿爲飛鳶念少游

白袍如雪寶刀橫醉上銀鞍身更輕帖草角鷹掀兔窟憑風羽箭作鴟鳴關河可使成南北豪傑誰堪共死生欲疏萬言投魏闕燈前攬筆涕先傾

秋晚登城北門

幅巾藜杖北城頭卷地西風滿眼愁一點烽傳散關信兩行雁帶杜陵秋山河興廢供搔首身世安危入倚樓橫槊賦詩非復昔夢魂猶繞古梁州

夜飲

引劍酣歌亦壯哉要君共覆手中盃秋鴻陣密橫江去莫角聲酣戰雨來莫恨皇天無老眼請看白骨有青苔中年倍覺流光速行矣西郊又見梅

病酒述懷

閒處天教著放翁草廬高臥筰橋東數莖白髮悲秋後一醆青燈病酒中李廣射歸關月墮劉琨嘯罷塞雲空古人意氣憑君看不待功成固已雄

江樓醉中作

淋漓百榼宴江樓秉燭揮毫氣尚遒天上但聞星主酒人閒寧有地埋憂生希李廣名飛將死慕劉伶贈醉侯戲語佳人頻一笑錦城已是六年留

曳策

慈竹蕭森拱廢臺醉歸曳策一徘徊紛紛落日牛羊

下黯黯長空霰雪來三峽猿催清淚落兩京梅傍戰塵開客懷已是凄涼甚更聽城頭畫角哀

醉中出西門偶書淳熙四年丁酉五十三歲

古寺閒房閉寂寥幾年䏻酒負公朝青山是處可埋骨白髮向人羞折腰末路自悲終老蜀少年常願從征遼醉來挾箭西郊去極目寒蕪雉兔驕

歎息

國家圖籙合中興歎息吾寧粥飯僧賣劍買牛衰可笑壞裳爲袴老猶能曉過射圃雲藏壘夜讀兵書雨灑燈安得龍媒八千騎要令窮虜畏飛騰

客愁

騎馬出門無所詣端居正爾客愁侵蒼顏白髮入衰境黃卷青燈空苦心天下極知須儁傑書生何恨死山林消磨未盡胸中事梁甫時時尚一吟

倚樓

減盡朱顏白髮新。高樓徙倚默傷神。未酬馬上功名願。已是人閒老大身。太史周南方卧疾。拾遺劍外又逢春。一杯且爲江山醉。百萬呼盧迹已陳

南定樓遇急雨 自晚泊至此皆久客蜀中之詩

行遍梁州到益州。今年又作度瀘遊。江山重複爭供眼。風雨縱横亂入樓。人語朱離逢峒獠。棹歌欸乃下吳舟。天涯住穩歸心懶。登覽茫然卻欲愁

風順舟行甚疾戲書 此下自敘州出蜀之詩

昔者遠戍南山邊。軍中無事酒如川。呼盧喝雉連莫夜。擊兎伐狐窮歲年。壯士春蕪卧白骨。老夫晨鏡悲華顛。可憐使氣尚未減。打鼓順流千斛船

峽州東山 淳熙五年戊戌五十四歲

十年不踏東山路。今日重爲放淚行。老矣判無黃鵠

舉歸哉惟有白鷗盟新秧刺水農家樂修竹環溪客眼明已駕巾車仍小駐綠蘿亭下聽鶯聲

初發夷陵

雷動江邊鼓吹雄百灘過盡失途窮山平水遠蒼茫外地闢天開指顧中俊鶻橫飛遙掠岸大魚騰出欲凌空今朝喜處君知否三丈黃旗舞便風

泊公安縣

秦關蜀道何遼哉公安渡頭今始回無窮江水與天接不斷海風吹月來船窗簾捲螢火鬧沙渚露下蘋花開少年許國忽衰老心折柁樓長笛哀

南樓

十年不把武昌酒此日闌邊感慨深舟楫紛紛南復北山川莽莽古猶今登臨壯士興懷地忠義孤臣許國心倚杖黯然斜照晚秦吳萬里入長吟

黃鶴樓

手把仙人綠玉枝吾行忽及早秋期蒼龍闕角歸何晚黃鶴樓中醉不知江漢交流波渺渺晉唐遺跡草離離平生最喜聽長笛裂石穿雲何處吹

舟中偶書

老子西遊萬里回江行長夏亦佳哉晝眠初起報茶熟宿酒半醒聞雨來漢口船開催疊鼓淮南帆落亞高桅四方本是丈夫事白首自憐心未灰

舟行蘄黃閒雨霽得便風有感

天青雲白十分晴帆飽舟輕盡日行江底魚龍貪晝睡淮南草木借秋聲好山縹緲何由住華髮蕭條秖自驚莫怪時人笑疏嬾宦情元不似詩情

初見廬山

從軍憶在梁州日心擬西征草捷書鐵馬但思經太

華布帆何意拂匡廬計謀落落知誰許功業悠悠定已疏尚喜東林尋舊社月明清露溼芙蕖

六月十四日宿東林寺先生自蜀歸還江西漕平提舉江西水災出峽後舟過荆州武昌自九江登岸赴南昌故經過東林寺

看盡江湖千萬峯不嫌雲夢芥吾胸戲招西塞山前月來聽東林寺裏鐘遠客豈知今再到先生昔嘗判隆興府故曰今再到老僧能記昔相逢虛窗熟睡誰驚覺野碓無人夜自春

過采石有感先生至江西不久即召還與祠又出江自小孤金陵至浙江還家故過采石

短衣射虎早霜天歎息南山又七年蝨手每思雙羽箭快心初見萬樓船平波漫漫看浮馬高柳陰陰聽亂蟬明日重尋石頭路醉鞍誰與共聯翩

登賞心亭

蜀棧秦關歲月遒今年乘興却東遊全家穩下黃牛峽半醉來尋白鷺洲黯黯江雲瓜步雨蕭蕭木葉石城秋孤臣老抱憂時意欲請遷都涕已流

將至京口

臥聽金山古寺鐘三巴昨夢已成空船頭坎坎回帆鼓旗尾舒舒下水風城角危樓晴靄碧林閒雙艣夕陽紅銅瓶愁汲中濡水不見茶山九十翁自注頃在京口嘗取中濡水寄曾文清公

歸雲門自蜀歸來至是還越抵家矣

萬里歸來值歲豐解裝鄉墅樂無窮甑炊飽雨湖菱紫籜絡迎霜野柹紅壞壁塵埃尋醉墨孤燈餅餌對鄰翁微官行矣閩山去宋史先生本傳但載自江西召還與祠即起知嚴州不載閩山微官之事又寄千巖夢想中

湖村秋曉

劍閣秦山不計年。卻尋剡曲故依然。盡收事業漁舟裏。全付光陰酒榼邊。平野曉聞孤唳鶴。澄湖秋浸四垂天。九關虎豹君休問。已向人閒得地仙

夢至成都悵然有作

春風小陌錦城西。翠箔珠簾客意迷。下盡牙籌閑縱博。刻殘畫燭戲分題。紫氍毹暖帳中醉。紅叱撥驕花外嘶。孤夢淒涼身萬里。令人憎殺五更雞

宦途元不羨飛騰。錦里豪華壓五陵。紅袖引行遊玉局。華燈圍坐醉金繩。階前汗血洮河馬。架上霜毛海國鷹。世事轉頭誰料得。一官南去冷如冰

衢州道中作

耿耿孤忠不自勝。南來清夢遶觚稜。驛門上馬千峯雪。寺壁題詩一硯冰。疾病時時須藥物。衰遲處處少交朋。無情最恨寒沙雁。不爲愁人說杜陵

宿魚梁驛五鼓起行有感

憶從南鄭客成都身健官閑一事無分騎霜天伐狐兎張燈雪夜擲梟盧百憂忽墮新衰境一笑難尋舊酒徒投宿魚梁溪遶屋五更聽雨擁篝爐

少時談舌坐生風管葛奇才自許同閉戸著書千古計變名學劍十年功酒醒頓覺狂堪笑睡起方知夢本空他日故人能憶我葛僊磯畔覓漁翁

夜坐偶書

衰髮蕭疏雪滿簪莫年光景易駸駸已甘身作溝中斷不願人知爨下音病鶴摧頽分薄俸悲蛩斷續和微吟向來誤有功名念欲挽天河洗此心

自詠

遊戲人閒歲月多癡頑將柰此翁何放開繩箠牛初熟照破乾坤境未磨日落苔磯閒把釣雨餘篷艇亂

堆蓑明朝不見知何處又向江湖醉踏歌

客意

山行曳杖水拏舟走遍茫茫禹畫州蝴蝶夢魂常是客芭蕉身世不禁秋早因食少妨高臥晚憶茶甘作遠遊龍焙一嘗端可去無心更爲荔枝留

憶山南

貂裘寶馬梁州日盤槊横戈一世雄怒虎吼山爭雪刃驚鴻出塞避雕弓朝陪策畫清油裏莫醉笙歌錦幄中老去據鞍猶矍鑠君王何日伐遼東

醉墨淋漓酒百杯轅門山色碧崔嵬打毬駿馬千金買切玉名刀萬里來結客漁陽時遺簡踏營渭北夜銜枚十年一夢今誰記閑置車中秪自哀

追感梁益舊遊有作

西遊萬里倚朱顔冒放尊前一笑慳蜀苑妓圍欺夜

雪溪州獵火滿秋山晚途忽墮塵埃裏樂事渾疑夢寐閒浮世變遷君勿歎劇談猶足詫鄉關

奏乞奉祠留衢州皇華館待命（先生自建安至鉛山玉山常山遂達衢州）

世念蕭然冷欲冰更堪衰與病相乘從來幸有不材木此去真爲無事僧耐辱豈惟容唾面寡言端擬學銘膺尚餘一事猶豪舉醉後龍蛇滿剡藤

寓館晚興

隨牒人閒不自憐衢州孤驛更蕭然百年細數半行路萬事不如長醉眠髮短經秋真種種腹寬耐事秖便便晚窗商略唯當飲安得黃花到眼邊

三月二十一日作（淳熙七年庚子五十六歲）

蹴踘牆東一市譁鞦韆樓外兩旗斜及時小雨放桐葉無賴餘寒開楝花明月吹笙思蜀苑軟塵騎馬夢

京華權情減盡朱顏改節物催人祇自嗟

與黎道士小飲偶言及曾文清公慨然有感

臨川稅駕忽數月嗜睡愛閑常閉門君詩始愜病僧意吾道難爲俗人言秋雨淒淒黃葉寺春風酣酣綠樹村曾公九原不可作一尊破涕誦招魂

夜意

灑地移牀曲檻前葛衣蕭爽接羅偏庭空秋近露沾草月落夜闌星滿天靜待微風停素扇旋消殘酒漱寒泉翛然自與氛埃遠安用騎鯨學水仙

初秋

溼螢相逐照高棟又見一年風露秋流落江湖常踽踽掃平河洛轉悠悠簿書終日了官事尊酒何時寬客愁擬倩天風吹夢去浩歌起舞散花樓

別楊秀才

歲暮江頭又語離淡煙衰草不勝悲俗人慣慣寧知子心事悠悠欲語誰燈暗想傾澆悶酒路長應和贈行詩人生但要身强健一笑相從自有時

行至嚴州壽昌縣界得請許免入奏仍除外官感恩述懷 先生自蜀歸山陰後一出官於建安再官於撫州自撫州謝事後至高安一行又還至嚴州得免入奏之命從此又歸山陰矣集中爲第十及十一十二卷諸詩此所抄僅七律十餘首故不能詳其行蹤

曉傳尺一到江村拜起朝衣漬淚痕敢憾帝城如日遠喜聞天語似春温翰林惟奉還山詔湘水空招去國魂聖主恩深何力報時從天末望修門

新築山亭戲作 淳熙八年辛丑五十七歲

危檻淩風出半空怪奇造化欲無功天垂繚白縈青外人在紛紅駭綠中日月怱怱雙轉轂古今杳杳一飛鴻酒酣獨臥林間石未許塵寰識此翁

自詠

三十年前接俊遊即今身世寄滄州俚聲不辨諧韶護莫氣甯能徹斗牛綠酒可人消永日黃鸝多事管閑愁吹笙跨鶴何時去剩欲平章太華秋

感秋

南山射虎漫豪雄投老還鄉一禿翁世味掃除和蠟盡生涯零落竝錐空秋驚蠹葉凋殘綠病著衰顏失舊紅笠澤松陵家世事一竿惟是待西風

冬煖頗有春意追憶成都昔遊悵然有作

濯錦江邊罨畫樓金鞭曾護犢車遊紛紛萬事反乎覆落落一身淹此留刻燭賦詩空入夢傾家釀酒不供愁探春歌吹應如昨亦有朋儕記我不

冬夜不寐至四鼓起作此詩

秦吳萬里車轍遍重到故鄉如隔生歲晚酒邊身老

大夜闌枕畔書縱橫殘燈無焰穴鼠出槁葉有聲村犬行八十將軍能滅虜白頭吾欲事功名（自注高麗有讖云當有八十老將平之李英公實膺是讖）

夜飲示坐中

胡雁叫羣寒夜長崢嶸北斗天中央達人大觀眇萬物烈士壯心懷四方縱酒長鯨渴呑海草書瘦蔓飽經霜付君詩卷好收拾後五百年無此狂

獨孤生策字景略河中人工文善射喜擊劍一世奇士也有自峽中來者言其死于忠涪閒感涕賦詩

憶昨騎驢入蜀關旗亭邂逅一開顏氣鍾太華中條秀文在先秦兩漢閒寶劍憑誰占斗氣名駒竟失養天閑身今老病投空谷回首東風涕自潸

夜泊水村（淳熙壬寅五十八歲）

腰間羽箭久凋零太息燕然未勒銘老子猶堪絕大漠諸君何至泣新亭一身報國有萬死雙鬢向人無再青記取江湖泊船處臥聞新雁落寒汀

夜步庭下有感

夜遶庭中百匝行秋風傳漏忽三更星辰北拱疏還密河漢西流縱復橫驚鵲遶枝棲不穩冷螢穿竹遠猶明書生老抱平戎志有淚如江未敢傾

題酒家壁

明主何曾棄不才書生飄泊自堪哀煙波東盡江湖遠雲棧西從隴蜀回宿雨送寒秋欲晚積衰成病老初來酒香菰脆丹楓岸強遣樽前笑口開

幽居感懷 淳熙十年癸卯五十九歲

偶傍楓林結數椽東歸也復度流年汀洲雁下依殘水墟里人行破夕煙十月風霜欺客枕五更鼓角滿

江天散闊清渭應如昨回首功名一愴然

自若耶溪舟行杭鏡湖而歸

換馬亭前煙火微鬬牛橋畔行人稀雲山慘澹少顏色霜日青薄無光輝新酒篘成桑正落美人信斷雁空歸高樓何處吹長笛清淚無端又溼衣

遊山歸偶賦

此生本寄一浮漚歸臥茅茨又四秋習氣未除惟痛飲幻軀偶健且閒遊買蓑山縣雲藏市橫笛江城月滿樓與世沉浮最安樂莫思將相快恩讎

苦寒

凍硯時能出苦吟濁醪亦復慰孤斟誰知冰雪凝嚴候自是乾坤愛育心癘鬼盡驅人意樂遺蝗一洗麥根深但嫌景短妨書課棲鳥紛紛又滿林

冬夜月下作

造物甯能困此翁浩歌庭下畣松風煌煌斗柄插天北熠熠月輪生海東皂纛黃旗都護府峨冠長劍大明宮功名晚遂從來事白首江湖未歎窮

感憤

今皇神武是周宣誰賦南征北伐篇四海一家天歷數兩河百郡宋山川諸公尚守和親策志士虛捐少壯年京洛雪消春又動永昌陵上草芊芊

塞上

塞上今年有事宜將軍承詔出全師精金錯落八尺馬刺繡鮮明五丈旗上谷飛狐傳號令蕭關積石列城陴不應幕府無班固早晚燕然刻頌詩

囚山

垣屋參差綠樹邊囚山光景餞華顛平川極目思秦地大澤浮空憶楚天刺虎射麋俱已矣舉杯開劍忽

悽然此生終遺英雄笑棘沒銅駝六十年

夏日小宴 甲辰六十歲

橫吹銅笛蒼龍聲雙奏玉笙丹鳳鳴已判百年終醉死要將一笑壓愁生旋移畫舫破山影高捲朱簾延月明試問炎歊在何許夜闌翻怯葛衣輕

聞虜政衰亂掃蕩有期喜成口號

正朔今年被百蠻遙知喜色動天顏風雷傳號臨春水貔虎移軍過玉關博士已成封禪草單于將就會朝班孤臣老抱周南憾壯觀空存夢想閒

遺虜遊魂豈足憂漢家方運幄中籌天開地闢逢千載雷動風行遍九州刁斗令嚴青海夜旌旗色照鐵關秋功名自是英豪事不用君王萬戶侯

山寺

寺門壓石危欲崩槎牙老松挂蒼藤風傳上方出定

磬雨暗古殿長明燈宿林野鶻驚復起爭栗山童呼不譍谿南聞道更幽絕明日裂布縫行縢

野飲

青山千載老英雄濁酒三杯失阨窮訪古頹垣荒塹裏覓交屠狗賣漿中平堤漸放春蕪綠細浪遙翻夕照紅已把殘年付天地騎牛吹笛伴村童

獨酌有懷南鄭

憶從嶓冢涉南沮笳鼓聲酣醉膽麤投筆書生古來有從軍樂事世間無秋風逐虎花叱撥夜雪射熊金僕姑白首功名元未晚笑人四十歎頭顱

夜步

市人莫笑雪蒙頭北陌南阡信脚游風遞鐘聲雲外寺水搖燈影酒家樓鶴歸遼海逾千歲楓落吳江又一秋卻掩船扉耿無寐半窗落月照清愁

偶讀山谷老境五十六翁之句作六十二翁吟

三百里湖水接天六十二翁身刺船飯足便休慵念祿丹成不服怕登仙胸中浩浩了無物世上紛紛徒可憐但有青錢沽白酒猶堪醉倒落梅前

書憤

早歲那知世事艱中原北望氣如山樓船夜雪瓜洲渡鐵馬秋風大散關塞上長城空自許鏡中衰鬢已先斑出師一表真名世千載誰堪伯仲間

臨安春雨初霽

世味年來薄似紗誰令騎馬客京華小樓一夜聽春雨深巷明朝賣杏花矮紙斜行閑作草晴窗細乳戲分茶素衣莫起風塵歎猶及清明可到家先生還自蜀中一爲江西常平即歸山陰數年今始入朝旋即還山此詩之末句已決矣考其時當在孝宗淳熙十三年丙午之春

小舟過御園

聖主憂民罷露臺春風別苑晝常開盡除曼衍魚龍戲不禁芻蕘雉兔來水鳥避人橫翠靄宮花經雨委蒼苔殘年自喜身強健又作清都夢一回

水殿西頭起砌臺綠楊鬧處杏花開簫韶本與人同樂羽衛纔聞歲一來鷁首波生涵藻荇金鋪雨後上莓苔遠臣侍宴應無日目斷堯雲到晚回

還家

富貴元須早致身白頭豈復市朝人數聲鵯鵊呼殘夢一架酴醾送晚春壘嶂出雲明客眼澄江漲雨濯京塵逢人枉道哦詩瘦下語今年尚未親

天津橋上醉騎驢一錦囊詩一束書作客況當多病後還家已過莫春初三月即歸討先生在京不過月餘泥深村巷人誰顧草滿園畦手自鉏不爲衰遲思屏迹此心元向

利名疏

夜行玉笥樵風之閒宿龍瑞

野店谿橋供晚餉吟邊醉裏弄春風馬行缺月黃昏後鐘下亂山空翠中名宦不辭成寂寂歲時惟憾去悤悤頗聞禹穴遺書在安得高人與細窮

題齋壁（淳熙十三年丙午六十二歲）

二十餘年此結茆園公谿父日論交風翻半浦亂荷背雨放一林新笋梢隔葉晚鶯啼谷口唼花雛鴨聚塘坳出門行罷還無事借得丹經手自抄

四顧茫茫水接天幽居真箇似乘船月窗竹影連棲鵲露井桐聲帶斷蟬甘寢每憎茶作祟清狂直以酒爲仙形骸那得常羈束六十年來又二年

舴艋爲家一老翁陽狂羞與俗人同夢回菱曲漁歌裏身寄蘋洲蓼浦中斷簡塵埃存治道高邱草棘閉

英雄旗亭村酒何勞醉聊豁平生芥蔕胸

稽山千載翠依然著我山前一釣船瓜蔓水平芳草岸魚鱗雲襯夕陽天出從父老觀秧馬歸伴兒童放紙鳶君看此翁閑適處不應便謂世無仙

官居戲詠 先生於丙午秋知嚴州

萬里飄然似斷蓬桐廬江上又秋風判餘牘尾棲鴉溼衙退庭中立雁空燈火市樓知酒賤歌呼村里覺年豐誰言病守無歡意也與他人一笑同

說著功名即自羞莫年世味轉悠悠一庭落葉楸梧老萬里悲風鼓角秋懷緩不爲明日討登樓且散異鄉愁漁舟大似非凡子能揀溪山勝處留

城頭閑倚一枝藤病起淸羸不自勝衙鼓有期催晚坐條鈴無賴喚晨興愛書習氣嗟猶在寡過工夫愧未能寂寞已無臺省夢諸公袞袞自飛騰

登北榭

遶城山作翠濤傾底事文書日有程無溷我爲揮吏散獨登樓去看雲生香浮鼻觀煎茶熟喜動眉閒煉句成莫笑衰翁淡生活他年猶得配玄英自注方干有千峯榭詩

秋夜聞雨

香斷燈昏小幌深不堪病裏值秋霖驚回萬里關河夢滴碎孤臣犬馬心清似釣船聞急瀨悲於靜院聽繁碪玉峯老去情懷惡穩受千莖雪鬢侵自注韓致光詩云不知短髮能多少一滴秋霖白一莖

自詠

鈍似窗閒十月蠅淡如世外一孤僧心勞撫字雖士補筆判虛空却麄能厭見文書銜客袖但思蔬水曲吾肱何時却宿雲門寺靜聽霜鐘對佛燈

醉中戲作

當年買酒醉新豐豪士相期意氣中插羽軍書立談辦如山鐵騎一麾空玉關久付清宵夢笠澤今成白髮翁甚笑燈前如意舞尚將老健壓諸公

安流亭俟客不至獨坐成詠

憶昔西征鬢未霜拾遺陳迹吊微茫蜀江春水千帆落禹廟空山百草香馬影斜陽經劍閣艣聲清曉下瞿唐酒徒雲散無消息水榭憑欄淚數行

秋雨北榭作

秋風吹雨到江濆小閣疏簾曉色分津吏報增三尺水山僧歸入萬重雲飄零露井無桐葉斷續煙汀有雁羣了卻文書早尋睡檐聲偏愛枕閒聞

病起小飲

病起新霜滿鬢蓬憑高一笑與誰同酒如淥靜春江

水人有鴻荒太古風野寺鐘來夕陽外寒山空插亂雲中一官正爾妨人樂只合滄浪狎釣翁

燈下閱吏牘有感

老眼今年太負渠義經魯史頓成疏一爲柱後惠文吏厭讀司空城旦書正苦雁行須束縛不言鼠輩合誅鉏致君堯舜元無術黃卷何辭飽蠹魚

縱筆

閑經月下白蘋洲半脫風前紫綺裘曾值東風謁鑾駕卻因南渡看龍舟年光已付夢騰醉天宇誰從汗漫遊莫怪又成橫笛去故人期我玉華樓自注玉華樓在青城山文人觀

東都宮闕鬱嵯峨東都指汴京忍聽胡兒敕勒歌雲隔江淮翔翠鳳露霑荊棘沒銅駝丹心自笑依然在白髮將如老去何安得鐵衣三萬騎爲君王取舊山河

行省當年駐隴頭（行省謂蜀帥王炎輩開幕府於隴蜀）腐儒隨牒亦西遊千艘衝雪魚關曉萬竈連雲駱谷秋天道難知胡更熾神州未復士堪羞會須瀝血書封事請報天家九世讎

雪夜有感

狂膽輪囷欲滿軀一麾誰憫滯江湖青衫曾奏三千牘白首猶思丈二殳龍虎翔空瞻王氣犬羊度漠避天誅何時冒雪趨行殿香案前頭進陣圖

讀書（淳熙十四年丁未六十三歲）

束髮論交一世豪莫年顦顇困蓬蒿文辭博士書驢券職事參軍判馬曹病裏猶須看周易醉中亦復讀離騷若爲可奈功名念試覓并州快翦刀

夜登千峯榭

夷甫諸人骨作塵至今黃屋尚東巡度兵大峴非無

策收泣新亭要有人薄釀不澆胸壘塊壯圖空負膽輪囷危樓插斗山銜月徙倚長歌一愴神

登千峯榭

飛觀危欄縹緲中聊將醉眼送歸鴻一生未售屠龍技萬里猶思汗馬功王衍諸人甯足責姜維豎子自應窮他年弔古憑高處想見清伊照碧嵩

秋夜登千峯榭待曉

萬里秋風夜艾時剡川孤客不勝悲讀書眼暗定誰許憂國涕零空自知欲墜高梧先策策漸低北斗正離離倚闌不覺雞號曉翦燭題詩寄所思

嚴州大閱

鐵騎森森帕首紅角聲旗影夕陽中雖慚江左繁雄郡且看人閒矍鑠翁清渭十年真昨夢玉關萬里又秋風憑鞍撩動功名意未憾猿驚蕙帳空

曉遊東園

藥瓢藜杖合施行獨往山林已欸盟傍水斷雲含莫色拂檐高竹借秋聲癡人自作浮生夢腐骨那須後世名莫笑吟哦無鬬日老來未盡獨詩情

寓歎

江上霜風透敝袍區區無奈簿書勞衰遲始憶壯遊樂仕宦更知歸臥高人怪羊裘忘富貴我從牛僧得賢豪俗閒問訊眞成懶有手惟堪把蟹螯

劍外歸耕夢不通公車上疏路何從有心求縮地萬里無羽可朝天九重狂誦新詩驅瘧鬼醉吹横笛舞神龍明當采藥玉霄去他日君看冰雪容

寒夜移疾

南山北山高嶙峋朝雨莫雨斷江津時人正作市朝夢老子已成雲水身希世强顏心自媿閉門謝病客

生瞋天公何日與一飽短艇湘湖自采蓴自注湘湖在蕭山縣產蓴極美

走遍天涯白髮生晚叨微祿臥山城知章自識狂供奉士季那容醉步兵斸藥有時攜短鑱奏書無路請長纓此心擬說還休去付與空階夜雨聲

述懷

尺寸雖無補縣官此心炯炯實如丹羯胡未滅敢愛死尊酒在前終鮮歡啞父抱忠撞玉斗虞人守節待皮冠縱言老病摧頹甚壯氣猶憑後代看

謗譽紛紛笑殺儂此身本自等虛空大鵬境界纖塵裏曠劫年光掣電中翻動煙霞長鑱在招呼風月一尊同是凡是聖誰能測試問西陵織屨翁

到嚴十五晦朔郡釀不佳求於都下既不時至欲借書讀之而寓公多祕不肯出無以度日

殊惘惘也

桐君故隱兩經秋小院孤燈夜夜愁名酒過於求趙璧異書渾似借荆州溪山勝處身難到風月佳時事不休安得連車載郫釀金鞭重作浣花遊

北窗閑詠 以上淳熙十五年戊申六十四歲

陰陰綠樹雨餘香半捲疏簾置一牀得祿僅償賒酒券思歸新草乞祠章古琴百衲彈清散名帖雙鉤搨硬黃夜出灞亭雖跌宕也勝歸作老馮唐

感憤秋夜作 此時已自嚴州謝事還家矣

月昏當戶樹突兀風惡滿天雲往來太阿匣藏不見用孤憤書成空自哀吾輩赤心本貫日昔人白骨今生苔滎河温洛不可見青海玉關安在哉

反感憤 自注明夜讀前作而悲乃復作此自解

膊膊庭樹雞初鳴喔喔天衢雁南征百年朝露豈長

久萬事浮雲常變更出處有心終有愧聖賢無命亦無成西疇雖薄可自力雙犢且當乘雨耕

舟中大醉偶賦長句

過江何敢號高流偶與俗人風馬牛畫檝新搖嚴瀨月清尊又醉戴溪秋壯心無復在千里老氣尚能橫九州古寺試求三丈壁爲君驅筆戰蛟虬三句謂初離嚴州四句謂已歸山陰也

新晴泛舟至近村偶得雙鱖而歸

秋風一夜老汀蘋剡曲稽山發興新青嶂會爲身後冢扁舟聊作畫中人園林搖落知寒早父老逢迎覺意真歸舍不妨成小醉眼明細柳貫霜鱗

歲晚感懷戊申年六十四歲

利名爭奪兩皆非生世甯殊露易晞老冉冉來誰獨免冢纍纍處會同歸聽歌莫惜終三疊縱獵何妨更

一團醉臥日高呼不醒笑人霜曉束朝衣

四鼓出嘉會門赴南郊齋宮 先生以淳熙十五年除軍器少監前有初到行在宿監中等詩未鈔

客遊梁益半吾生不死還能見太平初喜夢魂朝帝所更驚老眼看都城九重宮闕晨霜冷十里樓臺落月明白髮蒼顏君勿笑少年慣聽舜韶聲

馬上作

三十年前客帝城城南結騎盡豪英湖山冷落悲陳迹文字流傳付後生衰老更禁新臥病塵埃時拂舊題名馬頭風捲飛花過又得殘春一日晴

送霍監丞出守盱眙

淮浦鱗鱗浸碧天即今誰料作窮邊空聞甌脫嘶胡馬不見浮屠插霽煙亭障久安無檄到盃觴頻舉有詩傳長城萬里英雄事應笑窮儒飽晝眠

和周元吉右司過敝居追懷南鄭相從之作

梁益東西六十州。大行臺出北防秋。閱兵金鼓震河渭。縱獵狐兎平山邱。露布捷書天上去。軍諮祭酒幄中謀。豈知今日詩來處。日落風生蘆荻洲

醉中浩歌罷戲書（此時解軍器少監之職又回山陰矣）

造物小兒如我何。還家依舊一漁蓑。穿雲逸響蘇門嘯。卷地悲風易水過。老眼閱人眞爛熟。壯心得酒旋消磨。旁觀虛作窮愁想。點檢霜鬚卻未多

故山

功名莫苦怨天慳。一櫂歸來到死閑。傍水無家無好竹。卷簾是處是青山。滿籃箭茁瑤簪白。壓擔稜梅鶴頂殷。野興盡時尤可樂。小江煙雨趁潮還（鏡湖）

禹祠行樂盛年年。繡轂爭先罨畫船。十里煙波明月夜。萬人歌吹早鶯天。花如上苑常成市。酒似新豐不

直錢老子未須悲白髮黃公壚下且閑眠再祠
老尉鴻飛隱市門千年猶有舊巢痕陸生於此寓棋局曾丈時來開酒樽渺渺帆檣遙見海冥冥蒲葦不知村數僧也復投詩社零落今無一二存梅山
落磵泉奔舞玉虹護丹松老臥蒼龍霜柑籬角寒初熟野碓雲邊夜自舂挈榼人沽村市酒打包僧趁寺樓鐘幽尋自是年來懶枉道山靈不見容雲門

宿野人家

避雨來投白板扉野人憐客不相違林喧鳥雀棲初定村近牛羊莫自歸土釜煖湯先濯足豆䕸吹火旋烘衣老來世路渾諳盡露宿風餐未覺非

有感

溫洛榮河拱舊京從來人物富豪英報仇雖有楚三戶守節得無齊二城胡寇甯能斷地脈王師行復暢

天聲鳳麟久伏應爭奮勉爲明時頌太平

舟過梅塢胡氏居愛其幽邃爲賦一詩

稽山翠入家家窗此家清絶無與雙丹葩綠樹錦繡谷清波白石玻璃江一堤茂草有眠犢數掩短籬無吠尨北軒商略可散髮借與放翁傾酒缸

自東涇度小嶺聞有地可卜菴喜而有賦

小嶺西南煙水閒頗聞有地百弓寬誰其云者兩黃鵠何以報之雙玉盤竹塢未昏先晻曖蓮汀當暑亦清寒一菴何日從吾好會約高人共倚闌

王給事餉玉友

散髮蕭然蒲葦林馬軍送酒慰孤斟江河不洗古今憾天地能知忠義心無侶有時邀落月放狂連夕到横參玉船湛湛真秋露卻憾鵝兒色尚深

晚興

白布帬襦退士裝短籬幽徑獨相羊莎根蟋蟀催秋候稗穗蜻蜓立晚涼屈子所悲人盡醉鄽生常謂我非狂知心賴有青天在又炷中庭一夕香

遺懷紹熙二年辛亥六十七歲

許國區區不自勝秋風空羨下韝鷹青雲夜歎初心誤白髮朝看一倍增積憤有時歌易水孤忠無路哭昭陵頭顱自揣今如此尚欲閑尋紫閣僧自注陳希夷奇錢宣靖復招紫閣僧相之

新秋感事

江上清秋昨夜回漁扉正對荻洲開志存天下食不足節慕古人饞愈來風際紙鳶那解久祭餘芻狗會堪哀蕭然散髮聽秋雨剩領新涼入酒盃

北渚秋風凋白蘋流年冉冉默傷神強顏未忍乞墦祭積毁僅逃輸鬼薪半榼浮蛆初試釀兩螯斫雪又

嘗新受恩自度終無報聊爲清時備隱淪

秋思

南鄭歸來二十霜背人歲月去堂堂破裘不補知寒早倦枕無憀厭夜長年少若爲評宿士狂生曾是說高皇慨然此夕江湖夢猶繞天山古戰場

一生書劍徧天涯兩歲秋風喜在家爛醉日傾無算酒高眠時聽屬私蛙園林夕照明丹柿籬落初寒蔓碧花便擬掛冠君會否耳根不復耐喧譁

殘暑偏能著此翁吹襟剩喜得西風露滋小徑蘭苕冷月射高梁燕戶空衰病呻吟眞一洗醉歌跌宕與誰同從今日日增幽興水際先丹數葉楓

半年閉戶廢登臨直自春殘病至今帳外昏燈伴孤夢檐前寒雨滴愁心中原形勝關河在列聖憂勤德澤深遙想遺民垂泣處大梁城闕又秋碪

雁陣橫空送早寒白頭病叟任江干風林脫葉山容瘦霜稻登場野色寬萬里關河驚契闊一尊鄰曲話悲歡書生餓死尋常事那得重彈掛壁冠

藥畦蔬隴夕陽中帶落冠欹一病翁步蹇每妨行樂興眼昏幾廢讀書功露濃乍警雲巢鶴風勁先凋玉井桐欲賦悲秋卻休去鬢絲已是滿青銅

遣懷

秋風策策冷吹衣謝病經年晝掩扉絕世本來希獨立刺天不復計羣飛細思萬古名何用太息九原誰與歸葬近要離非素意富春灘畔有苔磯

冬夜讀書

霜雪紛紛滿鬢毛凋年懷抱獨蕭騷房櫳夜悄孤燈暗原野風悲萬木號病臥極知趨死近老勤猶欲與書鏖小兒可付巾箱業未用逢人歎不遭

冬夜讀書忽聞雞唱

齷齪常談笑老生丈夫失意合躬耕天涯懷友月千里燈下讀書雞一鳴事去大牀空獨臥時來豎子或成名春蕪何限英雄骨白髮蕭蕭未用驚

閉戶

簞瓢處道不堪憂閉戶方從造物遊安樂本因無事得功名常忌有心求洗除仇怨忘鑾觸收斂光芒靜斗牛兒報牀頭春甕熟人閒萬事轉悠悠

落魄

落魄江湖七十翁欲持一笑與誰同蕭蕭雪鬢難藏老寂寂蓬門可諱窮好句尚來欹枕處壯心時在倚樓中無涯毀譽何勞詰骨朽人閒論自公

入城至郡圃及諸家園亭遊人甚盛

老子何曾慣市塵今朝也復入城闉太平有象人人

醉造物無私處處春九陌鶯花娛病眼一竿風月屬閑身不緣與盡回橈早要就湖波照角巾

蓬萊館午憩

驛門繫馬聽蟬吟翻動平生萬里心橋畔笛聲催日落城邊草色帶煙深關河歷歷功名晚歲月悠悠老病侵憶戍梁州如昨日憑欄西望一霑襟

夢遊散關渭水之閒

平生望眼怯天涯客裏何堪度歲華但憾征輪無四角不愁歸路有三叉驛窗燈闇傳秋柝關樹煙深宿莫鴉叱犢老翁頭似雪羨渠生死不離家

病臥

病臥東齋怕攬衣年來真與世相違橫林蠹葉秋先覺別浦驕雲暝不歸歲月惟須付樽酒江山竟是屬漁磯鄰翁一夕成今古愈信人生七十稀自注村東吳翁病一

夕而卒

晚眺

秋晚閑愁抵酒濃試尋高處倚枯笻雲歸時帶雨數點木落又添山一峯鳴雁沙邊驚客艣行僧煙際認樓鐘箇中詩思來無盡十手傳抄畏不供

感舊

當年書劍揖三公談舌如雲氣吐虹十丈戰塵孤壯志一彎華髮醉秋風夢回松漠榆關外身老桑村麥壟中奇士久埋巴峽骨燈前慷慨與誰同自注獨孤景略死於忠州十年矣

睡覺聞兒子讀書

夢回聞汝讀書聲如聽簫韶奏九成且要沈酣向文史未須辛苦慕功名人人本性初何欠字字微言要力行老病自憐難預此夜窗常負短燈檠

步至近村

藥物扶持疾漸平布裘絮帽出柴荆荒隄經雨多牛跡村舍無人有碓聲數蝶弄香寒菊晚萬鴉回陣夕楓明老翁隨意閑成句不似劉侯要取名

默坐

巧說安能敵拙修焚香默坐一窗幽煌煌炎火常下照浩浩黄河方逆流氣住神仙端可學心虚造物本同遊絕知此事不相負荆棘翦除梨栗秋

遣興

勛業如今莫繫懷閑單日日學僧齋讒深只有天堪問憂極渾無地可埋看鏡已成雙白鬢登山猶費幾青鞵晚來詩興誰能那雀噪空囷葉擁階

題老學菴壁

此生生計愈蕭然架竹苫茆只數椽萬卷古今消永

日一窗昏曉送流年太平民樂無愁歎衰老形枯少睡眠喚得南村跛童子煎茶埽地亦隨緣

親舊書來多問近況以詩畣之

耐辱推頹百不能居然老病住菴僧流年速似一彈指更事多於三折肱庭樹影中聞夜汲隣機聲裏對寒燈沈詩任筆俱忘盡酒戸新來卻少增

二子

兩楹夢後少真儒毀譽徒勞豈識渠孟子無功如管仲揚雄有賦似相如敬王事業知誰繼準易工夫故不疏孤學背時空絕歎白頭窮巷抱遺書

感舊癸丑年六十九歲

憶從南鄭入成都氣俗豪華海內無故苑燕開車載酒名姬舞罷斗量珠浣花江路青蘋舫槎柳毬場白雪駒回首壯遊真昨夢一竿風月老南湖

余年四十六入峽忽復二十三年感懷賦長句

當年弔古巴東峽雪灑扁舟見早梅宋玉宅邊新酒美巫山廟下莫猿哀樵柯爛盡棋方劇客甑炊成夢未回已把癡頑敵憂患不勞團扇念寒灰自注劉夢得團扇歌日當時初入君懷袖豈念寒爐有死灰

書歎

少年志欲埽胡塵至老寧知不少伸覽鏡已悲身潦倒橫戈空覺膽輪囷生無鮑叔能知己死有要離與卜鄰西望不須揩病眼長安冠劍幾番新

醉題

勿笑山翁病滿軀胸中俠氣未全無雙瞳遇醉猶如電五木隨呼盡作盧代北胡兒富羊馬江南奇士出菰蘆何由親奉平戎詔蹴踏關中建帝都

書憤

山河自古有乖分京洛腥羶實未聞劇盜曾從宗父命遺民猶望岳家軍上天悔禍終平虜公道何人肯散羣白首自知疏報國尚憑精意祝爐熏自注宗澤守東都日盜來歸百萬號宗爺岳家軍蓋紹興初語

秋興

秋風又滿會稽城有客飄然萬事輕久向林閒得佳趣不知身外有浮名蒲萄雨足初全紫烏柏霜前已半頳欲把一盃終覺懶老來懷抱爲誰傾

夢至洛中觀牡丹繁麗溢目覺而有賦

兩京初駕小羊車顦顇江湖歲月賒老去已忘天下事夢中猶看洛陽花妖魂豔骨千年在朱彈金鞭一笑譁寄語氈裘莫癡絕祈連還汝舊風沙

自嘲

歲月推遷萬事非放翁可笑白頭癡此生竟出古人

下有志尚如年少時併學固應知者少長歌莫問和予誰自嘲自解君毋怪老大從人百不宜

老懷

身見高皇再造初名場流輩略無餘舊書科斗纔存字薄業蝸牛僅有廬迂士豈堪新貴使少年自與老人疏荒園寂寂堆霜葉抱甕何妨日灌蔬

初寒病中有感

楚水楓林霜露新白頭一叟正吟呻牛衣未起王章疾馬磨何傷許靖貧治道本來存簡冊神州誰與靜煙塵新亭對泣猶稀見況覓夷吾一輩人

寄天封明老

浪迹天台一夢中距今四十五秋風勝遊回首似昨日衰病侵人成老翁聖寺參差石橋外仙蓬縹緲玉霄東因君又動青鞵興目斷千峯翠倚空

溪上作

落日溪邊杖白頭破裘不補冷颼颼戇愚酷信紙上語老病猶先天下憂末俗陵遲稀獨立斯文崩壞欲橫流紹興人物嗟誰在空記當年接俊遊

傴僂溪頭白髮翁暮年心事一枝筇山銜落日青橫野鵲起平沙黑蔽空天下可憂非一事書生無地効孤忠東山七月猶關念未忍沈浮酒醆中

詠史

夜雨燈前感慨深爲邦一士重千金風雲未展康時略天地能知許國心劍忽拄頤都將相帽曾壓耳隱山林英雄自古常如此君看隆中粱甫吟

春夜讀書

枉是儒冠遇太平窮人那許共功名枯腸不飽三升穄皓首猶親二尺檠寓世已爲當去客愛書更付未

來生夜闌撫几愁無奈起視離離斗柄傾

春晚村居

一事元無可得忙悠然半醉倚胡牀牡丹枝上青春老燕子聲中白日長身世已如風六鷁文章仍似閏黃楊太平有象無人識南陌東阡擣麨香

書歎

高廟衣冠月出遊中原父老淚交流諸公誰効回天力散吏空懷恤緯憂雨細漁菴晨舉網月明耕隴夜驅牛神州克復知何日北望飛蓬萬里秋

題陽關圖

誰畫陽關贈别詩斷腸如在渭橋時荒城孤驛夢千里遠水斜陽天四垂青史功名常蹭蹬白頭襟抱足乖離山河未復胡塵暗一寸孤愁祇自知

閒中

閒中高趣傲羲皇身臥維摩示病床活眼硯凹宜墨色長毫甌小聚茶香門無客至惟風月案有書存伯老莊問我東歸今幾日坐看庭樹六番黃

晨起

晨起梳頭拂面絲行年七十豈前期此身猶著幾兩屐長日惟消一局棊空釜生魚忍貧慣閒門羅雀與秋宜區區名義眞當勉正是先師戒得時

自詠 紹熙五年甲寅七十歲

常記當年入洛初華燈百萬擲樗蒱平生意薄刀筆吏投老身爲山澤臞已罷向空書咄咄尚能擊缶和嗚嗚今朝客至無尋處正伴園丁斸芋區

書室明煖終日婆娑其閒倦則扶杖至小園戲作長句

放翁老手竟超然俗子何由與作緣百榼舊曾誇席

地一窗今復幻壺天夢回橙在屏風曲雨霽梅迎拄杖前吾愛吾盧得安臥笑人思頻憶平泉自注李衛公憶平泉山居歐陽公思潁詩皆數十篇

美睡宜人勝按摩江南十月氣猶和重簾不捲留香久古硯微凹聚墨多月上忽看梅影出風高時送雁聲過一杯太淡君休笑牛背吾方扣角歌

冬夜獨酌

寒水茫茫浸月明疏鐘杳杳帶霜清一樽濁酒有妙理十里荒雞非惡聲物外雖增新跌宕胸中未洗舊崢嶸頹然坐睡蒲團穩殘火昏燈伴五更

郊行夜歸書觸目

老翁病起厭端居隨意東西不問塗霜野草枯鷹欲下江天雲溼雁相呼空垣破竈逃租屋青帽紅燈賣酒爐未畏還家踏泥潦園丁持炬小兒扶

十一月五日夜半偶作

草徑江村人迹絶白頭病臥一書生窗閒月出見梅影枕上酒醒聞雁聲寂寞已甘千古笑馳驅猶望兩河平後生誰記當年事淚濺龍牀請北征

閒中書事

病過新年逐日添清愁殘醉兩厭厭惜花萎去常遮日待燕歸來始下簾堂上清風生玉麈澗中寒溜注銅蟾一生留滯君休歎意望天公本自廉

一畝山園半畝池流年忽逮挂冠期賣花醉叟劚紅桂種藥高僧寄玉芝午枕爲兒哦舊句晚窗留客算殘棊登庸策免多新報老子癡頑總不知

感昔

三著朝冠入上都黄封頻醉渴相如馬慵立仗甯辭斥蘭偶當門敢怨鋤富貴尚思還此笏衰殘故合愛

吾廬燈前目力依然在且盡山房萬卷書

五丈原頭秋色新當時許國欲忘身長安之西過萬里北斗以南惟一人往事已如遼海鶴餘年空羨葛天民腰閒白羽凋零盡卻照清溪整角巾

登東山

漆園傲吏養生主栗里高人歸去來俱作放翁新受用不妨平地脫塵埃松崖壁立臨樵塢竹徑蚰蟠上歠臺送盡夕陽山更好與君踏月浩歌回

記九月二十日夜半夢

一夢邯鄲亦壯哉沙隄金轡絡龍媒兩行畫戟森朱戶十丈平橋夾綠槐東閣羣英鳴珮集北庭大戰捷旗來太平事業方施設誰遣晨雞苦喚回

蜀僧宗傑來乞詩三日不去作長句送之

看徧東南數十州寄船卻泝蜀江秋孤雲兩角山土

恙斗米三錢路不憂萬里得詩長揖去他年挈笠再來不放翁爛醉尋常事莫笑黃花插滿頭

老學菴 自注予取師曠老而學如秉燭夜行之語名庵

窮冬短景苦怱忙老學菴中日自長名譽不如心自肯文辭終與道相妨吾心本自同天地俗學何知溺粃糠已與兒曹相約定勿爲無益費年光

枕上偶成

放臣不復望修門身寄江頭黃葉村酒渴喜聞疏雨滴夢回愁對一燈昏河潼形勝寗終棄周漢規模要細論自憾不如雲際雁南來猶得過中原

雨夜有懷張季長少卿

放翁雖老未忘情獨臥山村每自驚鼎鼎百年如電速寥寥一笑抵河清梅初破蕚行江路燈欲成花聽雨聲正用此時思劇飲故交零落愴餘生

憶昔

憶昔輕裝萬里行水郵山驛不論程屢經漢帝燒餘棧曾宿唐家雪外城壯志可憐成昨夢殘年惟有事春耕西窗忽聽空階雨獨對青燈意未平

春思

七十老翁身退耕可憐未減舊風情典衣取酒那論價秉燭看花每到明江浦時時逢畫檝寺樓處處聽新鶯此生無復陽關夢不怕樽前唱渭城

六月二十四日夜分夢范致能李知幾尤延之同集江亭諸公請予賦詩記江湖之樂詩成而覺忘數字而已

露箬霜筠織短蓬飄然來往淡煙中偶經菱市尋谿友卻揀蘋汀下釣筒白菡萏香初過雨紅蜻蜓弱不禁風吳中近事君知否團扇家家畫放翁

七月二十四日作

閑拂青銅一惘然此生應老海雲邊涼颸入袂詩初就幽鳥呼人夢不全天上鵲歸星渚冷月中桂長露華鮮射胡羽箭凋零盡坐負心期四十年

秋夜示兒輩

吳下當時薄阿蒙豈知垂老歎途窮秋碪巷陌昏昏月夜燭簾櫳裊裊風縮項鯿魚收晚釣長腰粳米出新礱兒曹幸可團欒語憂患如山一笑空

自嘲

身見紹興初改元百罹敢料至今存生涯破碎餘龍具學問荒唐守兔園獨立未除還努氣餘生猶待闔棺論北窗燈暗霜風惡且置孤愁近酒樽

夜坐

杳杳霜鐘十里聲娟娟江月半窗明陳編欲絕猶堪

讀徵火相依更有情九曲煙雲新散吏（自注時方被命再領武夷祠祿）百年鉛槧老諸生頹然待旦君無笑尚勝聞雞賦早行

初拜再領祠宮之命有感

黃紙初開喜可知追懷平昔卻成悲悲生當京國承平日仕及皇家再造時小草出山初已誤斷雲含雨欲何施兒孫賀罷仍無事卻赴幽人把釣期

書憤（慶元三年丁巳七十三歲）

白髮蕭蕭臥澤中祇憑天地鑒孤忠阨窮蘇武餐氈久憂憤張巡嚼齒空細雨春蕪上林苑頹垣夜月洛陽宮壯心未與年俱老死去猶能作鬼雄

鏡裏流年兩鬢殘寸心自許尚如丹衰遲罷試戎衣窄悲憤猶爭寶劍寒遠戍十年臨的博壯圖萬里戰皋蘭關河自古無窮事誰料如今袖手看

病中夜賦

客如病鶴臥還起燈似孤螢闔復開苜蓿花催春事去梧桐葉送雨聲來滎河溫洛幾時復志士仁人空自哀但使胡塵一朝靜此身不憾死蒿萊

書感

奪壁元知價不讎屠龍誰信本無求哦詩聲裏歲時速憂國淚邊天地秋已欠謝安俱泛海况無王粲與登樓此身著處憑君記萬里煙波沒白鷗

雪夜感舊

江月亭前樺燭香龍門閣上馱聲長亂山古驛經三折小市孤城宿雨當晚歲猶思事鞍馬當時那信老耕桑綠沈金鎖俱塵委雪灑寒燈淚數行

憶昔

憶昔從戎出渭濱壺漿馬首泣遺民夜棲高冢占星

象畫上巢車望虜塵共道功名方迫逐豈知老病祇

逡巡燈前撫卷空流涕何限人間失意人

十八家詩鈔卷二十四

十八家詩鈔卷二十五目錄

陸放翁七律下百九十二首

孫以右文殿修撰來就試直欲首送阜鄉得
予文卷擢置第一秦氏大怒予明年旣顯黜
先生亦幾蹈危機偶秦公薨遂已予晚歲料
理故書得先生手帖追感平昔作長句以識
其事不知衰涕之集也

曉賦

遊近山

示兒子

初冬有感二首

齋中弄筆偶書示子聿

北望感懷

白髮

病退頗思遠遊信筆有作

自嘲

秋思

秋望

天涼時往來湖山閒有作

雨夜歎

讀史

客去追記坐閒所言

生日子聿作五字詩十首爲壽追懷先親泫然

有作

江上

冬朝

冬莫

書喜

有道流過門留與之語頗異口占贈之

小飲梅花下作

十八家詩鈔卷二十五目錄

十八家詩鈔卷二十五

湘鄉曾國藩纂

合肥李鴻章審訂
東湖王定安校

陸放翁七律下百九十二首

自規慶元四年戊午七十四歲

曲肱飲水彼何人汝獨何爲厭賤貧大節勿汙千載史少時便盡百年身圖書幸可傳遺業雞黍何妨約近鄰今日仲秋還小雨剩鉏麥壟待新春公自注鄉人謂八月一日得雨宜來年麥

學書

九月十九柿葉紅閉門學書人笑翁世間誰許一錢直窗底自用十年功老蔓纏松飽霜雪瘦蛟出海拏虛空即今譏評何足道後五百年言自公

書喜

水際柴荊鍵不開野人相見漫敲推寒鴉陣黑疑雲

過老木聲酣認雨來酒價日低常得醉官租時辦不勞催平生未省如今樂卻笑旁觀誤見哀

今年端的是豐穰十里家家喜欲狂俗美農夫知讓畔化行蠶婦不爭桑酒坊飲客朝成市佛廟村伶夜作場身是閒人新病愈賸移霜菊待重陽

滿川秋穫重頳肩拾穗兒童擁道邊夜夜江村無吠犬家家市步有新船奪攘不復憂山越安樂渾疑是地仙惟有衰翁最知達避胡猶記建炎年

病中排悶

面骨崢嶸鬢雪新承平版籍有遺民（自注予生於宣和中）心雖願繼無傳學力不能支已廢身開卷眼昏如隔霧擁爐肺渴欲生塵老龐亦有兒孫念付與天公不問人

吳體寄張季長

九月十月天雨霜江南劍南途路長平生故人阻攜

手萬里一書空斷腸人生强健已難恃世事變遷那可常兩家子孫各長大他年窮達毋相忘

書感

常記當年賦子虛公卿交口薦相如豈知鶴髮殘年叟猶讀蠅頭細字書出處幸逃千載笑功名從負此心初荒園落葉紛如積日莫歸來自荷鋤

舍北晚步

漠漠炊煙村遠近鼕鼕儺鼓埭西東三叉古路殘蕪裏一曲清江淡靄中外物已忘如棄屣老身無伴等羈鴻天寒寂寞籬門晚又見浮生一歲窮

予數年不至城府丁巳火後今始見之（慶元五年己未七十五歲）

陳迹關心已自悲劫灰滿眼更增欷山川壯麗昔無敵城郭蕭條今已非窣堵招提俱昨夢祝融回祿尚

餘威故交滅盡新知少縱保桑榆誰與歸

五月七日拜致仕勅口號

剡曲東歸日醉眠氷銜屢忝武夷仙恩如長假容居里官似分司不限年一札疏榮馳廏置兩兒扶拜望雲天坐縻半俸猶多媿月費公朝二萬錢

黃紙東來墨未乾孤臣恩許挂朝冠小兒扶出迎門拜鄰舍招呼擁路觀白首奉身歸畎畝清宵無夢接鵷鸞從今剩把花前酒憂患都空量自寬

書嬾

此身不覺老侵尋殘髮蕭蕭雪滿簪那有新詩書觸目亦無閑話問安心塞垣西戍荘如夢省戸東歸病至今一嬾便知生世了午窗酣枕敵千金

村東晚眺兩首錄其二

飽食無營過莫年筇枝到處一蕭然清秋欲近露霑

草新月未高星滿天遠火微茫沽酒市叢蒲窸窣釣魚船哦詩每憾工夫少又廢西窗半夜眠

陳阜卿先生爲兩浙轉運司考試官時秦丞相孫以右文殿修撰來就試直欲首送阜卿得予文卷擢置第一秦氏大怒予明年既顯黜先生亦幾蹈危機偶秦公薨遂已予晚歲料理故書得先生手帖追感平昔作長句以識其事不知衰涕之集也

冀北當年浩莫分斯人一顧每空羣國家科第與風漢天下英雄惟使君後進何人知大老橫流無地寄斯文自憐衰鈍辜真賞猶竊虛名海內聞

曉賦

八月江湖風露秋時聞脫葉下梧楸離離斗柄西南指爛爛天河今古流人語正譁過古埭自注湖桑埭五更聞挽船

聲喧甚角聲三弄下譙樓百城已共豐年樂一老猶懷卒歲憂

遊近山

羸病知難賦遠遊尚尋好景送悠悠亂山孤店雁聲晚一馬二童溪路秋掃壁有僧求醉墨倚樓無客話清愁殘年敢望常强健到處臨歸爲小留

示兒子

祿食無功我自知汝曹何以報明時爲農爲士亦奚異事國事親惟不欺道在六經寧有盡躬耕百畝可無飢最親切處今相付熟讀周公七月詩

初冬有感

衰髮蕭蕭滿鏡絲情懷非復似平時風霜十月流年感碪杵三更游子悲閩嶠故人消息惡自注傳聞方伯蓍病卒蜀江遺老素書遲自注張季長居唐安歲常通書一簞一豆飯休嫌薄

賦分羈窮合自知

峩冠本願致唐虞白首那知墮腐儒碌碌不成千載事駸駸又見一年徂無僧解輟齋廚米有吏頻徵瘦地租要信此翁頑到底只持一笑了窮途

齋中弄筆偶書示子聿

左右琴樽靜不譁放翁新作老生涯焚香細讀斜川集候火親烹顧渚茶書爲半酣差近古詩雖苦思未名家一窗殘日呼愁起裊裊江城咽暮笳

北望感懷

滎河温洛帝王州七十年來禾黍秋大事竟爲朋黨誤遺民空歎歲時遒乾坤憾入新豐酒霜露寒侵季子裘食粟本同天下責孤臣敢獨廢深憂

白髮

蕭蕭白髮濯滄浪剡曲西南一草堂飲水讀書貧亦

樂杜門養病老何傷已成五畝扶犂叟誰記二朝執戟郎正似籬邊數枝菊歲殘猶復耐冰霜

病退頗思遠遊信筆有作（慶元六年庚申七十六歲）

平日身如不繫舟曾從楚尾客秦頭風生江浦千帆曉月落山城一笛秋萬事只能催白髮百年終是臥荒邱扶衰强項君休笑尚憶人閒汗漫遊

自嘲

少讀詩書陋漢唐莫年身世寄農桑騎驢兩腳欲到地愛酒一樽常在傍老去形容雖變改醉來意氣尚軒昂太行王屋何由動堪笑愚公不自量

寄贈湖中隱者

高標絕世不容親識面無由況卜鄰萬頃煙波鷗境界九秋風露鶴精神子推綿上終身隱叔度顏回一輩人無地得申牀下拜夜聞吹笛度煙津

觀畫山水

古北安西志未酬人間隨處送悠悠騎驢白帝城邊雨挂席黃陵廟外秋大網截江魚可膾高樓臨路酒如油老來無復當年快聊對丹青作臥遊

枕上作

無地容錐四壁空浩然亦未愴途窮夢回倦枕燈殘後詩在空階雨滴中徂歲易成雙鬢禿故人難復一樽同唐安萬里音塵絕誰爲寒沙問斷鴻自注張季長今年尚未通書

蕭蕭白髮臥扁舟死盡中朝舊輩流萬里關河孤枕夢五更風雨四山秋鄭虔自笑窮耽酒李廣何妨老不侯猶有少年風味在吳牋著句寫清愁

初寒

逐祿天涯半此生明時寬大許歸耕山圍魚市寒無

色雨掠蓬窗夜有聲白髮青燈身潦倒殘蕪落葉歲崢嶸爾來有喜君知否買得烏犍萬事輕

早涼熟睡

靈臺虛湛氣和平投枕逡巡夢即成屋角鳴禽呼不覺手中書冊墮無聲百年日月飛雙轂千古山河戰一枰賴有蓮峯遺老在白雲深處主齊盟自注謂陳希夷

倚樓

千里江山入倚樓高吟聊復寫吾憂詩書幸有先人業貧賤初非學者羞數掩槿籬端可老一杯藜粥尚何求東陂未插青秧遍且與鄰翁卜雨鳩

西村

亂山深處小桃源往歲求漿憶叩門高柳簇橋初轉馬數家臨水自成村茂林風送幽禽語壞壁苔侵醉墨痕一首清詩記今夕細雲新月耿黃昏

閉戶

收身歸死鏡湖傍閉戶悠悠白日長巷僻斷非容駟路腸枯那有蹴蔬羊書生正可蹈東海世事漫思移太行睡起不知天早莫坐看螢度篆盤香

長飢

病臥窮櫚負聖時本來吾道合長飢朝不及夕未妨樂死何如生行自知早年羞學仗下馬末路幸似泥中龜煙波一葉會當逝吹笛高人有素期

題齋壁

鏡水西頭破茅屋紹興初載舊書生門無車馬終年靜身臥雲山萬事輕三釜昔傷貧藉祿一廛今幸老爲氓斷蓬不是無飛處莫與飄風抵死爭

晝臥初起書事 嘉泰元年辛酉七十七歲

歲華病思兩侵尋靜看槐楸轉午陰待睡不來聊小

憩暇詩未就且長吟還山久洗天涯憾謝事新諧物外心忽有故人分祿米呼兒先議贖雷琴

偶作夜雨詩明日讀而自笑別賦一首

俗情向者未全忘洗以縈簾一縷香得失故應常浩浩是非正可付蒼蒼殘蟬不斷知秋近雙燕歸來伴晝長誰識龜堂新力量東家卻笑接輿狂

晚涼述懷

末學常憂墮吝驕晚知鵬鷃本逍遙屏醫卻藥疾良已破械空囹盜自消父子終身美藜藿交遊大半是漁樵衡門日落西風起又著藤冠度野橋

梅市

梅市柯山小繫船開篷驚起醉中眠橋橫風柳荒寒外月墮煙鐘縹緲邊客思況經孤驛路詩情又入早秋天如今老病知何憾判斷江山六十年

秋思

利欲驅人萬火牛江湖浪迹一沙鷗日長似歲閑方覺事大如山醉亦休衣杵相望深巷月井桐搖落故園秋欲舒老眼無高處安得元龍百尺樓

秋望

快哉一雨洗浮塵卻喜郊原霽色勻野火已亡秦相篆江濤猶託伍胥神登臨頓覺清秋早流落空悲白髮新東望思陵鬱蔥裏老民猶及見時巡自汴游尚能記高皇建炎巡幸

天涼時往來湖山間有作

萬壑千巖自古傳青鞋布襪更誰先泛舟菰脆鱸肥地把酒橙黃橘綠天秦篆舊碑荒草棘禹書遺穴慘風煙誰知陸子登臨日已近浮生八十年

雨夜歎

秋雨何曾住一滴老夫危坐欲三更開元貞觀事誰問温洛榮河塵未清豐年猶有餓死處破屋自愛讀書聲刺經作制豈不美無奈人閒痛哭生

讀史

青燈耿耿夜沈沈掩卷淒然感獨深恤緯不遑嫠婦歎美芹欲獻野人心孤忠要有天知我萬事當思後視今君看宣王何似主一篇庭燎未忘箴

客去追記坐閒所言

征西幙罷幾經春歎息兒音尚帶秦每爲後生談舊事始知老子是陳人建隆乾德開王業温洛榮河厭虜塵倘得此生重少壯臨危敢愛不貲身

生日子聿作五字詩十首爲壽追懷先親泫然有作十月十七日

我生尚及宣和末頒歷頻驚歲月移負米養親無復

日蓼莪廢講豈勝悲渡江百口今誰在抱憾終身只自知文字虛名何足道樽前媿汝十章詩

江上

禹會橋頭江渺然隔江村店起孤煙冷雲垂野雪方作斷雁叫羣人未眠萬里漂流歸故國一生蹭蹬付蒼天莫年尚欲師周孔未遽長齋繡佛前

冬朝

風入園林徹夜鳴曉看黃葉與階平篝爐火著衣初暖爨釜薪乾粥已成潔己功夫先盥頮正心事業始冠纓聖賢雖遠詩書在殊勝鄰翁擊磬聲

冬莫

曉角昏鐘爲底忙豈容老子更禁當乘除富貴惟身健補貼光陰有夜長臨水小軒初見月滿庭殘葉不禁霜巴江尺素何時到剩著新詩寄斷腸（自注張梓州書久不）

至

書喜

堪笑龜堂老更頑天教白髮看青山家居禹廟蘭亭路詩在林逋魏野閒略計未嘗三日醒細推猶得半生閑今年況展南湖面朝借樵風莫可還（自注：時方有朝命復鏡湖）

有道流過門留與之語頗異口占贈之

萬里縱橫自在身偶然來看剡溪春取將月去閒娛客攜得雲歸遠寄人縮地不妨遊汗漫移山隨處對嶙峋須君更出囊中劍一爲斸河洗虜塵

小飲梅花下作

脫巾莫歎髮成絲六十年間萬首詩（自注：予自年十七八學作詩今六十年已得萬篇）排日醉過梅落後通宵吟到雪殘時偶容後死甯非幸自乞歸耕已愧遲青史滿前閑即讀幾

人爲我作著龜

送施武子通判（嘉泰二年壬戌七十八歲）

初入脩門鬢未秋安期千里接英遊退歸久散前三衆邁往欣逢第一流只道升沈方異趣豈知氣類肯相求龍鍾不得臨江別目斷西陵煙雨舟

散步湖隄上時方濬湖水面稍瀰漫矣

老覺人閒萬事輕不妨閒處得閒行西山鳥沒暮雲合南浦波平春水生孤操不渝無鶴怨淡交耐久有鷗盟先民幸處吾能勝生長兵閒老太平（自汴邵堯夫自謂生於太平老於太平爲太平之幸民彼豈知幸哉若予生於亂離乃老於太平眞可謂幸矣）

舍外彌望皆靑秧白水喜而有作

此處天教著放翁舍旁煙樹晚空濛一無可憾得歸老寸有所長能忍窮東作已趨堯舊俗南薰方詠舜遺風謝安勳業能多少枉是怱怱起剡中

雨夜觀史

讀書雨夜一燈昏歎息何由起九原邪正古來觀大節是非死後有公言未能劇論希捫蝨且復長歌學叩轅他日安知無志士經過指點放翁門

自局中歸馬上口占 先生自紹興元年還山家居十有三年至是嘉泰二年以孝宗光宗兩朝實錄及三朝史未就詔同修國史實錄院同修撰免奉朝請尋兼秘書監明年書成致仕此處前有入都一首開局一首未鈔以後多在史局時所作

幼輿只合著山巖誤被恩光不蓋慙人怪衰翁頻尺一心知造物賦朝三飛騰豈少摩雲鶻蹙縮方同作繭蠶安得公朝憫枯朽早教歸臥舊茆菴

秋思

烏帽翩翩九陌塵杖藜誰記岸綸巾遺簪見取終安用擻帚雖微亦自珍廊廟似聞憐老病雲山漸欲屬閑身牆隅苜蓿秋風晚獨倚門扉感慨頻

霜露初侵季子裘。山川空賦仲宣樓。夢回最怯聞衣杵。病起常憂負酒籌。日月往來雙轉轂。乾坤成壞一浮漚。書生事業無多許。二寸毛錐老未休。

史院晚出

已乞殘骸老故邱。誤恩重作道山游。龍津雨過橋如拭。鳳闕煙銷瓦欲流。直舍小眠鐘報午。歸途微冷葉飛秋。心知伏櫪無千里。縱有王良也合休。

懷故山

老怯京塵化素衣。無端拋擲釣魚磯。碧雲又見日將暮。芳草不知人念歸。萬事莫論羈枕夢。一身方墮亂書圍。岷山學士無消息。空想燈前語入微。自注張季長祕閣久不得書

訪客至北門抵莫乃歸

北郭那辭十里遙。上車且用慰無聊。九衢浩浩市聲

合四野酣酣雪意驕清鏡乍磨臨綠浦長虹横絕度朱橋歸來熟睡明方起臥聽鄰牆趁早朝

寄題儒榮堂自注朝散大夫徐夢莘著北盟錄上之除直祕閣訓辭有儒榮之語因以名堂來求賦詩

軍容基甌廟謀疏尚記文登遣使初只道大功隨指顧至今遺種費誅鋤還朝不遣參麟筆寓直空聞上石渠剩辦殺青君記取龍庭焚盡始成書

送任夷仲大監自注元受之子

往者江淮未徹兵丹陽邂逅識耆英叩門偶綴諸公後倒屣曾蒙一笑迎敢意癡頑成後死相從髣髴若平生小詩話別初何有一段清愁伴艣聲自注游昔在京日與陳應求馮圖仲查元章張欽夫諸人從先提刑遊今三十九年矣

孤坐無聊每思江湖之適

世上元無第一籌此身只合臥滄洲艫搖漁浦蒼茫

月帆帶松江浩蕩秋有酒人家皆可醉無僧山寺亦閑遊老來閱盡榮枯事萬變惟應一笑酬

武林

皇輿久駐武林宮汴雒當時未易同廣陌有風塵不起長河無凍水常通樓臺飛舞祥煙外鼓笛喧呼明月中六十年間幾來往都人誰解記衰翁自注紹興癸亥予年十九以試南省來臨安今六十年矣

立春後十二日命駕至郊外戲書觸目嘉泰三年癸亥

七十九歲

身兼老病常歸臥天半陰晴偶出遊鷃鵲碧籠當戶外鞦韆畫柱出牆頭年華冉冉飛雙翼夢境悠悠寄一漚旅食都門那可久少留應爲賦春愁

宮雲縹緲漏聲遲夢裏華胥卻自疑春淺風光先盎盎時平節物共熙熙畫簾不捲聞人語玉勒徐行避

酒旗閱盡輦流身獨健恍如隨計入都時
丹成不服怕升天豈料乘風到日邊九陌樓臺生細
靄萬家弦管送流年香車寶馬沿湖路繡幙金罍出
郭船折簡亦思招客醉不堪春困又成眠

出謁晚歸

萬卷縱横眼欲盲偶隨尺一起柴荆淵魚脫水知難
悔野鶴乘車只自驚苑路落梅輕有態御溝流水細
無聲紅塵朝莫何時了促駕歸來洗破觥

東軒花時將過感懷二首

小軒風月得婆娑盡付流年與嘯歌細數一春今過
半正令百歲亦無多還家常恐難全璧閱世深疑已
爛柯只欲閉門搘倦枕晚風無奈落花何
社雨晴時燕子飛園林何許覓芳菲江山良是人誰
在天地無私春又歸殘史有期成汗簡修門即日挂

朝衣人生念念皆堪悔敢效淵明歎昨非

舟行錢清柯橋之間先生以壬戌六月十四日入都門癸亥五月十四日去國中有閏月相距恰及一年至是又歸山陰

逾年夢想會稽城喜挂高帆浩蕩行未見東西雙白塔先經南北兩錢清兒童鼓笛迎歸艦父老壺觴敘別情想到吾廬猶未夜竹間正看夕陽明

子聿至湖上待其歸

舍北犬吠迎歸航老翁待兒據胡床碧雲忽起欲吞日黃葉自凋非霣霜十風五雨歲則熟左餐右粥身其康豈無深谷結茆屋父子讀易消年光

對酒示坐中

綠橙丹柿鬭時新一笑聊誇老健身大度乾坤容縱酒多情風月伴垂綸初生京洛逢時泰幼度江淮避虜塵八十年間窮不死猶能澗底束荆薪

北窗

破屋頹垣嘯且歌一窗隨處寄婆娑閱人每歎同儕少遇事方知去日多雲溼沙洲秋下雁雨來荻浦夜鳴鼉何時更續扁舟興剩載郫筒醉綠蘿自注綠蘿溪在夷陵

冬夜對書卷有感

人生如夢終當覺世事非天孰可憑萬卷雖多當具眼一言惟恕可銘膺所聞要足敵憂患吾道豈其無廢興白髮蕭蕭年八十依然父子短檠燈

寄題王才臣山居

王子自少無他娛求佳山林結草廬頭童齒豁已衰矣衣敝屢空常晏如出遊恥懷禰衡刺歸卧盡讀倚相書他日叩門傾白墮要看著句到黃初

讀書有感

洙泗諸生尊所聞豈容兀者亦中分焚經競欲愚黔

首士史誰能及闕文吾道固應千古在幾人虛用一生勤世閒倚相何曾乏會與明時誦典墳

春晚雨中作嘉泰甲子八十歲

冉冉流光不貸人東園青杏又嘗新方書無藥醫治老風雨何心斷送春樂事久歸孤枕夢酒痕空伴素衣塵畏途回首濤瀾惡賴有雲山著此身

野步至近村

耳目康甯手足輕村墟草市徧經行孝經章裏觀初學麥飯香中喜太平婦女相呼同夜績比鄰塌作事春耕勿言野饁無鹽酪筍蕨何妨淡煑羹

遣興

聒聒鳴鳩莫笑渠百年我亦旋枝梧病知藥物難爲驗老覺人閒不足娛茆屋何妨度寒暑蔬餐且可遣朝晡釣船一出無尋處千頃江邊雪色蘆

老荷君恩許醉眠散人名號媿妨賢久叨物外清閑福麤識詩中造化權風月四時隨指顧乾坤一氣入陶甄新秋更欲浮滄海臥看雲帆萬里天

溪上避暑

暮年事業轉悠悠盡日投竿杜若洲世上漫言天愛酒古來甯有地埋憂全家只合雲山老萬事空驚歲月遒褫帶脫冠猶病暍正平頗憶著岑牟

短髮颼颼徹頂涼悠哉隨處據胡牀但憐鵲影翻殘月不憾蟬聲送夕陽門巷陰陰桐葉暗汀洲漠漠藕花香寓形宇內終煩促安得騎鯨下大荒

湖上

石帆山下舊苔磯回首平生念念非秋早明河低接地夜深白露冷侵衣風生古戍笳爭發月過橫塘鵲獨飛卻看宦途傾奪地怳然敗將脫重圍

書事

北征談笑取關河盟府何人策戰多掃淨煙塵歸鐵馬翦空荆棘出銅駝史臣歷紀平戎策壯士遙傳入塞歌自笑書生無寸效十年枉是枕琱戈

野興四首錄三四

早見高皇宇宙新耄年猶作太平民虛名僅可欺橫目戇論曾經犯逆鱗原野莫雲低欲雨陂湖秋水浩無津蕭條生計君無笑一鉢藜羹敵八珍

飽見人閒行路難暫陪鴛鷺意先闌集仙院裏三題石神武門前兩挂冠飢餓了無千里志倦飛元怯九霄寒客來莫笑蓬窗陋若比巢居已太寬

秋興二首錄其次

世事元看等一毫紛紛寵辱陋兒曹雁行橫野月初上桐葉滿庭霜未高細考蟲魚箋爾雅廣收草木續

離騷更餘一事君知否臥聽牀頭滴小槽

風雨夜坐

寒風淒緊雨空濛舍北新丹數樹楓欹枕舊遊來眼底掩書餘味在胸中松明對影談元客篠火圍爐采藥翁君看龜堂新境界固應難與俗人同

月夕幽居有感

五嶽名山采藥身可憐騎馬踏京塵浮名本是挻災物謝事寧非得道因出岫每招雲結伴巢松仍與鶴爲鄰劍南舊隱雖乖隔依舊柴門月色新

寒夜將旦作

白髮垂肩無二毛胸中消盡少年豪河傾月沒夜將旦木落草枯秋已高窗下燈殘候蟲語牆隅棲冷老雞號曲肱不復更成寐起視寒空如斷鰲

舟中作

一葉輕舟一破裘。飄然江海送悠悠。閒知睡味甜如蜜。老覺羈懷淡似秋。失侶雲閒孤雁下。耐寒波面兩鳧浮。年逾八十真當去。似爲雲山尚小留。

元日讀易 寧宗開禧元年乙丑八十一歲

伏羲三十餘萬歲。傳者太山一毫芒。春秋雖自魯麟絕。禮樂蓋先秦火亡。孟軻財能道封建。孔子已不言鴻荒。於虖易學幸未泯。安得名山處處藏。

書歎 二

無能自號癡頑老。尚健人稱矍鑠翁。未向松根藏病骨。尚尋花底醉春風。翩翩孤影如歸鶴。冉冉流年付斷蓬。曾謁高皇識隆準。傷心無復一人同。自注紹興朝士自周丞相下世獨予尚在爾

夜興

脫冠殘髮冷颼颼。北斗闌干河漢秋。木末有風栖鶻

起亭皐無月亂螢流酒慳僅得時時醉詩退難禁夜夜愁欲睡不妨還小立一聲菱唱起滄洲

讀趙昌甫詩卷

蝸廬溽暑不可過把卷一讀趙子詩如遊麻源第三谷忽見梅花開一枝寄書問訊不可得握臂晤語應無期惟當飲水絶火食海山忽有相逢時

醉題

來往人間今幾時悠悠日月獨心知尋僧共理清宵話掃壁閑尋往歲詩匹馬秋風入條華孤舟莫雪釣湘灘只愁又踏關河路荊棘銅駝使我悲

秋望

千里郊原俯莽蒼三江煙水接微茫橫林蟲鏤無全葉新雁風驚有斷行神禹祠庭遺劍珮先秦金石古文章一樽莫憾盤飱薄終勝登樓憶故鄉

秋夜思南鄭軍中

五丈原頭刁斗聲秋風又到亞夫營昔如埋劍常思出今作閑雲不計程盛事何由觀北伐後人誰可繼西平眼昏不奈陳編得挑盡殘燈不肯明

湖上

飄然世外更何求終日橋邊弄釣舟回視老身猶長物縱無炊米莫閑愁煙生墟落垂垂晚雁下陂湖處處秋欲覓高人竟安在又聞長笛起滄洲自注湖中有隱士月夜必吹笛人莫有見者

自規

忿慾俱生一念中聖賢本亦與人同此心少忍便無事吾道力行方有功碎首甯聞怨飄瓦鬭弓固不慕冥鴻老翁已落江湖久分付餘年一短篷

枕上作

一室幽幽夢不成高城傳漏過三更孤燈無燄穴鼠出枯葉有聲鄰犬行壯日自期如孟博殘年但欲慕初平不然短楫棄家去萬頃松江看月明

懷舊

身是人間一斷蓬半生南北任秋風琴書昔作天涯客蓑笠今成澤畔翁夢破江亭山驛外詩成燈影雨聲中不須强覓前人比道似香山實不同

秋晚書懷

七澤三巴日月長卽今萬事付茫茫結廬窮僻新知少屬疾沉緜舊學荒中夜飯牛初上坂千年化鶴復還鄉自憐尚覺身爲累剩蓄荆薪待雪霜

頹然兀兀復騰騰萬事惟除死未曾無奈喜歡閑弄水不勝頑健遠尋僧喚船野岸橫斜渡問路雲山曲折登卻笑吾兒多事在夜分未滅讀書燈

憶昔自注：偶見張安國、周子充、劉韶美、王景文、陳德召、任元受遺集，爲之感愴，作長句紓悲，不知涕泗之集也

憶昔先皇紬柄臣，招徠賢雋聚朝紳。甯知遺憾忽千載，追數同時無一人。薤骨九原應已朽，殘書數帙尚如新。此身露電那堪說，也復燈前默愴神。

蜀漢

憶昔遨遊蜀漢閒，鬖鬖五十尚朱顏。呼鷹雪闇天回路，采藥雲迷御愛山。舊事已無人共說，征途猶與夢相關。夕陽不覺憑闌久，待得林鴉接翅還。

唐虞

唐虞雖遠愈巍巍，孔氏如天孰得違。大道豈容私學裂，專門常怪世儒非。少林尚忌隨人轉，老氏亦尊知我稀。能盡此心方有得，勿持糟粕議精微。

望永思陵

高帝中興萬物春青衫曾忝綴廷紳仕爲將相卻常事年及耄期能幾人早幸執殳觀北伐晚叨秉筆紀東巡歸耕況復蒼梧近鬱鬱蔥蔥佳氣新自注紹興末駕幸金陵游適在朝列淳熙末修高宗實錄游首被選

閉戶

乞身林下養衰殘閉戶寧容外物干正使有爲終淡泊未能無疾已輕安寸陰息念如年永丈室端居抵海寬老子爾來深達此卻嫌兒女話團欒

秦皇酒甕下垂釣偶賦

酒甕山邊古釣磯沙鷗與我共斜暉目前雖有小得喪天下豈無公是非滄海橫流何日定古人復起欲誰歸道邊醉倒君奚憾豈失風塵一布衣

初夏出遊

早緣疏拙遂歸耕晚爲沈緜得養生藥鑱釣竿緣已

熟海村山市眼偏明安西萬里人何在廣武千年憾未平但使蓮峯歸路穩亦無閑手揖公卿

平生與世曠周旋惟有清游意獨便小竈炊菰山市口東芻秣蹇海雲邊春融憾欠舒長日秋爽已悲搖落天首夏清和真妙語爲君誦此一欣然

泥靴椶鞋雨墊巾閑遊又送一年春長歌聊對聖賢酒羸病極知朝暮人廢堞荒郊閑弔古朱櫻青杏正嘗新桃源自愛山川美未必當時是避秦

暑夜泛舟

暑氣方然一鼎湯偶呼艇子夜追涼微風忽起髮根冷闕月初升林影長漸近場中聞笑語卻從隄外看帆檣超然自適君知否身世從來付兩忘

烈暑原知不可逃天將清夜付吾曹小舟行處浦風急健鶻歸時山月高愚智極知均腐骨利名何啻一

秋毫等閒分得吳松水安用并州快翦刀

觀邸報感懷

六聖涵濡壽域民耄年肝膽尚輪囷難求壯士白羽箭且岸先生烏角巾幽谷主盟猿鶴社扁舟自適水雲身卻看長劍空三歎上蔡臨淮奏捷頻

對酒

斷簡殘編不策勛東皋猶得肆微勤榮枯一枕春來夢聚散千山雨後雲煙水幸堪供眼界世緣何得累心君床頭小瓮今朝熟撥置閒愁且一欣

感事

曾事高皇接舊遊君恩天地若為酬濟時已負終身媿謀己常從一笑休在昔風塵馳廄置卽今煙雨暗畊疇孤愁欲豁窗無地野店逢僧每小留

秋思

詩人本自易悲傷何況身更憂患場烏鵲成橋秋又到梧桐滴雨夜初涼江南江北幾雙燈暗燈明更短長安得平生會心侶一尊相屬送流光

閑遊

大冠長劍已焉哉短褐禿巾歸去來五世業儒書有種一生任運仕無媒麥經小雨家家下菊著新霜處處開自笑閑遊心未歇青鞋踏碎白雲堆

記夢

久住人間豈自期斷砧殘角助淒悲征行忽入夜來夢意氣尚如年少時絕塞但驚天似水流年不記鬢成絲此身死去詩猶在未必無人麤見知

書几試筆

鬢毛蕭颯齒牙疏九十侵尋八十餘屋小苦寒猶省火窗明新霽倍添書解梁已報偏師入上谷方看大

盜除藥笈箸囊幸無恙蓮峯吾亦葺吾廬自注偶見報西鄰復關中郡縣昔予嘗有卜居條華意因及之

幽居遣懷三首錄其末

習氣深知要掃除時時徧忿獨何歟呼童不應自生火待飯未來還讀書世態詎堪閒處看俗人自與我曹疏作詩未必能傳後要是幽懷得小攄

湖上晚歸

蓬山再別四經秋來日翩翩去日遒無酒可傾殊省事有詩渾忘亦良籌梅花遮路如撩客檞葉飄風已滿溝湖上榜舟歸薄暮斜陽紅入寺家樓

醉中作

名醞羞兒折密封香粳玉粒出新春披緜珍羹經旬孰斫雪雙螯洗手供吟罷欲沈江渚月夢回初動寺樓鐘爐煙裊裊衣篝暖未覺家風是老農

感老

人生六十已爲衰況我頽齡及耄期對酒尚如年少日愛書不減布衣時遠遊每動辭家興大藥方從出世師但向青編觀曩事英雄何代不兒嬉

冬夕閑詠

柳眼梅鬚漏洩春江南又見物華新終年幽興遺身世半夜孤吟愴鬼神客有疏親俱握手酒無賢聖總濡脣放翁自命君無笑家世從來是散人

自述

勃落爲衣隱薜蘿掃空塵抱養天和過期未死更強健與世不諧猶嘯歌野市蕭條殘葉滿酒家零落廢墟多石帆山下孤舟雨借問君如此老何

十一月二十七日夜分披衣起坐神光自兩眥出若初日室中皆明作詩志之

靈府無思踵息微神光出背射窗扉大冠長劍竟何有尺宅寸園今始歸憂患過前皆夢事功名自古與心違三峯二室煙塵靜要試霜天槲葉衣

歲暮遣興二首錄其一

昔慕騷人賦遠遊放懷蜀棧楚山秋橘中尚可著三老海外誰云無九州薄酒時須澆舌本閑愁莫遣上眉頭幅巾短褐吾差便實厭衣冠裹沐猴

冬晴

歲暮常年雪正豪今年暄暖減綈袍春回山圃梅爭發睡足茆簷日已高倉庾家家儲舊穀笙歌店店賣新醪太平氣象方如許寄語殘胡早遁逃

幽事

老大常愁節物催東皇又挽斗杓回江天慘慘不成雪山驛蕭蕭初見梅隱士寄雲從地肺遊僧問路上

天台戲書幽事無時鬬古錦詩囊暮暮開

初春幽居 開禧三年丁卯八十三歲

滿榼芳醪手自攜陂湖南北埭東西茂林處處見松鼠幽圃時時聞竹雞零落斷雲斜障日霏微過雨未成泥老民不預人間事但喜春疇漸可犂

小築園林淺鑿池身閑隨事得遊嬉幽花折得露猶溼嘉木移來根不知小蝶弄晴飛不去珍禽喜靜語多時風光未忍輕拋擲聊付詩囊與酒卮

春遊

梅市移舟過古城此行亦未鬬逢迎負薪野老無妻子施藥山人隱姓名風雨偏宜宿茆店鹽醯不遣到藜羹宣和版籍今誰在似是天教樂太平

春感

老厭紛紛懶入城長亭小市近清明隴頭下漏初芸

草陌上吹簫正賣餳多病更知生是贅九原那憾死無名但餘一事猶關念萬里唐安闕寄聲自注張季長久不通書或傳其臥病甚耿耿也

幽居

策府還家又五年心常無事氣常全平生本不營三窟此日何須直一錢雨霽桑麻皆沃若地偏雞犬亦翛然閉門便造桃源境不必秦人始是仙

横草無功負主恩一生强半臥衡門蠹書身世元無憾伏櫪光陰不更論春雨負薪蘭渚市秋風采藥石帆村更思旋糴場中麥暖熱塵埃老瓦盆

五月二十一日風雨大作

風雨縱横夜徹明須臾更覺勢如傾出門已絕近村路對面不聞高語聲銜䑰江關多蜀估宿師淮浦飽吳粳老民願忍須臾死傳檄方聞下百城自注蜀盜已平淮壖

胡賊亦遁去

即事

歸臥已如狐首邱不妨解劍換吳牛掃空身外閑榮辱閱盡樽前舊輩流學道漫希僧坐夏憂時常媿士防秋一年歷日開强半歎息人間歲月遒

晚興

地荒蓬藋與人齊局促何曾厭屋低村市船歸聞犬吠寺樓鐘暝送鴉栖山童新斫朱藤杖儈婢能醃白苣虀政欲出門尋酒伴霏霏小雨又成泥

聞蜀盜已平獻馘廟社喜而有述

北伐西征盡聖謨天聲萬里慰來蘇橫戈已見吞封豕徒手何難取短狐學士誰陳平蔡雅將軍方上取燕圖老生自憫歸耕久無地能捐六尺軀

霜風

霜風近海夜颼颼敢效庸人念褐裘闕吏雖通西域貢王師猶護北平秋黃旗馳奏有三捷金印酬功多列侯願補顏行身已老區區畎畝亦私憂

閑遊所至少留得長句

畫橈艇子短驢鞦野店山郵每小留瓜蔓水生初抹岸梅黃雨細欲遮樓遼東邂逅從歸鶴海上逢迎得狎鷗豈是人間偏好異莫年難復作沈浮

垣屋參差桑竹繁意行漫漫不知村眼明可數遠山疊足健直窮流水源鷺引釣船經荻蒲牛隨牧笛入柴門試尋高處休行李清絕應須入夢魂

太平人物自諧嬉及我青鞵布襪時丁壯趁晴收早粟比鄰結伴絡新絲圓鼙坎坎迎神社大字翩翩賣酒旗晤語豈無黃叔度欲尋幽徑過牛醫

已過樵塢到漁村逢著人家卽叩門僧釜藜羹加糝

美市爐黍酒帶酲渾顏齡更媿才能薄故里方知輩行尊身迫九原兒亦老一經猶欲教諸孫

高僧宴坐雪蒙頭閑牧從來水牯牛深院陰陰四簷雨高堂寂寂一簾秋光明本自無餘欠夢幻何曾有去留我亦翛然五湖客不妨相與試茶甌

曉思

昏昏斷夢帶餘酲散髮披衣坐待明城角吹殘河漸隱海氛消盡日初生老農自得當年樂癡子方爭後世名莫怪閉門常懶出卽今車蓋爲誰傾

秋感

瘦盡腰圍白盡頭悲蛩聲裏落梧楸短檠且慰經年别袒裼猶懷卒歲憂天地無私嗟獨困風霜有信又殘秋頑軀安得常强健更倚東吳寺寺樓

紹興辛未至丙子六年閒予年方壯每遇重九

多與一時名士登高於蕺山宇泰閣距開禧丁卯六十年憂患契闊何所不有追數同遊諸公乃無一人在者而予猶強健慘愴不能已賦詩識之

故里登高接雋遊卽今不計幾番秋一樽尚與菊花醉萬事不禁江水流薄命雖多死閭巷逢時亦有至公侯若論耄歲朱顏在窮達皆當輸一籌

哭季長

嵊山剡曲各天涯死籍前時偶脫遺三徑就荒俱已老一樽相屬永無期寢門哀慟今何及泉壤從遊後不疑邂逅子孫能記此交情應似兩翁時

我荷鋤時君賜環君歸我復造清班無由促席暫握手每得寄聲聊解顏造物不令成老伴著書猶喜在名山自注季長晚著書數百卷半年僅得陳蕁鄉白首臨風涕自

潛。

戊辰立春日 嘉定元年八十四歲

昨夜風搖斗柄回。典衣也復一傳盃。故人久作天涯别。新句空從枕上來。清鏡豈堪看鬢色。小園剩欲覓桃栽。頹然卻憾貪春睡。不盡城頭畫角哀。

卧聽城門出土牛。羅幡應笑雪蒙頭。但須晨起一卮酒。聊洗人閒千種愁。處處樓臺多俠客。家家船舫待春遊。梅花未徧枝南北。定爲餘寒得小留。

石帆山下作

石帆山下古苔磯。回首人閒萬事非。能飲上池何患死。不營尺宅欲安歸。寒龜瑟縮搘牀老。倦鶴翩翾帶箭飛。堪笑年來殊省事。就憑樵女綻春衣。

書歎

髧髦承學紹興前。歷看人閒七十年。撲滿終歸棄道

側鵶夷猶得載車邊釣船夜泛吳江月醉眼秋看楚澤天造物未容書鬼錄殘春又藉落花眠

恩封渭南伯唐詩人趙嘏爲渭南尉當時謂之趙渭南後來將以予爲陸渭南乎戲作長句

老向人間作倦遊君恩乞與渭川秋虛名定作陳驚坐好句真慙趙倚樓棧豆十年羸病馬煙波萬里著浮鷗就封他日輕裘去應過三峯處處留

題蘇虞叟巖壑隱居

蘇子飄然古勝流平生高興在滄洲千巖萬壑舊卜築一馬二僮時出遊香斷鐘殘僧閣晚鯨吞鼉作海山秋極知處處多奇語肯草吳牋寄我不

初夏雜興六首 錄一

老子今朝不用扶雨涼百病一時蘇扇題杜牧故園賦屏對王維初雪圖把釣溪頭蹋湍瀨煎茶林下置

風爐箇中莫謂無同賞逋客能從折簡呼

浴罷閑步門外而歸

兩扇荊扉數掩籬幽人浴罷得娛嬉南臨大澤風來遠東限連山月出遲沙上無泥藤屨健水邊弄影葛巾欹徑歸卻就東窗臥要及蟬聲未歇時

夏夜納涼

河漢微茫月漸低風聲正在草堂西莎根唧唧蟲相吊木末翻翻鵲未栖屯甲近聞如積水自注聞淮壖近募雄淮軍數萬守闗不假用丸泥孤臣報國嗟無地只有東皐更飽犁

初秋驟涼

我比嚴光勝一籌不教俗眼識羊裘滄波萬頃江湖晚漁唱一聲天地秋飲酒何嘗能作病登樓是處可消憂名山海內知何限準擬從今更爛遊

新涼

家住山陰剡曲傍一番風雨送新涼亦知病得新秋健無奈愁隨獨夜長日落川原横慘淡月明洲渚遠蒼茫老民無復憂時意齒豁頭童只自傷

寓歎

白首還鄉厭蕨薇倀倀自歎欲疇依門庭不掃稀迎客碪杵無聲未贖衣達士共知生是贅古人嘗謂死爲歸耕疇幸可期中熟又報殘蝗接翅飛

憶昔建炎南渡時兵閒脫死命如絲奉親百口一身在許國寸心孤劍知坐有客瘖堪共醉身今病忘莫求醫出門但畏從人事臨水登山卻未衰

舟中醉題

風吹蘆荻聲颼颼晚潮入港浮孤舟老民已掃市朝迹造物全付江湖秋項里廟前是魚市禹會橋邊多

酒樓醉來且復歌此日莫爲碪杵悲無裘

鮑郎山前煙雨昏疏燈小市愁偏門上船初發十字港鼓棹忽過三家村孤鸞對鏡空自感老龜搘牀何足論但願諸公各勠力上助明主憂元元自注偏門十字港三家村皆地名

感舊

莫笑山翁老欲僵壯年曾及事高皇雕戈北出戍窮塞華表東歸悲故鄉萬事固難輕忖度百年猶有未更嘗紛紛謗譽何勞問但覺邯鄲一夢長自注齊民要術曰智如禹湯不如更嘗

東園

車馬無聲客到稀荷鋤終日在園扉斷殘地脈疏泉過穿透天心得句歸對鏡每悲鸞獨舞繞枝誰見鵲南飛悠然自遣君無怪文史如山蹔解圍

秋夜

局促人閒每鮮歡秋來病骨愈酸寒夾衣尚典雁聲過斷簷未收雞唱殘退士鬢毛紛似雪老臣心事炳如丹燈前握臂無交舊聊喚清尊少自寬

故里

漏盡鐘鳴有夜行幾人故里得歸耕摧傷自喜消前業疾恙天教學養生鄰曲新傳秧馬式房櫳靜聽緯車聲芋魁菰首君無笑老子看來是大烹

訪村老

強健如翁舉世稀夜深容我叩門扉大兒叱犢戴星出稚子捕魚乘月歸骨月團欒無遠別比鄰假貸不相違人閒可羨惟農畝又見秋燈照搗衣

書感

衰顏非復昔年朱幾過黃公舊酒壚成敗只堪三太

息是非終付一胡盧連天煙草迷歸夢動地風波歷畏途辛苦一生成底事躬耕猶得補東隅

書劍

書劍當年徧兩川歸來垂釣鏡湖邊老皆有死豈獨我士固多貧寧怨天物外勝遊攜鶴去琴中絕譜就僧傳莫言白首詩才盡讀罷猶能意爽然

莫春龜堂即事 四首錄一〇嘉定二年己巳八十五歲

風日初和晝漏長蕭然巾屨集茆堂雨餘千疊莫山綠花落一溪春水香斷簡櫝中塵委積故人墓上草荒涼爾來幸有寬懷處病退牀頭減藥囊

書意

養得山林氣麤全此懷無處不超然日長琴弈茆檐下歲晚江湖箬帽前天上本令星主酒俗間妄謂世無仙今年茶比常年早笑試西峯一掬泉 自注今年清明前數

日山中已有新茶

即事

萬里山河拱至尊羽林鐵騎若雲屯羣公先正不復作故國世臣誰尚存河洛可令終左衽芻蕘何自達修門王師一日臨榆塞小醜黃頭豈足吞

漁扉

蜻蜓浦上一漁扉回首人間萬事非賣藥山城攜鶴去看碑野寺策驢歸偶因束帶悲腰減常爲梳頭感髮稀午睡定知無客攪曲肱閑看雨霏霏自注郊居遇雨作別無客至

江樓夜望

江樓百尺倚高寒上盡危梯宇宙寬秋近漸看河落角天回更覺斗闌干茫茫浦口煙帆遠坎坎城頭漏鼓殘要得故人同躡屐一尊相屬話悲歡

夏夜泛溪至南庄復回湖桑歸

不求奇骨可封侯但喜枯腸不貯愁數點殘燈沽酒市一聲柔艣采菱舟元知澤國偏宜夜已就天公探借秋歸過三更風露重紗巾剩覺髮颼飀

雨後殊有秋意

天地新秋入苦吟詩書萬古付孤斟愛君憂國孤臣淚臨水登山節士心只歎鼻端無妙斲豈知絃外有遺音剡中勝踐今猶昔安得高人支道林

晚興

竝檐幽鳥語瑽瓏一榻蕭然四面風客散茶甘留舌本睡餘書味在胸中浮雲變態吾何與腐骨成塵論自公剩欲與君談此事少須明月出溪東

郊行

淒風吹雨過江城緩策羸驂竝水行古路初驚秋葉

墮荒郊已放侯蟲鳴壯心耿耿人誰識往事悠悠憾未平斜日半竿羌笛怨西陵寂寞又潮生

聖門

聖門妙處不容思千古茫茫欲語誰晞髮庭中新沐後舞雩沂上詠歸時研求豈足窺微指博約何由遇碩師小疾掃空身尚健蓬窗更作數年期

病少愈偶作

蕭條白髮臥蓬廬虛讀人間萬卷書遇事始知聞道晚抱痾方悔養生疏高門赫赫何關我薄俗紛紛莫問渠羸疾少蘇思一出夕陽門巷駕柴車

病入秋來不可當便從此逝亦何傷百錢布被斂手足三寸桐棺埋淵罔但憾著書終草草不嫌徂歲去堂堂今朝生意纔絲髮便擬街頭醉放狂

書生

書生事業苦難成點檢常憂害至誠夢寐未能除小忿。文辭猶欲事虛名。聖言甚遠當深考。古義雖聞要力行。漢世陋儒吾所斥若爲青紫勝歸耕

元遺山七律百六十二首

秋懷

涼葉蕭蕭散雨聲虛堂淅淅掩霜清黃花自與西風約白髮先從遠客生吟似候蟲秋更苦夢和寒鵲夜頻驚何時石嶺關頭路一望家山眼暫明

帝城二首 自注史院夜直作○遺山以正大元年應詞科後卽直史院二年六月告歸

帝城西下望孤雲半廢晨昏愧此身世俗但知從仕樂書生只合在家貧悠悠未了三千牘碌碌翻隨十九人預遣兒書報歸日安排雞黍約比鄰

羈懷鬱鬱歲駸駸擁褐南窗坐晚陰日月難淹京國

久雲山惟覺玉華深隣村爛漫雞黍局野寺荒涼松竹林半夜商聲入寥廓北風黃鵠起歸心

僕射陂醉歸卽事 陂在鄭州後魏賜僕射李沖因名

多生曾得江湖樂每見陂塘覺眼明詩酒共尋前日約風陰新自夜來晴春波澹澹沙鳥沒野色荒荒煙樹平醉踏扁舟浩歌起不須紅袖出重城 自注是日招樂府不至

春日

里社春盤巧欲爭裁紅暈碧助春情忽驚此日仍爲客卻想當年似隔生貧裏虀鹽憐節物亂來歌吹失歡聲南州剩有還鄉伴戎馬何時道路清

橫波亭 自注爲青口帥賦○青口帥卽移剌粘合初帥彭城雷希顏在幕楊叔能元裕之皆游其門時望甚重金亡降宋

孤亭突兀插飛流氣壓元龍百尺樓萬里風濤接瀛

海千年豪傑壯山邱疏星淡月魚龍夜老木清霜鴻鴈秋倚劍長歌一杯酒浮雲西北是神州

野菊座主閑閑公命作 趙秉文也字周臣磁州滏陽人

柴桑人去已千年細菊斑斑也自圓共愛鮮明照秋色爭教狼籍臥疏煙荒畦斷隴新霜後瘦蝶寒螿晚景前只恐春叢笑遲暮題詩端爲發幽妍

度太白嶺往昆陽

斷崖絕壁裂蒼頑竟日長林窈窕閒舊許煙霞歸白髮悔隨塵土出青山飢鸞𢧐𢧐催人老野鶴昂昂羨汝閒畏景方隆路方永南風回首暮雲還

寄希顏二首 雷淵字希顏渾源人歷官國史院編修監察御史終翰林院修撰

僵臥崧邱七見春商餘歸計一塵新悠悠華屋高貲意兀兀田夫野老身動色雲山如有喜忘機鷗鳥亦相親纔疏潦倒今如此樓上元龍莫笑人

湖海故人仍騎曹彭門千里入憑高山頭杜甫長年瘦樓上元龍先日豪水落魚龍失歸宿天長鴻鴈獨哀勞酒船早晚東行便共舉一杯持兩螯希顏時在徐州粘合暮雨首殆非同時作故再用元龍事

懷益之兄

牢落關河鴈一聲干戈滿眼若爲情三年淚走空皮骨四海相望只弟兄黃耳定從秋後到白頭新自夜來生西樓日日西州道欲賦窮愁竟不成

昆陽二首

古木荒煙集暮鵶高城落日隱悲笳弁州倦客初投迹楚澤寒梅又過花滿眼旌旗驚世路閉門風雪羨山家忘憂只有清樽在暫爲紅塵拂鬢華

去日黃花半未開南來忽復見寒梅淹留歲月無餘物料理塵埃有此杯老馬長途良儀矣白鷗春水亦

悠哉商餘說有滄洲趣早晚乾坤入釣臺

寄西溪相禪師

青鏡流年易擲梭壯懷從此即蹉跎門堪羅雀仍未害釜欲生魚當奈何萬事自知因懶廢一官元不校貧多拂衣明日西溪去且放雲山入浩歌

葉縣雨中（自注時嵩前旱尤甚按遺山僑居嵩山故以家鄉旱爲憂）

春旱連延入麥秋今朝一雨散千憂龍公有力回枯槁客子何心歎滯留多稼即看連楚澤歸雲應亦到嵩邱兵塵浩蕩乾坤滿未厭明河拂地流

寄答趙宜之兼簡溪南詩老

窗影朧朧納暝陰風聲浩浩急霜砧秋鴻社燕飄零夢潁水嵩山去住心黃菊有情留小飲青燈無語伴微吟故人憔悴蓬茅晚料得老懷如我今

潁亭

潁上風煙天地迴潁亭孤賞亦悠哉春風碧水雙鷗靜落日青山萬馬來勝槩消沈幾今昔中年登覽足悲哀遠遊擬續騷人賦所惜悤悤無酒杯

山中寒食

小雨斑斑浥曙煙平林簇簇點晴川清明寒食連三月潁水嵩山又一年樂事漸隨花共減歸心長與鴈相先平生最有登臨興百感中來只慨然

楚漢戰處（自注同欽叔賦）

虎擲龍拏不兩存當年曾此賭乾坤一時豪傑皆行陣萬古山河自壁門原野舊應厭膏血風雲長遣動心魂成名豎子知誰謂擬喚狂生與細論

懷叔能

別卻楊侯又一年西風每至輒淒然酒官未得高安上詩印空從吏部傳三沐三薰知有待一鳴一息定

誰先黃塵憔悴無人識今在長安若箇邊

寄辛老子

草堂西望渺煙霞夢寐西南一徑斜爲羨鸞凰安枳
棘悔將猿鶴入京華百錢卜肆成都市萬古詩壇子
美家後日從翁問奇字可能逋客待侯芭

後灣別業

薄雲晴日爛烘春高柳清風便可人一飽本無華屋
念百年今見老農身童童翠蓋桑初合灎灎蒼波麥
已勻便與溪塘作盟約不應重遣濯纓塵

劉文仲通哀挽

拙宦深辛遠業期無兒更結下泉悲溫純如此豈復
見報施言之尤可疑四業名家今日盡百年潛德幾
人知元劉交分平生重才薄猶堪第二碑

李屏山挽章二首

世法拘人蝨處褌忽驚龍跳九天門牧之宏放見文筆白也風流餘酒樽落落久知難合在堂堂原有不亡存中州豪傑今誰望擬喚巫陽起醉魂

談塵風流二十年空門名理孔門禪諸儒久已同堅白博士真堪補太玄孫況小疵良未害莊周陰助恐當然遺編自有名山在第一諸孤莫浪傳

內鄉縣齋書事

吏散公庭夜已分寸心牢落百憂薰催科無政堪書考出粟何人與佐軍飢鼠遶牀如欲語驚烏啼月不堪聞扁舟未得滄浪去慚愧春陵老使君自注遠祖次山春陵行云思欲委符節引竿自刺船故子美有與含滄浪清之句

自菊潭丹水還寄崧前故人

臘雪春泥晚未乾馬迎殘照入荒寒初無烏鳥將安往正有牛刀恐亦難倦客不知歸路遠孤城唯覺暮

珍倣宋版印

山攢黃金鍊出相思句寄與同聲別後看

被檄夜赴鄧州幕府

幕府文書鳥羽輕敝裘羸馬月三更未能免俗私自笑豈不懷歸官有程十里陂塘春鴨鬧一川桑柘晚煙平此生只合田間老誰遣春官識姓名

除夜

一燈明暗夜如何寐夢衡門在澗阿物外煙霞玉華遠花時車馬洛陽多折腰真有陶潛興扣角空傳甯戚歌三十七年今日過可憐出處兩蹉跎

劉光甫內鄉新居

豸冠平日凜秋霜老去聲名只閉藏父老漸來同保社兒童久已愛文章蔬隨隙地皆成圃竹放新梢欲過牆爲向長安舊遊道世間元有北窗涼

十月

十月常年見早梅今年二月未全開春寒春煖花如故年去年來老漸催大藥誰傳軒后鼎習仙虛築漢宮臺憑君撥置人間事不負浮生只此杯

送吳子英之官東橋且爲解嘲

柴車歷鹿送君東萬古書生蹭蹬中良醖暫留王績醉新詩無補玉川窮駒陰去我如決驟蟻垤與誰爭長雄快築糟邱便歸老世間馬耳過春風

張主簿草堂賦大雨

淅樹蛙鳴告雨期忽驚銀箭四山飛長江大浪欲橫潰厚地高天如合圍萬里風雲開偉觀百年毛髮凜餘威長虹一出林光動寂歷村墟空落暉

獨峯楊氏幽居

村墟瀟灑帶新晴落日千山一片青世外衣冠存太樸雲間雞犬亦長生清江兩岸多古木平地數峯如

畫屏惆悵朝陽一茅屋酒船茶竈負生平

渡湍水

悠悠人事眼中新悄悄孤懷百慮紛伎倆本宜閒處著姓名誰遣世閒聞秋江澹沱如素練沙浦空明行暮雲蚤晚扁舟載煙雨移家來就野鷗羣

十日登豐山

十日登高發興新豐山孤秀出塵氛村墟帶晚鴉噪合林壑得霜煙景分芳臭百年隨變滅短長千古只紛紜詩成一歎無人會白水悠悠入暮雲

岐陽三首 正大八年正月元兵圍鳳翔府四月城破兩行省棄京兆此詩蓋詠其事

突騎連營鳥不飛北風浩浩發陰機三秦形勝無今古千里傳聞果是非偃蹇鯨鯢人海涸分明蛇犬鐵山圍窮途老阮無奇策空望岐陽淚滿衣

百二關河草不橫十年戎馬暗秦京岐陽西望無來

信隴水東流聞哭聲野蔓有情縈戰骨殘陽何意照
空城從誰細向蒼蒼問爭遣蚩尤作五兵
眈眈九虎護秦關懦楚孱齊机上看禹貢土田推陸
海漢家封徼盡天山北風獵獵悲笳發渭水蕭蕭戰
骨寒三十六峯長劍在倚天仙掌惜空閑

圍城病中文舉相過（圍城天興元年元圍汴京也文舉白華也）

擾擾長衢日往回病中聊得避喧埃愁多頓覺無詩
思計拙惟思近酒杯潘岳鏡中渾白髮江淹門外卽
蒼苔生涯若被旁人問但說經年鼠不來

讀靖康僉言

浚郊沙海浩茫茫河廣纔堪一葦航顛沛且當懲景
德（景德宋真宗甲辰元年指澶淵事）規模何必罪朱梁滄溟不掩蛟
龍窟大地同歸雀鼠鄉三百年閒幾降虜長星無用
出光芒

雨後丹鳳門登眺南京北門曰丹鳳門

絳闕遙天霽景開金明高樹晚風迴長虹下飲海欲竭老鴈叫羣秋更哀劫火有時歸變滅神嵩何計得飛來窮途自覺無多淚莫傍殘陽望吹臺

京居辛卯八月六日作

四壁秋蟲夜語低南窗孤客枕頻移野情自與軒裳隔旅食難堪日月遲平子歸田元有約魏舒襆被恐無期一莖白髮愁多少慚愧家人賦扊扅

浩然師出圍城賦鶴詩爲送

夢寐西山飲鶴泉羨君歸興渺翩翩昂藏自有林巒態飲啄暫隨塵土緣遼海故家人幾在華亭清唳世空憐明年也作江鷗去水宿雲飛共一天

追用座主閑閑公韻上致政馮內翰二首馮璧字叔獻真定人天興元年致仕

峻坂平生幾疾驅歸休甫及引年初東門太傅多祖道北闕詩人休上書阜櫪老歸千里驥白雲閒釣五溪魚非熊有兆公無恙會近君王六尺輿草堂人物列仙臞萬壑松風酒一壺少日打門無俗客老年爭席有樵夫巨源不入竹林選元亮偶成蓮社圖野史他年傳者舊風流一一似公無

懷秋林別業秋林在內鄉縣遺山別業在焉

茅屋蕭蕭淅水濱豈知身屬洛陽塵一家風雪何年盡二頃田園入夢頻高樹有巢鳩笑拙空牆無穴鼠嫌貧西南遙望腸堪斷自古虛名只誤人

壬辰十二月車駕東狩後即事五首哀宗天興元年壬辰

元兵攻汴經年食盡哀宗出奔先至河北旋至歸德遺山時在圍城中此詩詠其事

翠被匆匆見執鞭戴盆鬱鬱夢瞻天只知河朔歸銅馬又說臺城墮紙鳶血肉正應皇極數衣冠不及廣

明年唐僖宗廣明元年黄巢入潼關帝出奔 何時真得攜家去萬里秋風一釣船

慘澹龍蛇日鬬爭干戈直欲盡生靈高原水出山河改戰地風來草木腥精衛有冤填瀚海包胥無淚哭秦庭并州豪傑知誰在莫擬分軍下井陘

鬱鬱圍城度兩年愁腸飢火日相煎焦頭無客知移突曳足何人與共船白骨又多兵死鬼青山元有地行仙西南三月音書絶落日孤雲望眼穿

萬里荆襄入戰塵汴州門外即荆榛蛟龍豈是池中物蟣蝨空悲地上臣喬木他年懷故國野煙何處望行人秋風不用吹華髮滄海横流到此身

五雲宮闕露盤秋銀漢無聲桂樹稠複道漸看連上苑戈船仍擬下揚州曲中青家傳新怨夢裏華胥失舊遊去去江南庾開府鳳凰樓畔莫回頭

永甯南原秋望永甯即今河南府永甯縣天興元年遺帥守永甯元村寨十一月爲元兵所破遺山此詩蓋在未設防戍以前

浩浩西風入敝衣茫茫野色動清悲洗開塵漲雨纔足老盡物華秋不知烽火苦教鄉信斷碪聲偏與客心期百年人事登臨地落日飛鴻一線遲

癸巳四月二十九日出京金亡之後遺山以金之故官將拘管聊城發自汴京也

塞外初捐宴賜金當時南牧已鬖鬖只知灞上真兒戲誰謂神州遂陸沈華表鶴來應有語銅槃人去亦何心興亡誰識天公意留著青城閱古今青城在大梁城東五里金兵入汴宋二帝宗室妃嬪詣青城盡俘而北元兵入汴金二宮妃嬪亦詣青城盡俘而北

喜李彥深過聊城

圍城十月鬼爲隣異縣相逢白髮新恨我不如南去鴈羨君獨是北歸人言詩匡鼎功名薄去國虞翻骨

相屯老眼天公只如此窮途無用說悲辛

與張杜飲

故人寥落曉天星異縣相逢覺眼明世事且休論向日酒樽聊喜似承平山公倒載羣兒笑焦遂高談四座驚轟醉春風一千日愁城從此不能兵

秋夕

小簟涼多睡思清一窗風雨送秋聲頻年但覺貂裘敝萬古何曾馬角生寄食且依嚴尹幕附書誰往鄧州城澆愁欲問東家酒恨殺寒雞不肯鳴

夢歸

顦顇南冠一楚囚歸心江漢日東流青山歷歷鄉國夢黃葉蕭蕭風雨秋貧裏有詩工作祟亂來無淚可供愁殘年兄弟相逢在隨分虀鹽萬事休

徐威卿相過留二十許日將往高唐同李輔之

贈別二首

衣冠八座文章府襆被三年同舍郎蕩蕩青天非向日蕭蕭春色是他鄉傷時賈誼頻流涕臥病王章自激昂保社追隨有成約不應關塞永相望

東南人物未彫零和氣春風四座傾但喜詩章多俊語豈知談笑得新名二年阻絕干戈地百死相逢骨肉情別後相思重回首杏花樽酒記聊城

即事 甲午正月金亡秋七月李伯淵誅崔立此詠其事

逆竪終當鱠縷分揮刀今得快三軍然臍易盡嗟何及遺臭無窮古未聞京觀豈當誣翟義襃衣自合從高勳秋風一掬孤臣淚叫斷蒼梧日暮雲 施注張彥澤與高勳有隙乘醉殺其叔及弟後帝聞彥澤劫掠怒而鎖之命勳監刑彥澤前所殺士大夫子孫皆経杖哭隨以杖朴之

秋夜

九死餘生氣息存蕭條門巷似荒村春雷謾說驚坯戶皎日何曾入覆盆濟水有情添別淚吳雲無夢寄歸魂百年世事兼身事樽酒何人與細論

甲午除夜（金亡以甲午正月遺山是年在聊城度歲）

暗中人事忽推遷坐守寒灰望復然已恨太官餘麯餅爭教漢水入膠船神功聖德三千牘大定明昌五十年甲子兩周今日盡空將衰淚灑吳天

杏花落後分韻得歸字

獺髓能醫病頰肥鸞膠無那片紅飛殘陽澹澹不肯下流水溶溶何處歸煮酒青林寒食過明妝高燭賞心違寫生正有徐熙在漢苑招魂果是非

送杜子

洛陽塵土化緇衣又見孤雲著處飛北渚曉晴山入座東原春好妓成圍來鴻去燕三年別深谷高陵萬

事非轟醉春風有成約可能容易話東歸

眼中

眼中時事益紛然擁被寒窗夜不眠骨肉他鄉各異縣衣冠今日是何年枯槐聚蟻無多地秋水鳴蛙自一天何處青山隔塵土一菴吾欲送華顛

有寄

飛鴻來處是營平喜向斜封見姓名千里呂安思叔夜五更殘月伴長庚關河秋興風景暮長路渴心塵土生南渡詩人吾未老幾時同醉鳳凰城

鎮州與文舉百一飲 白華字文舉金樞密院判官王鶚字百一金狀元官至右司員外郎後仕元爲翰林學士承旨

翁仲遺墟草棘秋蒼龍雙闕記神州只知終老歸唐土忽漫相看是楚囚日月盡隨天北轉古今誰見海西流眼中二三老風流在一醉從教萬事休

別王使君丈從之王若虛字從之官翰林直學士金亡微服北歸

謝公每見皆名語白傅相看只故情樽酒風流有今夕玉堂人物記升平泰山北斗千年在和氣春風四座傾別後殷勤更誰接只應偏憶老門生

寄汴禪師自注師舊隱濟源

白頭歲月坐詩窮止有相逢一笑同齋粥空疏想君瘦冠巾收斂定誰公夢魂歷歷山間路世事悠悠耳外風見說懸泉好薇蕨草堂知我是隣翁時汰逐釋老家甚急故有冠巾收斂之句

衛州感事二首金哀宗自汴京突圍出走河北令白撤攻襲新衛州爲史天澤所敗哀宗單舸走歸德遺山此詩蓋國亡後過衛州而憑弔也

神龍失水困蜉蝣一舸倉皇入宋州紫氣已沈牛斗夜白雲空望帝鄉秋劫前寶地三千界夢裏瓊枝十二樓欲就長河問遺事悠悠東注不還流

白塔亭古佛祠往年曾此走京師不知江令還家日何似湘纍去國時離合興亡遽如此棲遲零落竟安之太行千里青如染落日欄干有所思

懷州子城晚望少室

河外青山展臥屏并州孤客倚高城十年舊隱抛何處一片傷心畫不成谷口暮雲知鄭重林梢殘照故分明洛陽見說兵猶滿半夜悲歌意未平

別覃懷幕府諸君二首

王後盧前舊往還江東渭北此追攀百年人物存公論四海虛名只汗顏詩酒聊堪慰華髮衡茅終擬共青山相思後日并州夢常住瑤林照映閒

太行醲秀在山陽嵇阮經行舊有鄉林影池煙設清供物華天寶借餘光承平故事嗟猶在雅詠風流豈易忘稍待秋風入涼冷百壺吾欲醉籌堂

羊腸坂

浩蕩雲山直北看淩兢羸馬不勝鞍老來行路先愁遠貧裏辭家更覺難衣上風沙歎憔悴夢中燈火憶團欒憑誰爲報東州信今在羊腸百八盤

太原

夢裏鄉關春復秋眼明今得見并州古來全晉非無策亂後清汾空自流南渡衣冠幾人在西山薇蕨此生休十年弄筆文昌府爭信中朝有楚囚

外家南寺自注在至孝社予兒時讀書處也

鬱鬱楸梧動晚煙一庭風露覺秋偏眼中高岸移深谷愁裏殘陽更亂蟬去國衣冠有今日外家梨栗記當年白頭來往人間徧依舊僧窗借榻眠

十二月十六日還冠氏十八日夜雪

少日騫飛掣臂鷹只今癡鈍似秋蠅躭書業力貧猶

在涉世筋骸老不勝千里關河高骨馬四更風雪短
檠燈一鉼一鉢平生了慚愧南窗打睡僧

別康顯之顯之高唐州人有淡軒文集

玉川文字五千卷鄭監才名四十年誰謂華嵩吾豈
敢恥居王後子當然河亭笑語歸陳迹里社追隨失
後緣後夜并州月千里南窗尊酒且留連

寄楊飛卿

客夢悠悠信轉蓬藜牀殷殷動晨鐘西風白髮三千
丈故國青山一萬重沙水有情留過鴈乾坤多事泣
秋蟲三間老屋知何處慚愧雲間陸士龍

雨夜

夢裏孤篷雨打秋茅齋元更小於舟無錢正坐詩作
祟識字重爲時所讐千里漫思黃鶴舉六年真作賈
胡留并州北望山無數一夜砧聲人白頭

出東平

老馬淩兢引席車，高城回首一長嗟。市聲浩浩如欲沸，世路悠悠殊未涯。潦倒本無明日計，往來空置六年家。東園花柳西湖水，剩著新詩到處誇。

再到新衛

蝗旱相仍歲已荒，伶俜十口值還鄉。空令姓字喧時輩，不救飢寒趨路傍。行帳馬嘶塵澒洞，空村人去雨淋浪。河平千里筋骸盡，更欲驅車上太行。（宣宗貞祐間移衛州城於宜村，去黃河不數武，置河平軍，屯重兵於此。正大九年棄而不守，遂爲元兵所據。）

四哀詩

李欽叔

（李獻能，字欽叔，爲陝州行省屬官。時趙偉爲河解元帥，索糧於行省，省中無糧可給，偉密遣步卒八百，乘夜渡河入陝州城，劫殺參政阿不罕奴十剌及李獻能。）

赤縣神州坐陸沈，金湯非粟禍侵尋。當官避事平生

恥視死如歸社稷心文采是人知子重交朋無我與君深悲來不待山陽笛一憶同衾淚滿襟

冀京父冀禹錫字京父哀宗至歸德授爲左右司都事蒲察官奴之亂殺朝官三百餘人軍民死者三千禹錫赴水死

先公藻鑑識終童曾拔崑山玉一峯不見連城沽白璧蚤聞烈火燎黃琮重圍急變紛紛口九地忠魂耿耿胸欲弔南雲無覓處士林能不泣相逢

李長源李汾字長源客唐鄧閒武仙署爲行省講議官已而欲除之汾遁泌陽仙令總帥王德追獲之絕食而死

冀都事死東州禍李翰林亡陜府兵方爲騷人箋楚些更禁書客墮秦坑石苞本不容孫楚黃祖安能貸禰衡同甲四人三横貫此身雖在亦堪驚

王仲澤王渥字仲澤思烈與武仙等軍入援汴京仙主持重思烈急於入京渥勸思烈與仙同進思烈疑之已而思烈果敗渥亦沒於軍

太學聲華弱冠馳青雲岐路九霄飛上前論事龍顏喜幕下籌邊犬吠稀壯志相如頭碎柱赤心嵇紹血沾衣從來聖牘褒忠義誰爲幽魂一發輝

過詩人李長源故居

楚些招魂自往年明珠真見抵深淵巨鼇有餌雖堪釣怒虎無情可重編千丈氣豪天也妬七言詩好世空傳傷心鸚鵡洲邊淚卻望西山一泫然

醉後

蚤歲披書手不停中年所得是志形天公不禁人閒酒崔瑗虛留座右銘身後山邱幾春草醉來日月兩秋螢柴門苦雨青苔滿一解狂歌且自聽

濦亭同麻知幾賦

零落棲遲復此遊一樽聊得散羈愁天圍平野莽無際水遶孤城閑不流柳意漸回淮浦煖鴈聲仍帶塞

門秋登高望遠令人起欲買煙波無釣舟

應州寶宮寺大殿

縹緲層檐鳳翼張南山相望鬱蒼蒼七重寶樹圍金界十色雯華擁畫梁古三墳書日雲赤雯月雲素雯竭國想從遼盛日閱人真是魯靈光請看孔釋誰消長林廟而今草又荒

感事

富貴何曾潤髑髏直須淅米向矛頭血讐此日逢三怨風鑒生平備九流瓢飲不甘顏巷樂市鉗真有楚人憂世閒安得如川酒力士鐺頭醉死休遺山嘗爲耶律文正家作神道碑凡二千餘言燕中人士謂遺山不應當筆百謗百罵作此詩蓋解之也

華不注山

元氣遺形老更頑孤峯直上玉屛顏龍頭突出海波沸鼇足斷來天宇閒齊國伯圖殘照裏謫仙詩興冷

雲閒乾坤一劍無人識夜夜光芒北斗殷

晨起自注壬寅正月九日

燈火青熒語夜闌柴荊寂寞掩春寒歡悰已向杯中滅老態何堪鏡裏看多病所須唯藥物一錢不直是儒冠掣鯨莫倚平生手只有東溪把釣竿自注時欲經營神山別業故云

感事

舐痔歸來位望尊鬉鬉雷李入平吞飢蛇不計撑腸裂。老虎爭教有齒存神聖定須償宿業債家猶足褫驚魂且看含血曾誰噀猪觜關頭是鬼門

春寒

草木荒城屋數椽春寒閭巷益蕭然僮奴樵爨頭如葆稚女跳梁履又穿白石鯉魚空尺半。朱門食客自三千。松枝麈尾山中滿去去南華有內篇

即事 自注商帥國器見免從軍

逋客而今不屬官住山盟在未應寒書生本自無燕頷造物何嘗戲鼠肝會最指天容我嬾鴟夷盛酒盡君歡到家慈母應相問爲說將軍禮數寬

出都 元之中都卽今順天府也遺山於金亡後曾至燕京四次

漢宮曾動伯鸞歌事去英雄可奈何但見觚稜上金爵豈知荆棘臥銅駝神仙不到秋風客富貴空悲春夢婆行過盧溝重回首鳳城平日五雲多

歷歷興亡敗局棋登臨疑夢復疑非斷霞落日天無盡老樹遺臺秋更悲滄海忽驚龍穴露廣寒猶想鳳笙歸從教盡刻瓊華了留在西山儘淚垂 自注萬甯宮有瓊華島絕頂廣寒殿近爲黃冠輩所撤

與同年敬鼎臣宿順天天甯僧舍

蕭蕭風雨打僧窗耿耿青燈對客牀每恨相望隔關

塞豈知連日醉壺觴蓱虀味薄堪長久茅屋寒多且閉藏三十餘年老兄弟此回情話獨難忘

呂國材家醉飲

世事悠悠殊未涯七年回首一長嗟虛傳庾信淩雲筆無復張騫犯斗槎去國衣冠有今日春風桃李是誰家螺臺剩有如川酒甕爲紅塵拂鬢華

洛陽

千年河岳控喉襟一日神州見陸沈已爲操琴感衰涕更須同輦夢秋衾城頭大匠論蒸土地底中郎待摸金擬就天公問翻覆蒿萊丹碧果何心

過三鄉望女几村追懷溪南詩老辛敬之二首

雲際虛瞻處士星案頭多負讀書螢筆端有口傳三篋石上無禾養伯齡從昔葛陂終變滅祇今韓嶽漫英靈因君重爲前朝惜枉破青衫買一經女几山土人謂之韓

岳

萬山青繞一川斜好句真堪字字誇棄擲泥塗豈天意折除時命是才華百錢卜肆成都市萬古詩壇子美家欲就溪南問遺事不禁衰涕落煙霞

寄英上人

世事都銷酒半醺已將度外置紛紜作賢作佞誰爲我同病同憂只有君白首共傷千里別青山真得幾時分相思後夜并州月卻爲湯休賦碧雲

追錄洛中舊作

樂府新聲綠綺裘梁州舊曲錦纏頭酒兵易壓愁城破花影長隨日腳流萬里青雲休自負一莖白髮儘堪羞人閒只怨天公了未便天公得自由

十一月五日暫往西張 興定四年以壽陽縣西張寨改置晉州

城隈細路入沙汀絮帽衝風日再經歉歲村墟更荒

惡窮冬人影亦伶傳林煙漠漠鴉邊暗山骨稜稜雪外青四十年來此寒苦凍吟猶記隴關亭

石嶺關書所見 忻州秀容縣有石嶺關金屬河東北路

軋軋旃車轉石槽故關猶復戍弓刀連營突騎紅塵暗微服行人細路高已化蟲沙休自歎猒逢豺虎欲安逃青雲玉立三千丈元只東山意氣豪

晉溪

石磴雲松著色屏岸花汀草展江亭青瑤疊甃通懸甕白玉雙龍掣迅霆地脈何嘗閒今昔尾閭眞解泄滄溟乾坤一雨兵塵了好就川妃問乞靈

汴梁除夜

六街歌鼓待晨鐘四壁寒齋只病翁鬢雪得年應更白燈花何喜也能紅養生有論人空老祖道無詩鬼亦窮數日西園看車馬一番桃李又春風

與馮呂飲秋香亭自注二子皆吾友之純門生

龐眉書客感秋蓬更在京塵澒洞中莫對青山談世事且將遠目送歸鴻龍江文采今誰似謂之純鳳翼年光夢已空鳳翼承甯地名剩著新詩記今夕樽前四客一衰翁

哀武子告

生氣曾思作九原迷途爭得背南轅梁鴻故事要離墓衛國孤兒祗樹園舊說布衣甘絕脰今傳史筆記歸元知君祿仕無心在旌孝終當到李源自注子今爲僧施注唐李憕傳子源痛父死難無心祿仕依憕舊墅

甲辰秋留別丹陽

疏疏衰柳映金溝祖道都門復此留千里關河動歸興九秋雲物發詩愁嚴城鐘鼓月清曉老馬風沙人白頭後夜相思渺何許西山西畔是并州

龍興寺閣

全趙堂堂入望寬九層飛觀儘高寒空聞赤幟疑軍壘真見金人泣露槃桑海幾經塵劫壞江山獨恨酒腸乾詩家總道登臨好試就遺臺老樹看

別緯文兄 張緯字緯文

玉壘浮雲變古今燕城名酒足浮沈眼中誰復承平舊言外驚聞正始音異縣他鄉千里夢連枝同氣百年心行期幾日休相問觸撥羈愁恐不禁

哭樊師

自倚沈冤有舌存爭教無路叩天閽裝囊已竭千金賜絕幕誰招萬里魂東道漫悲梁苑客南園多負壽張孫春風花落歌聲在夢裏能來共酒樽

寒食 自注壬子清明後作

上苑春風盛物華天津雲錦赤城霞輕舟矮馬追隨

遠翠幞青旗笑語譁化國樓臺隔瀛海吳兒洲渚記
仙家山齋此日腸堪斷寂寞銅瓶對杏花

送樊順之

弓刀十驛岳蓮洲渭水秦山得意秋王粲從軍正年
少庾郎入幕更風流寒鄉況味真雞肋清鏡功名屬
虎頭寄謝溪風亭上月老夫乘興欲西遊

過翠屏口

鬢鬢蒼白葛衣寬事外閒身也屬官授簡如聞數枚
叔乘車初不少馮驩沙城雨埸名空在石峽風來夏
亦寒兩飽三飢已旬日虛勞兒女勸加餐

追錄舊詩二首

短褐單衣長路塵十年回首一吟呻孤居無著竟安
往宿債未償今更新相馬自甘齊客瘦食鮭誰顧庾
郎貧聞君話我才名在不道儒冠已誤身自注自用韻答之純

潦倒聊爲隴畝民一犂分得雨聲春功名何物堪人老天地無心誰我貧頻上雲煙隨處好。洛陽桃李幾番新。悠悠世事休相問年麥今年晚得辛自注用崔懷祖韻

送端甫西行

瀛洲人物早知名車騎雍容一座傾美酒清歌良有味綠波春草若爲情渭城朝雨三年別平地青雲萬里程老我秦遊舊曾約夢中仙掌已相迎

讀李狀元朝宗禪林記

李守濟州城破不屈節死贈鄉郡刺史施注李演字巨川任城人泰和六年進士第一除應奉翰林文字丁憂居鄉里任城被兵演墨縗爲濟州刺史畫守禦策城破被執不屈死時年三十餘贈濟州刺史詔有司爲立碑

偶向禪林見舊文濟陽南望爲沾巾張巡許遠古亦少。烈日秋霜今更新。千字豐碑誰國手百城降虜盡

王臣知君不假科名重元是中朝第一人

同嚴公子大用東園賞梅嚴實之子名忠嗣襲萬戶當卽大用也

東閣官梅要洗妝青雲公子不相忘翰林風月三千首。樂府金釵十二行。佳節屢從愁裏過老夫聊發少年狂。花行更比梳行好誰道并州是故鄉

清明日改葬阿辛

掌上青紅記點妝今朝哀感重難忘金環去作誰家夢。綵勝空期某氏郎。一瞥風花纔過眼。百年冰櫱若爲腸孟郊老作枯柴立可待吟詩哭杏殤

寄謝常君卿

百過新篇卷又披得君重恨十年遲文除嶺外初無例詩學江西又一奇楊柳不隨春事老貞松唯有歲寒知仙鄉白鳳瀛洲近洗眼雲霄看後期

送武誠之往漢陂

行李中春發晉溪離筵辭客賦新題青雲有路人看
老秋水無言物自齊杜曲舊遊頻入夢兵廚佳釀惜
分攜因君爲向蓮峯道不待移文我亦西

送劉子東遊

劉郎世舊出雄邊生長幽并氣質全陣馬風檣見豪
舉雪車氷柱得真傳書空咄咄知誰解擊缶嗚嗚頗
自憐後日東州鮑歸載且休多送酒家錢

十日作

闗樹蕭條返照明井陘西北算歸程青黃大似溝中
斷文字空傳海內名平地煙霄遽如許秋風茅屋可
憐生重陽擬作登高賦一片傷心畫不成

贈答普安師

入座臺山景趣新因君鄉國重情親金芝三秀詩壇
瑞寶樹千花佛界春聞道舊傳言外意忘言今得眼

中人種蓮結社風流在會向籃輿認後身

孝純宛邱還奉張朴字孝純

鬢毛衰颯面塵埃孝子牽車古所哀千里長河限南北一邱寒土見蒿萊遼東華表何人在柳氏元堂此日開十月知君有新喜小雛先與喚迎來自注張弟新舉第二雛聞其玉雪可念因以字之

追懷趙介叔

今古人門各一時燕南剩有桂林枝清風明月懷元度綠水紅蓮見杲之善政傳歸遺愛頌陰功留在稱家兒哀歌不盡平生意空想翛然瘦鶴姿

追懷友生石裕卿

人物休評第幾流依然豪俠數幷州壯懷歌闋樽爲破連句才多筆不休金馬只教聊避世玉犀誰遣失封侯酒酣握手今無復惆悵西園是舊游

挽鴈門劉克明

詩骨翛然野鶴孤兩年清坐記圍爐金初宋季聞遺事草靡波流見古儒已分幽人嗟古柏古柏用陶潛共遊周家墓柏下詩事爭教孺子奠生芻鳳山後日先賢傳再有劉宗祭酒無

贈答平陽仇舜臣

兩辱攜詩過草堂曹君師席有輝光飛騰自是功名具潦倒何堪翰墨場滄海驪珠能幾見鄴城龍劍不終藏太行殘雪春風近且趁梅花薦壽觴自注仇乃曹益甫門生也施注曹益甫號兌齋居平陽三十餘年發明道學指授後進仇殆其門生之一也

賈漕東城中隱堂

智水仁山德有鄰柳塘花塢靜無塵家僮解誦閑居賦田父爭持社甕春安吉總輸中隱士典刑真見老成人明年恰入非熊運共看青蒲裏畫輪

約嚴侯汎舟

風物當年小洞庭西湖此日展江亭詩貪勝槪題難徧酒怯清秋醉易醒白鳥無心自來去紅蕖照影亦娉婷仙舟共載平生事未分枯槎是客星

送曹幹臣

和林音驛日懷思燕市歌歡有此時老我真成鐵爐步感君時送草堂貲黃楊舊厄三年閏赤驥非無萬里姿平地煙霄付公等不妨閑和鳳池詩

國醫王澤民詩卷

萬石君家父事兄豈知衰俗有王鄉一篇華衮中書筆滿紙清風月旦評鴻鴈自分先後序鶺鴒兼有急難情閨門雍睦君須記方伎成名恐未平

感寓

南楊北李閑中老樂文張兄病且貧叔夜呂安誰命

駕牧童田父實爲隣功名富貴知何物風雨塵埃惜此身歌酒逢場斲陶寫不應嫌我醉時眞

存歿

行間楊趙提衡早老去辛劉入夢頻案上酒杯聊自慰袖中詩卷欲誰親兩都秋色皆喬木一代名家不數人汲冢遺編要完補可能虛負百年身

人日有懷愚齋張兄緯文

書來聊得慰懷思清鏡平明見白髭明月高樓燕市酒梅花人日草堂詩風光流轉何多態兒女青紅又一時澗底孤松二千尺殷勤留看歲寒枝

送仲希兼簡大方以下續編○完顏希字仲希遺山爲題其居曰元齋

家亡國破此身留留滯聊城又過秋老去天公眞潰潰亂來人事轉悠悠棊中敗局從誰覆鏡裏衰容只自羞方外故人如見問爲言乘興欲東流

送郭大方

雲裝煙駕渺翩翩是處林泉有靜緣存歿共驚初劫後交遊空記十年前忘言秋水聊揮麈得意高山未絶絃明月太虛君自了相思休泛剡溪船

送李甫之官青州

親朋離燕日相仍又向扁州別李膺晚節浮沈疑未害中年哀樂自難勝樊籠不畜青田鶴朔吹初翻白錦鷹鄭重雙魚問消息故侯瓜圃在東陵

答吳天益

兵中曾共保嵩邱忽漫相逢在此州鵝鴨何嘗厭喧聒燕鴻無計得遲留白頭親舊常千里黃葉關河又一秋三徑他時望羊仲卻應松菊未銷憂自注來詩有三徑松菊之句

答郭仲通二首移居詩云郭侯家多書篇帙得徧窺獨有仲通父天馬不可羈

卽此人

白髮歸來一布衣東臯春草映柴扉向時諸老供薰沐此日孤生足罵譏遁世已甘成遠引刺天何暇計羣飛光芒消縮都無幾慚愧詩人比少微自注來詩有少微星之句

一樽何意復同傾亂後真疑隔死生吐氣無妨出芒角忍窮尤喜見工程千年老檜盤根古十丈寒潭照膽清凜凜風期望吾子不成隨例只時名

送奉先從軍

潦倒書生百戰場功名都屬繡衣郎虎頭食肉無不可鼠目求官空自忙捲月清笳渭城曉倚天長劍蜀山蒼習池老去風流減醉後揚鞭愧葛彊

壽趙益之

山東諸將擁雲臺共許元戎有雅懷文字誰如祭征

虜威名人識李臨淮農郊荆棘連新麥儒館丹青映古槐看取邦人祝君壽五雲多處是三台

贈馮內翰二首 並序○卽馮璧字叔獻

內翰馮公往在京師日渾源雷淵希顔太原王渥仲澤河中李獻能欽叔龍山冀禹錫京父皆從之問學某夤緣亦得俎豆於門下士之末然自辛卯壬辰以來不三四年而五人者唯不肖在耳丙申夏六月公自東平將展墓於鎭陽以某在冠氏枉駕見過冠氏縣宋金屬大名府今曰冠縣屬東昌府遺山自金亡拘管聊城旋卽寓居冠氏馮公蓋真定人寓居東平鎭陽卽真定也還家省墓故過冠氏一訪遺山丙申之夏金亡已三年矣時公方爲髀股所苦吟呻展轉若非老人之所能堪然閒語及舊事則危坐終日往往爲之色揚而神躍以公初挂冠歸嵩山時較之其談笑

風流固未減也竊意造物者錫公難老使後
生輩望見眉宇以知百年文章鉅公敦龐耆
艾之士褒衣博帶坐鎮雅俗者蓋如此橫流
方靡而砥柱不移故國已非而喬木猶在幸
公之可恃而哀四子之不見也作詩二章以
道區區之懷於公之行而爲之獻

耆舊如公可得親爭教晚節傍風塵青氈持去故家
盡白帽歸來時事新扶路不妨驢失脚守關尤覺虎
憎人只應有似松菴日時醉中山麴米春

龍門冠蓋日追隨四客翩翩最受知桃李已隨風雨
盡柏松獨與雪霜宜元龜華髮渠有幾清廟朱絃誰
與期見說常山好歸隱從公未覺十年遲

贈李文伯

鳳凰在山天下奇泰和以來王李倪承平人物天未

絕耆舊風流今復誰青紅自是兒女事老幹甯與春風期萬壑松聲一壺酒從公未覺去年遲

贈玉峯魏丈邦彥

夢想南山掩靄閒眼明驚見玉峯寒風波舊憶橫身過世事今歸袖手看販婦傭兒識名姓故鄉遺族見衣冠臨流卜築平生事會就遼東管幼安

贈答趙仁甫 趙復字仁甫雲夢人姚樞在江漢擁之北行爲元儒宗

南冠牢落坐貧居卻爲窮愁解著書但見室中無長物不聞門外有軒車六朝人物風流在兩月燕城笑語疏寒士歡顏有他日晚年留看定何如

鬱鬱

鬱鬱羈懷不易開更堪寥落動淒哀華胥夢破青山在梁甫吟成白髮催秋意漸隨林影薄曉寒都逐鴈聲來幷州近日風聲惡悵望鄉書早晚回

秋日載酒光武廟

美酒良辰邂逅同赤眉城北漢王宮百年星斗歸天上萬古旌旗在眼中草木暗隨秋氣老河山長爲昔人雄一杯徑醉風雲地莫放銀盤上海東

寄劉光甫

山澤臞儒亦自豪塵埃俗吏豈勝勞陶潛貧裏營三徑潘岳秋來見二毛芻狗已陳甘自棄韝駒未脫欲安逃因風寄謝劉夫子極口推稱恐太高

過皋州寄聶侯平定州樂平縣興定四年升爲皋州聶珪以土豪歸國帥平定者最久雅親文儒遺山過之爲數日留

澗岡重複並湍流斜日黄榆嶺上頭地底寶符臨趙國眼中佛屋見皋州雲沙浩浩鴈良苦木葉蕭蕭風自秋別後故人應念我一詩聊與話離憂

丙辰九月二十六日挈家遊龍泉

風色澄鮮稱野情居僧聞客喜相迎藤垂石磴雲添潤泉漱山根玉有聲庭樹老於臨濟寺霜林渾是漢家營明年此日知何處莫惜題詩記姓名

病中感寓贈徐威卿兼簡曹益甫高聖舉先生絕筆

讀書略破五千卷下筆須論二百年正賴天民有先覺豈容文統落私權東曹掾屬冥行廢鄉校迂儒自聖癲不是徐卿與高舉老夫空老欲誰傳

十八家詩鈔卷二十五

十八家詩鈔卷二十六目錄

李太白七絕七十九首

陌上贈美人
口號吳王舞人半醉
贈段七娘
别內赴徵三首
南流夜郎寄內
哭晁卿衡
杜工部七絶百五首
贈李白
蕭八明府實處覓桃栽
從韋二明府續處覓綿竹
憑何十一少府邕覓榿木栽
詣徐卿覓果栽
憑韋少府班覓松樹子
又於韋處乞大邑瓷盌

柳氏二外甥求筆跡二首

錢道人有詩云直須認取主人翁作兩絶戲之

成都進士杜暹伯升出家名法通往來吳中

監洞霄宮俞康直郎中所居四詠

次韻沈長官三首

戲書吳江三賢畫像三首

回先生過湖州東林沈氏飲醉以石榴皮書其家東老菴之壁云西鄰已富憂不足東老雖貧樂有餘白酒釀來因好客黃金散盡爲收書西蜀和仲聞而次其韻三首東老沈氏之老自謂也湖人因以名之其子偕作詩有可觀者

李行中醉眠亭三首

單同年求德興俞氏聚遠樓詩三首

次韻孫巨源寄漣水李盛二著作並以見寄五絕

王莽

董卓

送趙寺丞寄陳海州

答陳述古二首

和張子野見寄三絕句

和文與可洋川園池三十首

和孔密州五絕

和趙郎中見戲二首

子由將赴南都與余會宿於逍遙堂作兩絕句讀之殆不可為懷因和其詩以自解余觀子由自少曠達天資近道又得至人養生長年之訣而余亦竊聞其一二以為今者宦游相

十八家詩鈔卷二十六目錄

十八家詩鈔卷二十六

湘鄉曾國藩纂

合肥李鴻章審訂
東湖王定安校

李太白七絕七十九首

橫江詞六首

人言橫江好儂道橫江惡一風三日吹倒山一作猛風吹倒天門山白浪高於瓦官閣

海潮南去過尋陽牛渚由來險馬當橫江欲渡風波惡一水牽愁萬里長

橫江西望阻西秦漢水東連揚子津白浪如山那可渡狂風愁殺峭帆人

海神來過惡風迴浪打天門石壁開浙江八月何如此濤似連山噴雪來

橫江館前津吏迎笑余東指海雲生郎今欲渡緣何事如此風波不可行

月暈天風霧不開海鯨東蹙百川迴驚波一起三山動公無渡河歸去來

永王東巡歌十一首

永王正月東出師天子遥分龍虎旗樓船一舉風波靜江漢翻為雁鶩池

三川北虜亂如麻四海南奔似永嘉但用東山謝安石為君談笑靜湖沙

雷鼓嘈嘈喧武昌雲旗獵獵過尋陽秋毫不犯三吳悅春日遥看五色光

龍盤虎踞帝王州帝子金陵訪古邱春風試暖昭陽殿明月還過鳷鵲樓

二帝巡遊俱未迴五陵松柏使人哀諸侯不救河南地更喜賢王遠道來

丹陽北固是吳關畫出樓臺雲水間千巖烽火連滄

海兩岸旌旗繞碧山

王出三江按五湖樓船跨海次揚都戰艦森森羅虎
士征帆一一引龍駒

長風掛席勢難迴海動山傾古月摧君看帝子浮江
日何似龍驤出峽來

祖龍浮海不成橋漢武尋陽空射蛟我王樓艦輕秦
漢卻似文皇欲渡遼

帝寵賢王入楚關掃清江漢始應還初從雲夢開朱
邸更取金陵作小山

試借君王玉馬鞭指麾戎虜坐瓊筵南風一埽胡塵
靜西入長安到日邊

上皇西巡南京歌十首

胡塵輕拂建章臺聖主西巡蜀道來劍壁門高五千
尺石爲樓閣九天開

九天開出一成都萬戶千門入畫圖草樹雲山如錦
繡秦川得及此間無
德陽春樹似新豐行入新都若舊宮柳色未饒秦地
綠花光不減上林紅
誰道君王行路難六龍西幸萬人歡地轉錦江成渭
水天迴玉壘作長安
萬國同風共一時錦江何謝曲江池石鏡更明天上
月後宮親得照娥眉
濯錦清江萬里流雲帆龍舸下揚州北地雖誇上林
苑南京還有散花樓
錦水東流繞錦城星橋北挂象天星四海此中朝聖
主峨眉山上列仙庭
秦開蜀道置金牛漢水元通星漢流天子一行遺聖
跡錦城長作帝王州

水綠天青不起塵風光和暖勝三秦萬國煙花隨玉輦西來添作錦江春

劍閣重關蜀北門上皇歸馬若雲屯少帝長安開紫極雙懸日月照乾坤

峨眉山月歌

峨眉山月半輪秋影入平羌江水流夜發清溪向三峽思君不見下渝州

東魯見狄博通

去年別我向何處有人傳道游江東謂言挂席度滄海卻來應是無長風

贈華州王司士

淮水不絕波瀾高盛德未泯生英髦知君先負廟堂器今日還須贈寶刀

巴陵贈賈舍人

賈生西望憶京華湘浦南遷莫怨嗟聖主恩深漢文帝憐君不遣到長沙

贈汪倫

李白乘舟將欲行忽聞岸上踏歌聲桃花潭水深千尺不及汪倫送我情

聞王昌齡左遷龍標遙有此寄

揚州花落一作楊花落盡子規啼聞道龍標過五溪我寄愁心與明月隨君直到夜郎西

黃鶴樓送孟浩然之廣陵

故人西辭黃鶴樓煙花三月下揚州孤帆遠影碧山盡唯見長江天際流

送賀賓客歸越

鏡湖流水漾清波狂客歸舟逸興多山陰道士如相見應寫黃庭換白鵝

送外甥鄭灌從軍三首

六博爭雄好彩來金盤一擲萬人開丈夫賭命報天子當斬胡頭衣錦迴

丈八蛇矛出隴西彎弧拂箭白猨啼破胡必用龍韜策積甲應將熊耳齊

月蝕西方破敵時及瓜歸日未應遲斬胡血變黃河水梟首當懸白鵲旗

送韓侍御之廣德令

昔日繡衣何足榮今宵貰酒與君傾暫就東山賒月色酣歌一夜送泉明

山中答俗人

問余何意一作事棲碧山笑而不答心自閑桃花流水窅一作宛然去別有天地非人間

答湖州迦葉司馬問白是何人

青蓮居士謫仙人酒肆藏名三十春湖州司馬何須
問金粟如來是後身

酬崔侍御

嚴陵不從萬乘遊歸臥空山釣碧流自是客星辭帝
坐元非太白醉揚州

魯東門汎舟二首

日落沙明天倒開波搖石動水縈迴輕舟泛月尋溪
轉疑是山陰雪後來
水作青龍盤石堤桃花夾岸魯門西若教月下乘舟
去何啻風流到剡溪

陪族叔刑部侍郎曄及中書賈舍人至遊洞庭

五首

洞庭西望楚江分水盡南天不見雲日落長沙秋色
遠不知何處弔湘君

南湖秋水夜無煙耐可乘流直上天且就洞庭賒月
色將船買酒白雲邊

洛陽才子謫湘川元禮同舟月下仙記得長安還欲
笑不知何處是西天

洞庭湖西秋月輝瀟湘江北早鴻飛醉客滿船歌白
紵不知霜露入秋衣

帝子瀟湘去不還空餘秋草洞庭閒淡掃明湖開玉
鏡丹青畫出是君山

與謝良輔游涇川陵巖寺

乘君素舸汎涇西宛似雲門對若溪且從康樂尋山
水何必東游入會稽

望廬山五老峯

廬山東南五老峯青天削出金芙蓉九江秀色可攬
結吾將此地巢雲松

望天門山

天門中斷楚江開碧水東流直北迴兩岸青山相對出孤帆一片日邊來

客中作

蘭陵美酒鬱金香玉椀盛來琥珀光但使主人能醉客不知何處是他鄉

早發白帝城

朝辭白帝彩雲間千里江陵一日還兩岸猨聲啼不住輕舟已過萬重山

秋下荊門

霜落荊門江樹空布帆無恙挂秋風此行不為鱸魚鱠自愛名山入剡中

蘇臺覽古

舊苑荒臺楊柳新菱歌春唱不勝春只今唯有西江

月曾照吳王宮裏人

越中覽古

越王句踐破吳歸義士還家盡錦衣宮女如花滿春殿只今唯有鷓鴣飛

廬江主人婦

孔雀東飛何處棲廬江小吏仲卿妻爲客裁縫君自見城烏獨宿夜空啼

山中與幽人對酌

兩人對酌山花開一杯一杯復一杯我醉欲眠卿且去明朝有意抱琴來

與史郎中飲聽黃鶴樓上吹笛

一爲遷客去長沙西望長安不見家黃鶴樓中吹玉笛江城五月落梅花

白胡桃

紅羅袖裏分明見白玉盤中看卻無疑是老僧休念誦腕前推下水精珠

巫山枕障

巫山枕障畫高邱白帝城邊樹色秋朝雲夜入無行處。巴水橫天更不流。

庭前晚開花

西王母桃種我家三千陽春始一花結實苦遲為人笑攀折唧唧長咨嗟

軍行

騮馬新跨(一作誇)白玉鞍戰罷沙場月色寒城頭鐵鼓聲猶震匣裏金刀血未乾

從軍行

百戰沙場碎鐵衣城南已合數重圍突營射殺呼延將獨領殘兵千騎歸

春夜洛城聞笛

誰家玉笛暗飛聲散入春風滿洛城此夜曲中聞折柳何人不起故園情

流夜郎聞酺不預

北闕聖人歌大康南冠君子竄遐荒漢酺聞奏鈞天樂願得風吹到夜郎

宣城見杜鵑花

蜀國曾聞子規鳥宣城還見杜鵑花一叫一迴腸一斷三春三月憶三巴

長門怨二首

天迴北斗挂西樓金屋無人螢火流月光欲到長門殿別作深宮一段愁

桂殿長愁不記春黃金四屋起秋塵夜懸明鏡青天上獨照長門宮裏人

春怨

白馬金羈遼海東羅帷繡被臥春風落月低軒窺燭盡飛花入戶笑牀空

陌上贈美人

駿馬驕行踏落花垂鞭直拂五雲車美人一笑褰珠箔遙指紅樓是妾家

口號吳王舞人半醉

風動荷花水殿香姑蘇臺上宴吳王西施醉舞嬌無力笑倚東窗白玉牀

贈段七娘

羅襪凌波生網塵那能得計訪情親千杯綠酒何辭醉一面紅妝惱殺人

别內赴徵三首

王命三徵去未還明朝離别出吳關白玉高樓看不

見相思須上望夫山

出門妻子强牽衣問我西行幾日歸來時儻佩黃金印莫見蘇秦不下機

翡翠爲樓金作梯誰人獨宿倚門啼。夜泣寒燈連曉月。行行淚盡楚關西。

南流夜郎寄內

夜郎天外怨離居明月樓中音信疏北雁春歸看欲盡南來不得豫章書

哭晁卿衡

日本晁卿辭帝都征帆一片遶蓬壺明月不歸沈碧海白雲愁色滿蒼梧

杜工部七絕百五首

贈李白

秋來相顧尚飄蓬未就丹砂愧葛洪痛飲狂歌空度

日飛揚跋扈爲誰雄

蕭八明府實一作隄處覓桃栽

奉乞桃栽一百根春前爲送浣花村河陽縣裏雖無數濯錦江邊未滿園

從韋二明府續處覓縣竹

華軒藹藹他年到縣竹亭亭出縣高江上舍前無此物幸分蒼翠拂波濤

憑何十一少府邕覓榿木栽

草堂塹西無樹林非子誰復見幽心飽聞榿木三年大與致溪邊十畝陰

詣徐卿覓果栽

草堂少花今欲栽不問綠李與黃梅石笋街中卻歸去果園坊裏爲求來

憑韋少府班覓松樹子

落落出羣非櫸柳青青不朽豈楊梅欲存老蓋千年
意爲覓霜根數寸栽

又於韋處乞大邑瓷盌錢注元和郡國志邛州大邑縣本漢江源縣地咸通二年割晉原縣之西界置

大邑燒瓷輕且堅扣如哀玉錦城傳君家白盌勝霜
雪急送茅齋也可憐

絕句漫興九首

眼見客愁愁不醒無賴春色到江亭卽遣花開深造
次便教鶯語太丁甯

手種桃李非無主野老牆低還是家恰似春風相欺
得夜來吹折數枝花

熟知茅齋絕低小江上燕子故來頻銜泥點汚琴書
內更接飛蟲打著人

二月巳破三月來漸老逢春能幾回莫思身外無窮

事且盡生前有限杯

腸斷江春欲盡頭杖藜徐步立芳洲顛狂柳絮隨風去輕薄桃花逐水流

嬾慢無堪不出村呼兒日在掩柴門蒼苔濁酒林中靜碧水春風野外昏

糝徑楊花鋪白氈點溪荷葉疊青錢筍根稚子無人見沙上鳧雛傍母眠

舍西柔桑葉可拈江畔細麥復纖纖人生幾何春已夏不放香醪如蜜甜

隔戶楊柳弱嫋嫋恰似十五女兒腰誰謂朝來不作意狂風挽斷最長條

春水生二絕

二月六夜春水生門前小灘一云籬渾欲平鸕鷀鸂鶒莫漫喜吾與汝曹俱眼明

一夜水高二尺強數日不可更禁當南市津頭有船賣無錢即買繫籬旁

少年行二首

莫笑田家老瓦盆自從盛酒長兒孫傾銀注玉錢箋本作驚人眼共醉終同臥竹根

巢燕養雛渾去盡江花結子已無多黃衫年少來宜數不見堂前東逝波

少年行

馬上誰家白面郎臨階下馬踏人牀不通姓字麤豪甚指點銀瓶索酒嘗

贈花卿

錦城絲管日紛紛半入江風半入雲此曲祇應天上有人間能得幾回聞

李司馬橋了承高使君自成都回上有陪李七司馬早江上

向來江上手紛紛三日功成事出羣已傳童子騎青竹總擬橋東待使君（觀造竹橋二詩一七律一五律今另鈔於五七律中此題遂不可解）

江畔獨步尋花七絕句

江上被花惱不徹無處告訴只顛狂走覓南鄰愛酒伴經旬出飲獨空牀（自注斛斯融吾酒徒）

稠花亂蘂畏江濱行步欹危實怕春詩酒尚堪驅使在未須料理白頭人

江深竹靜兩三家多事紅花映白花報答春光知有處應須美酒送生涯

東望少城花滿煙百花高樓更可憐誰能載酒開金盞喚取佳人舞繡筵

黃師塔前江水東春光嬾困倚微風桃花一簇開無主可愛深紅愛淺紅

黃四娘家花滿蹊千朵萬朵壓枝低留連戲蝶時時舞自在嬌鶯恰恰啼

不是看花卽索死只恐花盡老相催繁枝容易紛紛落嫩蘂商量細細開

重贈鄭鍊絕句

鄭子將行罷使臣囊無一物獻尊親江山路遠羈離日裘馬誰爲感激人

中丞嚴公雨中垂寄見憶一絕奉答二絕

雨映行宮辱贈詩錢箋國史補蜀郡有萬里橋玄宗至而喜曰吾自知行地萬里則歸公草堂在萬里橋當與行宮相近張說奉和早渡蒲關詩樓映行宮日元戎肯赴野人期江邊老病雖無力強擬晴天理釣絲

何日雨晴雲出溪白沙青石先無泥只須伐竹開荒徑倚杖穿花聽馬嘶

謝嚴中丞送青城山道士乳酒一瓶

山瓶乳酒下青雲氣味濃香幸見分鳴鞭走送憐漁父洗盞開嘗對馬軍（自注軍州謂驅使騎爲馬軍）

三絶句

楸樹馨香倚釣磯斬新花蘂未應飛不如醉裏風吹盡可忍醒時雨打稀

門外鸕鶿去不來沙頭忽見眼相猜自今已後知人意一日須來一百回

無數春筍滿林生柴門密掩斷人行會須上番看成竹客至從嗔不出迎

戲爲六絶句

庾信文章老更成淩雲健筆意縱横今人嗤點流傳賦不覺前賢畏後生

楊王盧駱當時體輕薄爲文哂未休爾曹身與名俱滅不廢江河萬古流

縱使盧王操翰墨劣於漢魏近風騷龍文虎脊皆君馭歷塊過都見爾曹

才力應難跨數公凡今誰是出羣雄或看翡翠蘭苕上未掣鯨魚碧海中

不薄今人愛古人清詞麗句必爲鄰竊攀屈宋宜方駕恐與齊梁作後塵

未及前賢更勿疑遞相祖述復先誰別裁僞體親風雅轉益多師是汝師

答楊梓州

悶到楊公池水頭坐逢楊子鎮東州却向青溪不相見迴船應載阿戎遊

得房公池鵞

房相西池鵞一羣眠沙泛浦白於雲鳳凰池上應迴首爲報籠隨王右軍

官池春雁二首

自古稻粱多不足至今鸂鶒亂爲羣且休悵望看春水更恐歸飛隔暮雲

青春欲盡急還鄉紫塞甯論尚有霜翅在雲天終不遠力微矰繳絕須防

投簡梓州幕府兼簡韋十郎官

幕下郎官安穩無從來不奉一行書固知貧病人須棄能使韋郎跡也疏

戲作寄上漢中王二首 自注王新誕明珠

雲裏不聞雙雁過掌中貪看一珠新秋風嫋嫋吹江漢只在他鄉何處人

謝安舟楫風還起梁苑池臺雪欲飛杳杳東山攜妓去泠泠修竹待王歸

黃河二首

黃河北岸海西軍椎鼓鳴鐘天下聞鐵馬長鳴不知數胡人高鼻動成羣

黃河南岸是吾蜀欲須供給家無粟願驅衆庶戴君王混一車書棄金玉

絕句四首

堂西長筍別開門塹北行椒卻背村梅熟許同朱老喫松高擬對阮生論（自注朱阮劍外相知）

欲作魚梁雲覆湍因驚四月雨聲寒青溪先有蛟龍窟竹石如山不敢安

兩箇黃鸝鳴翠柳一行白鷺上青天窗含西嶺千秋雪門泊東吳萬里船（自注西山白雪四時不消）

藥條藥甲潤青青色過椶亭入草亭苗滿空山慙取譽根居隟地怯成形

奉和嚴公軍城早秋

秋風嫋嫋動高旌玉帳分弓射虜營已收滴博雲間戍更奪蓬婆雪外城

三絶句

前年渝州殺刺史今年開州殺刺史羣盜相隨劇虎狼食人更肯留妻子

一十一家同入蜀惟殘一人出駱谷自說二女齧臂時迴頭卻向秦雲哭

殿前兵馬雖驍雄縱暴略與羌渾同聞道殺人漢水上婦女多在官軍中

存沒口號二首

席謙不見近彈棊畢曜仍傳舊小詩玉局他年無限笑白楊今日幾人悲（自注道士席謙善彈碁故曰玉局）

鄭公粉繪隨長夜曹霸丹青已白頭天下何曾有山水人間不解重驊騮（自注高士滎陽鄭虔善畫山水曹霸善畫馬也）

夔州歌十絕句

中巴之東巴東山江水開闢流其閒白帝高爲三峽鎮瞿塘險過百牢關

白帝夔州各異城蜀江楚峽混殊名英雄割據非天意霸主并吞在物情

羣雄競起問前朝王者無外見今朝比訝漁陽結怨恨元聽舜日舊簫韶

赤甲白鹽俱刺天閭閻繚繞接山巔楓林橘樹丹青合複道重樓錦繡懸

瀼東瀼西一萬家江南江北春冬花背飛鶴子遺瓊蕊相趁鳧雛入蔣牙

東屯稻畦一百頃北有澗水通青苗晴浴狎鷗分處處雨隨神女下朝朝

蜀麻吳鹽自古通萬斛之舟行若風長年三老長歌

裏白晝攤錢高浪中

憶昔咸陽都市合山水之圖張賣時巫峽曾經寶屛見楚宮猶對碧峯疑

武侯祠堂不可忘中有松柏參天長干戈滿地客愁破雲日如火炎天涼

閬風元圃與蓬壺中有高唐天下無借問夔州壓何處峽門江腹擁城隅

解悶十二首

草閣柴扉星散居浪翻江黑雨飛初山禽引子哺紅果溪女得錢留白魚

商胡離別下揚州憶上西陵故驛樓錢箋水經注浙江又逕固陵城北今之西陵也有西陵湖亦謂之西城湖會稽志云西陵城在蕭山縣西十二里謝惠連有西陵阻風獻康樂詩吳越改曰西興東坡詩爲傳鐘鼓到西興是也浙江通志西陵城吳越改爲西陵驛按白樂天答微之泊西陵驛見寄云煙波盡處一點白應是西爲陵古驛臺則西陵舊有驛至吳越始改西興耳

問淮南米貴賤老夫乘興欲東遊

一辭故國十經秋每見秋瓜憶故邱今日南湖采薇蕨何人爲覓鄭瓜州自注今鄭秘監審錢箋水經注長安第二門本名霸城門民見門色青又名青門門外舊出佳瓜是以阮籍詩曰昔聞東陵瓜近在青門外南出東頭第一門本名覆盎門其南有下杜城應劭曰故杜陵之下聚落也故曰下杜門

沈范早知何水部曹劉不待薛郎中獨當省署開文苑兼泛滄溟學釣翁自注水部郎中薛據

李陵蘇武是吾師孟子論文更不疑一飯未曾留俗客數篇今見古人詩自注校書郎雲卿

復憶襄陽孟浩然清詩句句盡堪傳卽今耆舊無新語漫釣槎頭縮項鯿

陶冶性靈存底物新詩改罷自長吟孰知二謝將能事頗學陰何苦用心

不見高人王右丞藍田邱壑漫寒藤最傳秀句寰區

滿未絕風流相國能自注右丞弟今相國縉

先帝貴妃今寂寞荔枝還復入長安炎方每續朱櫻

獻玉座應悲白露團

憶過瀘戎摘荔枝青楓隱映石逶迤京華應見無顏

色紅顆酸甜只自知

翠瓜碧李沈玉甃赤梨葡萄寒露成可憐先不異枝

蔓此物娟娟長遠生

側生野岸及江蒲浦一作不熟丹宮滿玉壺雲壑布衣

鮐背死勞人害馬翠眉須按後四首專詠荔枝不知何以與前八首同為解悶之詩

承聞河北諸道節度入朝歡喜口號絕句十二

首

祿山作逆降天誅更有思明亦已無洶洶人寰猶不

定時時戰鬬欲何須

社稷蒼生計必安蠻夷雜種錯相干錢箋舊書安祿山營州柳城雜種胡人也本無姓氏名軋犖山史思明本名窣干營州甯羌州突厥雜種胡人也周宣漢武

今王是孝子忠臣後代看

喧喧道路好童謠河北將軍盡入朝自錢本作始是乾坤

王室正卻教江漢客魂銷

不道諸公無表來茫茫庶事遣人猜擁兵相學干戈

銳使者徒勞百萬迴

鳴玉鏘金盡正臣修文偃武不無人興王會靜妖氛

氣聖壽宜過一萬春

英雄見事若通神聖哲爲心小一身燕趙休矜出佳

麗宮闈不擬選才人錢箋天興聖節諸道節度使獻金帛器用珍玩駿馬爲壽共直

緡錢二十四萬常衮上言請卻之不聽此詩稱頌聖哲實則諷諭代宗當卻諸道之進奉也

抱病江天白首郎空山樓閣暮春光衣冠是日朝天

子草奏何時入帝鄉

澶漫山東一百州削成如桉抱青邱包茅重入歸關內王祭還供盡海頭

東逾遼水北滹沲星象風雲喜共和紫氣關臨天地闊黃金臺貯俊賢多

漁陽突騎邯鄲兒酒酣并驅金鞭垂意氣即歸雙闕舞雄豪復遣五陵知

李相將軍擁薊門白頭惟有赤心存竟能盡說諸侯入知有從來天子尊

十二年來多戰場天威已息陣堂堂神靈漢代中興主功業汾陽異姓王

上卿翁請修武侯廟遺像缺落時崔卿權夔州

大賢爲政即多聞刺史真符不必分尚有西郊諸葛廟臥龍無首對江濆

喜聞盜賊總退口號五首錢本盜賊下多蕃寇二字

蕭關隴水入官軍青海黃河卷塞雲北極轉愁龍虎氣西戎休縱犬羊羣

贊普多教使入秦數通和好止煙塵朝廷忽用哥舒將殺伐虛悲公主親錢箋開元二十九年金城公主薨吐蕃遣使告哀仍請和上不許十二月吐蕃襲石堡城蓋嘉運不能守玄宗憤之天寶七載以哥舒翰爲隴右節度使攻而拔之

崆峒西極過崑崙駝馬由來擁國門逆氣數年吹路斷蕃人聞道漸星奔

勃律天西采玉河堅昆碧盌最來多舊隨漢使千堆寶少答胡王萬匹羅

今春喜氣滿乾坤南北東西拱至尊大歷二年調玉燭玄元皇帝聖雲孫

漫成一絕

江月去人只數尺風燈照夜欲三更沙頭宿鷺聯拳靜船尾跳魚撥剌鳴

書堂飲既夜復邀李尚書下馬月下賦絕句前一首宴胡侍御書堂已鈔於五律中故此題曰書堂飲既

湖月林風相與清殘樽下馬復同傾久聞野鶴如霜鬢遮莫鄰雞下五更

江南逢李龜年

岐王宅裏尋常見崔九堂前幾度聞正是江南好風景落花時節又逢君

蘇東坡七絕上二百三首

郿塢

衣中甲厚行何懼塢裏金多退足憑畢竟英雄誰得似臍脂自照不須燈

授經臺自注乃南山一峯耳非復有築處

劍舞有神通草聖海山無事化琴工此臺一覽秦川小不待傳經意已空

九月中曾題二小詩於南溪竹上既而忘之昨日再遊見而錄之此題有五絕一首未鈔

湖上蕭蕭疏雨過山頭靄靄暮雲橫陂塘水落荷將盡城市人歸虎欲行

濠州七絕

塗山自注下有鯀廟山前有禹會村唐地理志濠州鍾離縣有塗山九域志當塗城塗山氏之邑

川鎖支祁水尚渾地埋汪罔骨應存樵蘇已入黃熊廟烏鵲猶朝禹會村

彭祖廟自注有雲母山云彭祖所採服也

跨歷商周看盛衰欲將齒髮鬬蛇龜空餐雲母連山盡不見蟠桃著子時

逍遙臺自注莊子祠堂在開元寺即墓爲堂

常怪劉伶死便埋豈伊忘死未忘骸烏鳶奪得與螻

蟻誰信先生無此懷

觀魚臺

欲將同異較錙銖肝膽猶能楚越如若信萬殊歸一理子今知我我知魚

虞姬墓

帳下佳人拭淚痕門前壯士氣如雲倉黃不負君王意只有虞姬與鄭君

四望亭 自注太和中刺史劉嗣之立李紳以太子賓客分司東都過濠爲作記記今存而亭廢者數年矣

頹垣破礎沒柴荆故老猶言短李亭敢請使君重起廢落霞孤鶩換新銘

浮山洞 自注洞在淮上夏潦不能及而冬不加高故人疑其浮也

人言洞府是鼇宮升降隨波與海通共坐船中那得見乾坤浮水水浮空

初到杭州寄子由二絕自此以下倅杭州以後之詩

眼看時事力難勝貪戀君恩退未能遲鈍終須投劾去使君何日換聾丞

聖明寬大許全身衰病摧頹自畏人莫上岡頭苦相望吾方祭竈請比鄰

吉祥寺賞牡丹

人老簪花不自羞花應羞上老人頭醉歸扶路人應笑十里珠簾半上鉤

吉祥寺僧求閣名

過眼榮枯電與風久長那得似花紅上人宴坐觀空閣觀色觀空色卽空

六月二十七日望湖樓醉書五首

黑雲翻墨未遮山白雨跳珠亂入船卷地風來忽吹散望湖樓下水如天

放生魚鼈逐人來無主荷花到處開水枕能令山俯仰風船解與月裴回

烏菱白芡不論錢亂繫青菰裏綠盤忽憶嘗新會靈觀滯留江海得加餐

獻花游女木蘭橈細雨斜風溼翠翹無限芳洲生杜若吳兒不識楚辭招

未成小隱聊中隱可得長閑勝暫閑我本無家更安往故鄉無此好湖山

夜泛西湖五絶

新月生魄迹未安纔破五六漸盤桓今夜吐豔如半壁游人得向三更看

三更向闌月漸垂欲落未落景特奇明朝人事誰料得看到蒼龍西沒時

蒼龍已沒牛斗横東方芒角昇長庚漁人收筒及未

曉船過惟有菰蒲聲自注湖上禁漁皆盜釣者也

菰蒲無邊水茫茫荷花夜開風露香漸見燈明出遠寺更待月黑看湖光

湖光非鬼亦非仙風恬浪靜光滿川須臾兩兩入寺去就視不見空茫然

沈諫議召遊湖不赴明日得雙蓮於北山下作一絶持獻沈既見和又別作一首因用其韻

湖上棠陰手自栽問公更得幾回來水仙亦恐公歸去故遣雙蓮一夜開

詔書行捧縷金牋樂府應歌相府蓮莫忘今年花發處西湖西畔北山前

望海樓晚景五絶

海上濤頭一線來樓前指顧雪成堆從今潮上君須上更看銀山二十回

橫風吹雨入樓斜壯觀應須好句誇雨過潮平江海碧電光時掣紫金蛇

青山斷處塔層層隔岸人家喚欲譍江上秋風晚來急爲傳鐘鼓到西興

樓下誰家燒夜香玉笙哀怨弄初涼臨風有客吟秋扇拜月無人見晚妝

沙河燈火照山紅歌鼓喧呼語笑中爲問少年心在否角巾敧側鬢如蓬

八月十七復登望海樓自和前篇是日牓出與試官兩人復留五首

樓上煙雲怪不來樓前飛紙落成堆非關文字須重看卻被江山未放回

眼昏燭暗細行斜考閱精彊外已誇明日失杯君莫怪早知安足不成蛇

亂山遮曉擁千層睡美初涼撼不譍昨夜酒行君屢歎定知歸夢到吳興

天台桂子爲誰香倦聽空階夜點涼賴有明朝看潮在萬人空巷鬭新妝

秋花不見眼花紅身在孤舟兀兀中細雨作寒知有意未教金菊出蒿蓬

和陳述古拒霜花

千株掃作一番黃只有芙蓉獨自芳喚作拒霜知未稱細思卻是最宜霜

和沈立之留別二首

而今父老千行淚一似當時初去時不用鐫碑頌遺愛丈人清德畏人知

臥聞鐃鼓送歸艎夢裏悤悤共一觴試問別來愁幾許春江萬斛若爲量自注去時予在試院

鹽官絕句四首

南寺千佛閣

古邑居民半海濤師來構築便能高千金用盡身無事坐看香煙遶白豪

北寺悟空禪師塔自注名齊安宣宗微時師知其非凡人

已將世界等微塵空裏浮花夢裏身豈爲龍顏更分別只應天眼識天人

塔前古檜

當年雙檜是雙童相對無言老更恭庭雪到腰埋不死如今化作兩蒼龍

僧爽白雞自注養二十餘年常立坐側聽經

斷尾雄雞本畏烹年來聽法伴修行還須卻置蓮花漏老怯風霜恐不鳴

六和寺沖師閘山溪爲水軒

欲放清溪自在流。忍教冰雪落沙洲。出山定被江潮涴。能爲山僧更少留。

冬至日獨遊吉祥寺

井底微陽回未回。蕭蕭寒雨溼枯荄。何人更似蘇夫子。不是花時肯獨來。

後十餘日復至

東君意淺著寒梅。千朶深紅未暇裁。安得道人殷七七。不論時節遣花開。

戲贈

惆悵沙河十里春。一番花老一番新。小橋依舊斜陽裏。不見樓中垂手人。

和人求筆跡

麥光鋪几淨無瑕。入夜青燈照眼花。從此剡藤眞可弔。半紆春蚓綰秋蛇。

贈孫莘老七絶

嗟予與子久離羣耳冷心灰百不聞若對青山談世事當須舉白便浮君

天目山前淥浸裾碧瀾堂下看銜艫作堤捍水非吾事閒送苕溪入太湖

夜來雨洗碧巑岏浪湧雲屯遶郭寒聞有弁山何處是爲君四面竟求看

夜橋燈火照溪明欲放扁舟取次行暫借官奴遣吹笛明朝新月到三更

三年京國厭藜蒿長羨淮魚壓楚糟今日駱駝橋下泊恣看修網出銀刀

烏程霜稻襲人香釀作春風霅水光時復中之徐邈聖毋多酌我次公狂

去年臘日訪孤山曾借僧窗半日閒不爲思歸對妻

子道人有約徑須還

王復秀才所居雙檜二首

吳王池館徧重城奇草幽花不記名青蓋一歸無覓處只留雙檜待昇平

凜然相對敢相欺直榦臨空未要奇根到九泉無曲處世間惟有蟄龍知

上元過祥符僧可久房蕭然無燈火

門前歌舞鬬分朋一室清風冷欲冰不把琉璃閒照佛始知無盡本無燈

飲湖上初晴後雨二首

朝曦迎客宴重岡晚雨留人入醉鄉此意自佳君不會一杯當屬水仙王自注湖上有水仙王廟

水光瀲灩晴方好山色空濛雨亦奇欲把西湖比西子淡妝濃抹總相宜

富陽妙庭觀董雙成故宅發地得丹鼎覆以銅盤承以琉璃盆盆既破碎丹亦爲人爭奪持去今獨盤鼎在耳 二首

人去山空鶴不歸丹亡鼎在世徒悲可憐九轉功成後卻把飛昇乞內集作肉芝

琉璃擊碎走金丹無復神光發舊壇時有世人來舐鼎欲隨雞犬事劉安

山村五絕

竹籬茅屋趁溪斜春入山村處處花無象太平還有象孤煙起處是人家

煙雨濛濛雞犬聲有生何處不安生但令黃犢無人佩布穀何勞也勸耕

老翁七十自腰鐮慙愧春山筍蕨甜豈是聞韶解忘味爾來三月食無鹽

杖藜裹飯去悤悤過眼青錢轉手空贏得兒童語音好一年彊半在城中

穲稏忘歸我自羞豐年底事汝憂愁不須更待飛鳶墮方念平生馬少游

贈別

青鳥銜巾久欲飛黃鶯別主更悲嗁慇懃莫忘分攜處湖水東邊鳳嶺西

次韻代留別

絳蠟燒殘玉斝飛離歌唱徹萬行嗁他年一舸鴟夷去應記儂家舊姓西

吉祥寺花將落而述古不至

今歲東風巧翦裁含情只待使君來對花無信花應恨直恐明年便不開

述古聞之明日即來坐上復用前韻同賦

仙衣不用翦刀裁國色初含(一作酣)卯酒來太守問花花有語爲君零落爲君開

寶山晝睡

七尺頑軀走世塵十圍便腹貯天真此中空洞渾無物何止容君數百人

席上代人贈別三首

悽音怨亂不成歌縱使重來柰老何淚眼無窮似梅雨一番勻了一番多

天上麒麟豈混塵籠中翡翠不由身那知昨夜香閨裏更有偷啼暗別人

蓮子擘開須見臆楸枰著盡更無期破衫卻有重逢處一飯何曾忘卻時

唐道人言天目山上俯視雷雨每大雷電但聞雲中如嬰兒聲殊不聞雷震也

已外浮名更外身區區雷電若爲神山頭只作嬰兒看無限人間失箸人

追和子由去歲試舉人洛下所寄五首

暴雨初晴樓上晚景

秋後風光雨後山滿城流水碧潺潺煙雲好處無多子及取昏鴉未到閒

洛邑從來天地中嵩高蒼翠北邙紅風流者舊消磨盡只有青山對病翁自注謂富公也

白汗翻漿午景前雨餘風物便蕭然應傾半熟鵝黃酒照見新晴水碧天

疾雷破屋雨翻河一掃清風未覺多應似畫師吳道子高堂巨壁寫降魔

客路三年不見山上樓相對夢魂閒明朝卻踏紅塵去羞向清伊照病顏

佛日山榮長老方丈五絶

陶令思歸久未成遠公不出但聞名山中只有蒼髯叟數里蕭蕭管送迎

千株玉槊攙雲立一穗珠旒落鏡寒何處霜眉碧眼客結爲三友冷相看

東麓雲根露角牙細泉幽咽走金沙不堪土肉埋山骨未放蒼龍浴渥洼

食罷茶甌未要深清風一榻抵千金腹搖鼻息庭花落還盡平生未足心

日射西廊午枕明水沈燒盡碧煙橫山人睡覺無人見只有飛蚊遶鬢鳴

八月十五日看潮五絶

定知玉兎十分圓已作霜風九月寒寄語重門休上鑰夜潮留向月中看

萬人鼓譟懾吳儂猶似浮江老阿童欲識潮頭高幾許越山渾在浪花中

江邊身世兩悠悠久與滄波共白頭造物亦知人易老故教江水向西流

吳兒生長狎濤淵冒利輕生不自憐東海若知明主意應教斥鹵變桑田自注是時新有旨禁弄潮

江神河伯兩醯雞海若東來氣吐蜺安得夫差水犀手三千强弩射潮低自注吳越王嘗以弓弩射潮頭與海神戰自爾水不近城

臨安三絕

將軍樹

阿堅澤畔菰蒲節玄德牆頭羽葆桑不會世間閑草木與人何事管興亡

錦溪

楚人休笑沐猴冠越俗徒誇翁子賢五百年間異人

出盡將錦繡裏山川

石鏡

山雞舞破半巖雲菱葉開殘野水春應笑武都山下土枉教明月殉佳人

陌上花三首 並引

遊九仙山聞里中兒歌陌上花父老云吳越王妃每歲春必歸臨安王以書遺妃曰陌上花開可緩緩歸矣吳人用其語爲歌含思宛轉聽之淒然而其詞鄙野爲易之云

陌上花開蝴蝶飛江山猶是昔人非遺民幾度垂垂老遊女長歌緩緩歸

陌上山花無數開路人爭看翠軿來若爲留得堂堂去且更從教緩緩回

生前富貴草頭露身後風流陌上花已作遲遲君去

魯猶歌緩緩妾回家

九日舟中望見有美堂上魯少卿飲以詩戲之

二首

指點雲間數點紅笙歌正擁紫髯翁誰知愛酒龍山

客卻在漁舟一葉中

西閣珠簾卷落暉水沉煙斷佩聲微遙知通德淒涼

甚擁髻無言怨未歸

遊諸佛舍一日飲釅茶七盞戲書勤師壁

示病維摩元不病在家靈運已忘家何須魏帝一丸

藥且盡盧仝七椀茶

金門寺中見李西臺與二錢自注惟演易唱和四絕

句戲用其韻跋之

帝城春日帽簷斜二陸初來尚憶家未肯將鹽下蓴

菜已應知雪似楊花

平生賀老慣乘舟騎馬風前怕打頭欲問君王乞符
竹但憂無蟹有監州自注皆世所傳錢氏故事
西臺妙迹繼楊風自注凝式無限龍蛇洛寺中一紙清詩
弔興廢塵埃零落梵王宮
五季文章墮劫灰升平格力未全回故知前輩宗徐
庾數首風流似玉臺

書雙竹湛師房二首

我本西湖一釣舟意嫌高屋冷颼颼羨師此室纔方
丈一炷清香盡日留
暮鼓朝鐘自擊撞閉門孤枕對殘缸白灰旋撥通紅
火臥聽蕭蕭雨打窗

和述古冬日牡丹四首

一朶妖紅翠欲流春光回照雪霜羞化工只欲呈新
巧不放閒花得少休

花開時節雨連風卻向霜餘染爛紅漏泄春光私一物此心未信出天工

當時只道鶴林仙能遣秋花發杜鵑誰信詩能回造化直教霜枿放春妍

不分清霜入小園故將詩律變寒暄使君欲見藍關詠更倩韓郎爲染根

弔天竺海月辯師三首

欲尋遺跡彊沾裳本自無生可得亡今夜生公講堂月滿庭依舊冷如霜

生死猶如臂屈伸情鍾我輩一酸辛樂天不是蓬萊客憑仗西方作主人

欲訪浮雲起滅因無緣卻見夢中身安心好住王文度此理何須更問人

柳氏二外甥求筆迹二首

退筆如山未足珍讀書萬卷始通神君家自有元和
腳莫厭家雞更問人
一紙行書兩絕詩遂良鬚鬢已成絲何當火急傳家
法欲見誠懸筆諫時
錢道人有詩云直須認取主人翁作兩絕戲之
首斷故應無斷者冰銷那復有冰知主人若苦令儂
認認主人人竟是誰
有主須還更有賓不如無鏡自無塵只從半夜安心
後失卻當年覺痛人
成都進士杜暹伯升出家名法通往來吳中
欲識當年杜伯升飄然雲水一孤僧若教俯首隨韁
鎖料得如今似我能自注柳子玉云通若及第不過似我
監洞霄宮俞康直郎中所居四詠
退圃

百丈休牽上瀨船一鉤歸釣縮頭鯿園中草木春無數只有黃楊厄閏年自注俗說黃楊一歲長一寸遇閏退三寸

逸堂

新第誰來作並鄰舊官甯復憶星辰請君置酒吾當賀知向江湖拜散人

遯軒

冠蓋相望起隱淪先生那得老江村古來真遯何曾遯笑殺踰垣與閉門

遠樓

西山煙雨卷疏簾北戶星河落短檐不獨江天解空闊地偏心遠似陶潛

次韻沈長官三首

家山何在兩忘歸杯酒相逢慎勿違不獨飯山嘲我瘦也應糠覈怪君肥

男婚已畢女將歸累盡身輕志莫違聞道山中食無
肉玉池清水自生肥
造物知吾久念歸似憐衰病不相違風來震澤帆初
飽雨入松江水漸肥
戲書吳江三賢畫像三首
誰將射御教吳兒長笑申公爲夏姬卻道姑蘇有麋
鹿更憐夫子得西施自注范蠡
浮世功勞食與眠季鷹真得水中仙不須更說知機
早直爲鱸魚也自賢自注張翰
千首文章二頃田囊中未有一錢看卻因養得能言
鴨驚破王孫金彈丸自注陸龜蒙
回先生過湖州東林沈氏飲醉以石榴皮書其
家東老菴之壁云西鄰已富憂不足東老雖
貧樂有餘白酒釀來因好客黃金散盡爲收

書西蜀和仲聞而次其韻三首東老沈氏之老自謂也湖人因以名之其子偕作詩有可觀者按王會回仙碑云熙甯元年八月十九日湖州歸安縣之東林有隱君子沈思字持正隱於東林因以東老名焉能醸十八仙白酒一日有客自稱回道人長揖東老曰知君白酒新熟願求一醉公命之坐徐觀其目碧色粲然光彩射人與之語無不通究故知非塵埃中人也因出與飲自日中至暮已飲數斗殊無酒色回曰久不游浙中今爲子有陰德留詩贈子乃擘席上榴皮畫字題於菴壁

世俗何知窮是病神仙可學道之餘但知白酒留佳客不問黃公覓素書

符離道士晨興際華岳先生尸解餘忽見黃庭丹篆句猶傳青紙小朱書

淒涼雨露三年後髣髴塵埃數字餘至用榴皮緣底事中書君豈不中書

李行中醉眠亭三首

已向閙中作地仙更於酒裏得天全從教世路風波惡賀監偏工水底眠

君且歸休我欲眠人言此語出天然醉中對客眠何害須信陶潛未若賢

孝先風味也堪憐肯爲周公晝日眠枕麴先生猶笑汝枉將空腹貯遺編

單同年求德興兪氏聚遠樓詩三首

雲山煙水苦難親野草幽花各自春賴有高樓能聚遠一時收拾與閑人

無限青山散不收雲奔浪卷入簾鉤直將眼力爲疆界何啻人閒萬戶侯

聞說樓居似地仙不知門外有塵寰幽人隱几寂無語心在飛鴻滅沒閒

次韻孫巨源寄漣水李盛二著作並以見寄五

絶 此下密州之詩

南嶽諸劉豈易逢相望無復馬牛風山公雖見無多子社燕何由戀塞鴻 自注昔與巨源劉貢父劉莘老相遇於山陽自爾契闊惟巨源近者復相見於京口

高才晚歲終難進勇退當年正急流不獨二疏爲可慕他時當有景孫樓 自注巨源近離東海郡有景疏樓

漱石先生難可意 自注謂巨源 齧氊校尉久無朋 自注謂應知客路愁無柰故遣吟詩調李陵 自注謂李君也

雲雨休排神女車忠州老病畏人誇詩豪正值安仁在空看河陽滿縣花 自注盛爲邑宰

膠西未到吾能說桑柘禾麻不見春不羨京塵騎馬客羨他淮月弄舟人

王莽

漢家殊未識經綸入手功名事事新百尺穿成連夜

井千金購得解飛人

董卓

公業平時勸用儒諸公何事起相圖只言天下無健者豈信車中有布乎

送趙寺丞寄陳海州

景疏樓上喚蛾眉君到應先誦此詩若見孟公投轄飲莫忘衝雪送君時

答陳述古二首

漫說山東第二州棗林桑泊負春遊城西亦有紅千葉人老簪花卻自羞

小桃破萼未勝春羅綺叢中第一人聞道使君歸去後舞衫歌扇總生塵自注陳有小妓述古稱之

和張子野見寄三絕句

過舊遊

前生我已到杭州到處長如到舊游更欲洞霄爲隱

吏一菴閑地且相留

見題壁

狂吟跌宕無風雅醉墨淋浪不整齊應爲詩人一回

顧山僧未忍掃黃泥

竹閣見憶

柏堂南畔竹如雲此閣何人是主人但遣先生披鶴

氅不須更畫樂天眞

和文與可洋川園池三十首

湖橋

朱闌畫柱照湖明白葛烏紗曳履行橋下龜魚晚無

數識君拄杖過橋聲

橫湖

貪看翠蓋擁紅妝不覺湖邊一夜霜卷卻天機雲錦

役從教匹練寫秋光

書軒

雨昏石硯寒雲色風動牙籤亂葉聲庭下已生書帶草使君疑是鄭康成

冰池

不嫌氷雪遶池看誰似詩人巧耐寒記得羲之洗硯處碧琉璃下黑蛟螭

竹塢

晚節先生道轉孤歲寒唯有竹相娛麤才杜牧真堪笑喚作軍中十萬夫

荻浦

雨折霜乾不耐秋白花黃葉使人愁月明小艇湖邊宿便是江南鸚鵡洲

蓼嶼

秋歸南浦蟪蛄鳴霜落橫湖沙水清臥雨幽花無限思抱叢寒蝶不勝情

望雲樓

陰晴朝暮幾回新已向虛空付此身出本無心歸亦好白雲還似望雲人

天漢臺

漾水東流舊見經銀潢左界上通靈此臺試向天文覓閣道中間第幾星

待月臺

月與高人本有期挂檐低戶映蛾眉只從昨夜十分滿漸覺冰輪出海遲

二樂榭

此閒真趣豈容談二樂并君已是三仁智更煩訶妄見坐令魯叟作瞿曇（自注來詩云二見因妄生）

瀿泉亭

聞道池亭勝兩川應須爛醉答雲煙勸君多揀長腰米消破亭中萬斛泉

吏隱亭

縱橫憂患滿人間頗怪先生日日閑昨夜清風眠北牖朝來爽氣在西山

霜筠亭

解籜新篁不自持嬋娟已有歲寒姿要看凜凜霜前意須待秋風粉落時

無言亭

殷勤稽首維摩詰敢問如何是法門彈指未終千偈了向人還道本無言

露香亭

亭下佳人錦繡衣滿身瓔珞綴明璣晚香消歇無尋

處花已飄零露已晞

涵虛亭

水軒花榭兩爭妍秋月春風各自偏惟有此亭無一物坐觀萬景得天全

谿光亭

決去湖波尚有情卻隨初日動檐楹谿光自古無人畫憑仗新詩與寫成

過谿亭

身輕步穩去忘歸四柱亭前野彴微忽悟過谿還一笑水禽驚落翠毛衣

披錦亭

煙紅露綠曉風香燕舞鶯啼春日長誰道使君貧且老繡屛錦帳咽笙簧

禊亭

曲池流水細鱗鱗高會傳觴似洛濱紅粉翠娥應不要畫船來往勝於人

菡萏亭

日日移牀趁下風清香不盡思何窮若爲化作龜千歲巢向田田亂葉中

荼蘼洞

長憶故山寒食夜野荼蘼發暗香來分無素手簪羅髻且折霜蕤浸玉醅

篔簹谷

漢川修竹賤如蓬斤斧何曾赦籜龍料得清貧饞太守渭川千畝在胸中

寒蘆港

溶溶晴港漾春暉蘆筍生時柳絮飛還有江南風物否桃花流水鮆魚肥

野人廬

少年辛苦事犂鉏剛厭青山遶故居老覺華堂無意味卻須時到野人廬

此君菴

寄語菴前抱節君與君到處合相親寫真雖是文夫子我亦真堂作記人

香橙徑

金橙縱復里人知不見鱸魚價自低須是松江烟雨裏小船燒薤擣香虀

南園

不種夭桃與綠楊使君應欲候農桑春畦雨過羅紈膩夏隴風來餅餌香

北園

漢水巴山樂有餘一麾從此首歸塗北園草木憑君

問許我他年作主無

和孔密州五絕此下徐州之詩

見邸家園留題

大旆傳聞載酒過小詩未忍著磚磨陽關三疊君須秘自注來詩有渭城之句除卻膠西不解歌

春步西園見寄

歲歲開園成故事年年行樂不辜春今年太守尤難繼慈愛聰明惠利人

東欄梨花

梨花淡白柳深青柳絮飛時花滿城惆悵東欄二株雪人生看得幾清明

和流杯石上草書小詩

蜂腰鶴膝嘲希逸春蚓秋蛇病子雲醉裏自書醒自笑如今二絕更逢君

堂後白牡丹

城西千葉豈不好笑舞春風醉臉丹何似後堂氷玉潔游蜂非意不相干自注孔頤有聲妓而客無見者

和趙郎中見戲二首自注趙以徐妓不如東武詩中見戲云只有當時燕子樓

燕子人亡三百秋卷簾那復似揚州西行未必能勝此空唱崔徽上白樓

我擊藤牀君唱歌明年六十柰君何自注趙每醉歌畢輒曰明年六十矣醉顛只要裝風景莫向人前自洗磨

子由將赴南都與余會宿於逍遙堂作兩絕句讀之殆不可爲懷因和其詩以自解余觀子由自少曠達天資近道又得至人養生長年之訣而余亦竊聞其一二以爲今者宦游相別之日淺而異時退休相從之日長既以自

解且以慰子由云二首

別期漸近不堪聞風雨蕭蕭已斷魂猶勝相逢不相識形容變盡語音存

但令朱雀長金花此別還同一轉車五百年間誰復在會看銅狄兩咨嗟

陽關詞三首

贈張繼愿

受降城下紫髯郎戲馬臺前古戰場恨君不取契丹首金甲牙旗歸故鄉

答李公擇

濟南春好雪初晴行到龍山馬足輕使君莫忘霅谿女時作陽關腸斷聲

中秋月

暮雲收盡溢清寒銀漢無聲轉玉盤此生此夜不長

好。明。月。明。年。何。處。看。

和孔周翰二絕

再觀邸園留題

小園香霧曉蒙籠醉手一作守狂詞未必工魯叟錄詩應有取曲收形管邶鄘風

觀淨觀堂效韋蘇州詩

弱羽巢林在一枝幽人蝸舍兩相宜樂天長短三千首卻愛韋郎五字詩

登望谼亭

河漲西來失舊谼孤城渾在水光中忽然歸壑無尋處千里禾麻一半空

虔州八境圖八首並引

南康八境圖者太守孔君之所作也君既作石城即其城上樓觀臺榭之所見而作是圖

也東望七閩南望五嶺覽羣山之參差俯章貢之奔流雲煙出沒草木蕃麗邑屋相望雞犬之聲相聞觀此圖也可以茫然而思粲然而笑慨然而歎矣蘇子曰此南康之一境也何從而八乎所自觀之者異也且子不見夫日乎其旦如槃其中如珠其夕如破璧此豈三日也哉苟知夫境之爲八也則凡寒暑朝夕雨暘晦明之異坐作行立哀樂喜怒之接於吾目而感於吾心者有不可勝數者矣豈特八乎如知夫八之出乎一也則夫四海之外詼詭譎怪禹貢之所書鄒衍之所談相如之所賦雖至千萬未有不一者也後之君子必將有感於斯焉乃作詩八章題之圖上

坐看奔湍遶石樓使君高會百無憂三犀竊鄙秦太

守八詠聊同沈隱侯

濤頭寂寞打城還章貢臺前暮靄寒勸客登臨無限思孤雲落日是長安

白鵲樓前翠作堆縈雲嶺路若爲開故人應在千山外不寄梅花遠信來

朱樓深處日微明皁蓋歸時酒半醒薄暮樵漁人去盡碧谿青嶂遶螺亭

使君那暇日參禪一望叢林一悵然成佛莫教靈運後著鞭從使祖生先

卻從塵外望塵中無限樓臺煙雨濛山水照人迷向背只尋孤塔認西東

煙雲縹緲鬱孤臺積翠浮空雨半開想見之眾觀海市絳宮明滅是蓬萊

回峯亂嶂鬱參差雲外高人世得知誰向空山弄明

十八家詩鈔卷二十六

十八家詩鈔卷二十七目錄

少年時嘗過一村院見壁上有詩云夜凉疑有

雨院靜似無僧不知何人詩也宿黄州禪智

寺寺僧皆不在夜半雨作偶記此詩故作一

絶

次韻樂著作送酒

次韻樂著作天慶觀醮

南堂五首

子由作二頌頌石臺長老問公手寫蓮經字如

黑蟻且誦萬徧脅不至席二十餘年予亦作

二首

橄欖

海棠

東坡

子由在筠作東軒記或戲之爲東軒長老其壻

軾以去歲春夏侍立邇英而秋冬之交子由相
繼入侍次韻絕句四首各述所懷
書皇親扇
書李世南所畫秋景二首
次韻宋肇惠澄心紙二首
郭熙秋山平遠二首
謝王澤州寄長松兼簡張天覺二首
和子由除夜元日省宿致齋三首
次韻答張天覺二首
書艾宣畫四首
送錢穆父出守越州二首
書林次中所得李伯時歸去來陽關二圖後二
首
題李伯時畫趙景仁琴鶴圖二首

上東坡居士過其精舍戲和其韻
書韓幹二馬
跋王晉叔所藏畫
趙昌四季四首
題靈峯寺壁
贈龍光長老
贈嶺上老人
贈嶺上梅
予初謫嶺南過田氏水閣東南一峯豐下銳上
里人謂雞籠山予更名獨秀峯今復過之戲
留一絕
畫車二首
次韻郭功甫二首
次韻法芝舉舊詩一首

秋雨漸涼有懷與元二首
秋夜觀月二首
枕上
月下
寄題朱元晦武夷精舍五首
無題
遊仙五首

十八家詩鈔卷二十七目錄

十八家詩鈔卷二十七

湘鄉曾國藩纂

合肥李鴻章審訂
東湖王定安校

蘇東坡七絕下二百三十五首

寒食日答李公擇三絕次韻

從來蘇李得名雙只恐全齊笑陋邦詩似懸河供不辦故欺張籍隴頭瀧

簿書鼛鼓不知春佳句相呼賴故人寒食德公方上冢歸來誰主復誰賓

巡城已困塵埃眯執扑仍遭蟣蝨緣欲脫布衫攜素手試開病眼點黃連自注來詩謂僕布衫督役

聞李公擇飲傅國博家大醉二首

兒童拍手鬧黃昏應笑山公醉習園縱使先生能一石主人未肯獨留髡

不肯惺惺騎馬迴玉山知爲玉人頹紫雲有語君知

否莫喚分司御史來

文與可有詩見寄云待將一段鵝谿絹埽取寒

梢萬尺長次韻答之

爲愛鵝谿白繭光埽殘雞距紫毫鋩世閒那有千尋

竹月落庭空影許長

次韻參寥師寄秦太虛三絕句時秦君舉進士

不得

秦郎文字固超然漢武憑虛意欲仙底事秋來不得

解定中試與問諸天

一尾追風抹萬蹄崐崙玄圃謂朝隮回看世上無伯

樂卻道鹽車勝月題

得喪秋毫久已冥不須聞此氣崢嶸何妨卻伴參寥

子無數新詩咳唾成

次韻田國博部夫南京見寄二絕

歲月翩翩下坂輪歸來杏子已生仁深紅落盡東風惡柳絮榆錢不當春

火冷餳稀杏粥稠青裙縞袂餉田頭大夫行役家人怨應羡居鄉馬少游

送蜀人張師厚赴殿試二首

忘歸不覺鬢毛斑好事鄉人尚往還斷嶺不遮西望眼送君直過楚王山

雲龍山下試春衣放鶴亭前送落暉一色杏花三十里新郎君去馬如飛

再次韻答田國博部夫還二首

西郊黃土沒車輪滿面風埃笑路人已放役夫三萬指從教積雨洗殘春

枝上稀疏地上稠忍看紅糝落牆頭風流別乘多才思歸趁西園秉燭游

次韻關令送魚自此以上皆杭州密州徐州之詩

舉網驚呼得巨魚饞涎不易忍流酥更煩赤腳長鬚老來聽西風十幅蒲

梅花二首此下謫居黃州之詩

春來幽谷水潺潺的皪梅花草棘閒一夜東風吹石裂半隨飛雪渡關山

何人把酒慰深幽開自無聊落更愁幸有清谿三百曲不辭相送到黃州

陳季常所蓄朱陳村嫁娶圖二首

何年顧陸丹青手畫作朱陳嫁娶圖聞道一村惟兩姓不將門戶買崔盧

我是朱陳舊使君勸耕曾入杏花村而今風物那堪畫縣吏催錢夜打門

少年時嘗過一村院見壁上有詩云夜涼疑有

雨院靜似無僧不知何人詩也宿黃州禪智寺寺僧皆不在夜半雨作偶記此詩故作一絶

佛燈漸暗飢鼠出山雨忽來修竹鳴知是何人舊詩句已應知我此時情

次韻樂著作送酒

少年多病怯杯觴老去方知此味長萬斛羈愁都似雪一壺春酒若爲湯

次韻樂著作天慶觀醮

濁世紛紛肯下臨夢尋飛步五雲深無因上到通明殿只許微聞玉佩音

南堂五首

江上西山半隱隄此邦臺館一時西南堂獨有西南向臥看千帆落淺谿

暮年眼力嗟猶在多病顛毛卻未華故作明窗書小字更開幽室養丹砂

他時夜雨困移牀坐厭愁聲點客腸一聽南堂新瓦響似聞東塢小荷香

山家爲割千房蜜稺子新畦五畝蔬更有南堂堪著客不憂門外故人車

掃地燒香閉閤眠簟紋如水帳如煙客來夢覺知何處挂起西窗浪接天

子由作二頌頌石臺長老問公手寫蓮經字如黑蟻且誦萬徧脅不至席二十餘年予亦作二首

眼前擾擾黑蚍蜉口角霏霏白蜑珠要識吾師無礙處試將燒卻看嗔無

眼睛心地兩虛圓脅不沾牀二十年誰信吾師非不

睡睡蚍已死得安眠

橄欖

紛紛青子落紅鹽正味森森苦且嚴待得微甘回齒頰已輸崖蜜十分甜

海棠

東風渺渺一作嫋嫋泛崇光香霧空濛一作霏霏月轉廊只恐夜深花睡去故燒高燭照紅妝

東坡

雨洗東坡月色清市人行盡野人行莫嫌犖确坡頭路自愛鏗然曳杖聲

子由在筠作東軒記或戲之爲東軒長老其壻曹煥往筠余作一絕句送曹以戲子由曹過廬山以示圓通愼長老愼欣然亦作一絕送客出門歸入室趺坐化去子由聞之仍作二

絶一以答余一以答慎明年余過圓通始得其詳乃追次慎韻

君到高安幾日回一時斗擻舊塵埃贈君一籠牢收取盛取東軒長老來

右送曹詩

大士何曾有生死小儒底處覓窮通偶留一吷千山上散作人間萬竅風

右和慎詩

余過温泉壁上有詩〻云直待衆生總無垢我方清冷混常流問人〻云長老可遵作遵已退居圓通亦作一絶

石龍有口口無根自在流泉誰吐吞若信衆生本無垢此泉何處覓寒温

世傳徐凝瀑布詩〻云一條界破青山色至爲塵

陋又僞作樂天詩稱美此句有賽不得之語

樂天雖涉淺易然豈至是哉乃戲作一絕

帝遣銀河一派垂古來惟有謫仙詞飛流濺沫知多少不與徐凝洗惡詩

書李公擇白石山房

偶尋流水上崔嵬五老蒼顏一笑開若見謫仙煩寄語匡山頭白早歸來

贈東林總長老

溪聲便是廣長舌山色豈非清淨身夜來八萬四千偈他日如何舉似人

題西林壁

橫看成嶺側成峯遠近高低各不同不識廬山真面目只緣身在此山中

次荆公韻四首第四首五言絕句未鈔

青李扶疏禽自來清真逸少手親栽深紅淺紫從爭
發雪白鵝黃也鬭開
斫竹穿花破綠苔小詩端爲覓榿栽細看造物初無
物春到江南花自開
騎驢渺渺入荒陂想見先生未病時勸我試求三畝
宅從公已覺十年遲

題孫思邈真

先生一去五百載猶在峨眉西崦中自爲天仙足官
府不應尸解坐蟲蟲

戲作鮰魚一絕

粉紅石首仍無骨雪白河豘不藥人寄語天公與河
伯何妨乞與水精鱗

次韻答寶覺

芒鞵竹杖布行纏遮莫千山更萬山從來無脚不解

滑誰信石頭行路難

以玉帶施元長老元以衲帬相報次韻二首

病骨難堪玉帶圍鈍根仍落箭鋒機欲教乞食歌姬院故與雲山舊衲衣

此帶閱人如傳舍流傳到我亦悠哉錦袍錯落真相稱乞與佯狂老萬回

金山夢中作

江東賈客木綿裘會散金山月滿樓夜半潮來風又熟臥吹簫管到揚州

和王勝之三首

城上湖光暖欲波美人唱我踏春歌魯公賓客皆詩酒誰是神仙張志和

齊釀如澠漲綠波公詩句句可絃歌流觴曲水無多日更作新詩繼永和

要知太守憐孤客不惜陽春和俚歌坐睡樽前呼不應爲公雕琢損天和

春日

鳴鳩乳燕寂無聲日射西窗潑眼明午醉醒來無一事只將春睡賞春晴

歸宜興留題竹西寺三首

十年歸夢寄西風此去真爲田舍翁賸覓蜀岡新井水要攜鄉味過江東

道人勸飲雞蘇水童子能煎鶯粟湯暫借藤牀與瓦枕莫教孤負竹風涼

此生已覺都無事今歲仍逢大有年山寺歸來聞好語野花啼鳥亦欣然

孟震同遊常州僧舍三首

年來轉覺此生浮又作三吳浪漫遊忽見東平孟君

子夢中相對說黃州

湛湛清池五月寒小山無數碧巑岏穉杉戢戢三千本且作淩雲合抱看

知君此去便歸耕笑指孤舟一葉輕待向三茅乞靈雨半篙流水送君行

贈常州報恩長老二首

碧玉椀盛紅馬腦井花水養石菖蒲也知法供無窮盡試問禪師得飽無

薦福老懷真巧便淨慈兩本更尖新憑師爲作鐵門限準備人間請話人

溪陰堂

白水滿時雙鷺下綠槐高處一蟬吟酒醒門外三竿日臥看溪南十畝陰

惠崇春江晚景二首

竹外桃花三兩枝春江水暖鴨先知蔞蒿滿地蘆芽短正是河豚欲上時

兩兩歸鴻欲破羣依依還似北歸人遙知朔漠多風雪更待江南半月春

戲周正孺二絶（自此以上皆黃州及常州居住改登州之詩）

折臂三公未可知會當千鎰訪權奇勸君鬻駱猶閑事腸斷閨中楊柳枝

天廄新收玉鼻騂故人共傲亦常情相如雖老猶能賦換馬還應繼二生

軾以去歲春夏侍立邇英而秋冬之交子由相繼入侍次韻絶句四首各述所懷（此下皆入朝爲翰林學士以後之詩）

曈曈日脚曉猶清細細槐花暖自零坐閱諸公半廊廟（自注僕射呂公門下韓公右丞劉公皆自講席大用）時看黃色起天庭

上尊初破蚤朝寒茗盌仍需講舌乾陛楯諸郎空兩立故應慙悔不儒冠

兩鶴摧頹病不言年來相繼亦乘軒誤聞九奏聊飛舞可得褒回爲啄吞

微生偶脫風波地晚歲猶存鐵石心定似香山老居士世緣終淺道根深自注樂天自江州司馬除忠州刺史旋以主客郎中知制誥遂拜中書舍人軾雖不敢自比然謫居黃州起知文登召爲儀曹遂忝侍從出處老少大略相似庶幾復享此翁晚節閑適之樂焉

書皇親扇

十年江海寄浮沈夢遶江南黃葦林誰謂風流貴公子筆端還有五湖心

書李世南所畫秋景二首

野水參差落漲痕疏林欹倒出霜根扁舟一棹歸何處家在江南黃葉村

人間斤斧日創夷誰見龍虵百尺姿不是溪山曾獨往何人解作挂猿枝

次韻宋肇惠澄心紙二首

詩老囊空一不留百番曾作百金收（自注永叔以澄心百幅遺聖俞聖俞有詩）知君也要雕肝腎分我江南數斛愁

君家家學陋相如宜與諸儒論石渠古紙無多且分我自應給札奏新書

郭熙秋山平遠二首

目盡孤鴻落照邊遙知風雨不同川此間有句無人識送與襄陽孟浩然

木落騷人已怨秋不堪平遠發詩愁要看萬壑爭流處他日終煩顧虎頭

謝王澤州寄長松兼簡張天覺二首

莫道長松浪得名能教覆額兩眉青便將徑寸同千

尺知有奇功似伏苓

憑君說與埋輪使速寄長松作解嘲自注張天覺詩有埋及河東煙之語

無復青黏和漆葉枉將鍾乳敵仙茅

和子由除夜元日省宿致齋三首

江湖流落豈關天禁省相望亦偶然等是新年未相見此身應坐不歸田

白髮蒼顏五十三家人遙遣試春衫朝回兩袖天香滿頭上銀幡笑阿咸

當年踏月走東風坐看春闈鎖醉翁白髮門生幾人在卻將新句調兒童

次韻答張天覺二首

車輕馬穩轡銜堅但有蚊虻喜撲緣截斷口前君莫問人間差樂勝巢仙

馭風騎氣我何勞且要長松作土毛亦如訶佛丹霞

老卻向清涼禮白毫

書艾宣畫四首

竹鶴

此君何處不相宜況有能言老令威誰識長身古君子猶將緇布緣深衣

黃精鹿

太華西南第幾峯落花流水自重重幽人只採黃精去不見春山鹿養茸

杏花白鷴

天工翦刻爲誰妍抱蘂游蜂自作團把酒惜春都是夢不如閑客此閑看

蓮龜

半脫蓮房露壓欹綠荷深處有遊龜只應翡翠蘭苕上獨見玄夫曝日時

送錢穆父出守越州二首

簿書常苦百憂集樽酒今應一笑開京兆從教思廣漢會稽聊喜得方回

若耶谿水雲門寺賀監荷花空自開我恨今猶在泥滓勸君莫棹酒船回

書林次中所得李伯時歸去來陽關二圖後二首

不見何戡唱渭城舊人空數米嘉榮龍眠獨識殷勤處畫出陽關意外聲

兩本新圖寶墨香樽前獨唱小秦王爲君翻作歸來引不學陽關空斷腸

題李伯時畫趙景仁琴鶴圖二首

清獻先生無一錢故應琴鶴是家傳誰知默鼓無弦曲時向珠宮舞幻仙

醜石寒松人易親聊將短曲調長人乘軒故自非明眼終日傲傲舞夔薪

王晉卿所藏著色山二首

縹緲營邱水墨仙浮空出沒有無閒爾來一變風流盡誰見將軍著色山

犖确何人似退之意行無路欲從誰宿雲解駮晨光漏獨見山紅澗碧時

次韻王晉卿惠花栽所寓張退傅第中

坐來念念失前人共向空中寓一塵若問此花誰是主天教閑客管青春

書王定國所藏王晉卿畫著色山

君歸嶺北初逢雪我亦江南五見春寄語風流王武子三人俱是識山人

同秦仲二子雨中游寶山

平明已報百吏散半日來陪二子閒立鶴低昂煙雨裏行人出沒樹林間

與莫同年雨中飲湖上

到處相逢是偶然夢中相對各華顛還來一醉西湖雨不見跳珠十五年

次韻王忠玉游虎邱三首

當年太白此相浮老守娛賓得二邱自注郡人有閭邱公太守王規父嘗云不謂虎邱即謂閭邱規父忠玉伯父也白髮重來故人盡空餘叢桂小山幽

青蓋紅旗映玉山新詩小草落玄泉風流使者人爭看知有真娘立道邊自注虎邱中路有真娘墓

舞衫歌扇轉頭空只有青山杳靄中若共吳王鬭百草使君未敢借驚鴻

和錢四寄其弟龢

再見濤頭湧玉輪煩君久駐浙江春年來總作維摩病堪笑東西二老人

次韻子由使契丹至涿州見寄四首

老人癡鈍已逃寒子復辭行理亦難（自注余昔年辭免使北要）到盧龍看古塞投文易水弔燕丹

胡羊代馬得安眠窮髮之南共一天又見子卿持漢節遙知遺老泣山前

氊毳年來亦甚都時時鴂舌問三蘇（自注余與子由入京時北使已問所在後余館伴北使屢誦三蘇文）那知老病渾無用欲問君王乞鏡湖

始憶庚寅降屈原旋看蠟鳳戲僧虔隨翁萬里心如鐵（自注時猶子遲侍行）此子何勞爲買田

又和景文韻

牡丹松檜一時栽付與春風自在開試問壁間題字

客幾人不爲看花來

西湖壽星院此君軒

臥聽謖謖碎龍鱗俯看蒼蒼立玉身一舸鴟夷江海
去尚餘君子六千人

菩提寺南漪堂杜鵑花

南漪杜鵑天下無披香殿上紅氍毹鶴林兵火真一
夢不歸閬苑歸西湖

次韻錢穆父紫薇花二首

虛白堂前合抱花秋風落日照橫斜閱人此地知多
少物化無涯生有涯自注虛白堂前紫薇兩株俗云樂天所種
折得芳蕤兩眼花題詩相報字傾斜簏中尚有絲綸
句自注白樂天紫薇花詩絲綸閣下文章靜鐘鼓樓中刻漏長獨坐黃昏誰是伴紫薇花對紫薇郎上嘗書此詩以賜軾
坐覺天光照海涯

次韻楊公濟梅花十首

梅梢春色弄微和作意南枝翦刻多月黑林間逢縞
袂霸陵醉尉誤誰何

相逢月下是瑤臺藉草清樽連夜開明日酒醒應滿
地空令飢鶴啄莓苔

綠髮尋春湖畔回萬松嶺上一枝開而今縱老霜根
在得見劉郎又獨來

月地雲階漫一樽玉奴當作兒終不負東昏臨春結綺
荒荆棘誰信幽香是返魂

日出冰湖散水花野梅官柳漸攲斜西郊欲就詩人
飲黃四娘東子美家

君知早落坐先開莫著新詩句句催嶺北霜枝最多
思忍寒留待使君來

冰盤未薦含酸子雪嶺先看耐凍枝應笑春風木芍
藥豐肌弱骨要人醫

寒雀喧喧凍不飛遶林空啅未開枝多情好與風流伴不到雙雙燕語時

鮫綃翦碎玉簪輕檀暈妝成雪月明肯伴老人春一醉懸知欲落更多情

縞裙練帨玉川家肝膽清新冷不邪穠李爭春猶辦此更教踏雪看梅花

贈劉景文

荷盡已無擎雨蓋菊殘猶有傲霜枝一年好景君須記最是橙黃橘綠時

謝關景仁送紅梅栽二首

年年芳信負紅梅江畔垂垂又欲開珍重多情關令尹直和根撥送春來

爲君栽向南堂下記取他年著子時酸釅不堪調衆口使君風味好攢眉

游寶雲寺得唐彥猷爲杭州日送客舟中手書

一絕句云山雨霏微不滿空畫船來往疾輕

鴻誰知獨臥朱簾裏一榻無塵四面風明日

送彥猷之子垌赴鄂州舟中遇微雨感歎前

事因和其韻作兩首送之且歸其書唐氏

二妙凋零筆法空忽驚雲海戲羣鴻清詩不敢私囊

篋人道黃門有父風

出處榮枯一笑空十年社燕與秋鴻誰知白首長河

路還臥當時送客風

再和楊公濟梅花十絕

一枝風物便清和看盡千林未覺多結習已空從著

袂不須天女問云何

天教桃李作輿臺故遣寒梅第一開憑仗幽人收艾

納國香和雨入青苔

白髮思家萬里回小軒臨水爲花開故應賸作詩千首知是多情得得來

人去殘英滿酒尊不堪細雨溼黃昏夜寒那得穿花蝶知是風流楚客魂

春入西湖到處花裙腰芳草抱山斜盈盈解佩臨煙浦脈脈當壚傍酒家

莫向霜晨怨未開白頭朝夕自相催斬新一朶含風露恰似西廂待月來

洗盡鉛華見雪肌要將眞色鬭生枝檀心已作龍涎吐玉頰何勞獺髓醫

湖面初驚片片飛尊前吹折最繁枝何人會得春風意怕見梅黃雨細時

長恨漫天柳絮輕只將飛舞占淸明寒梅似與春相避未解無私造物情

北客南來豈是家醉看參月半橫斜他年欲識吳姬
面秉燭三更對此花
次韻參寥同前
朝來處處白氊鋪樓閣山川盡一如總是爛銀并白
玉不知奇貨有誰居
書渾令公燕魚朝恩圖
咸甯英氣似汾陽夜飲軍容出紅妝不須纏頭萬匹
錦知君未辦作呂强
予去杭十六年而復來留二年而去平生自覺
出處老少麤似樂天雖才名相遠而安分寡
求亦庶幾焉三月六日來別南北山諸道人
而下天竺惠淨師以醜石贈行作三絶句
當年衫鬢兩青青强說重臨慰別情衰髮秖今無可
白故應相對話來生

出處依稀似樂天敢將衰朽較前賢便從洛社休官去猶有閑居二十年

在郡依前六百日山中不記幾回來還將天竺一峯去欲把雲根到處栽

書王晉卿畫四首

山陰陳迹

當年不識此清眞强把先生擬季倫等是人間一陳迹聚蚊金谷本何人

雪谿乘興

谿山雪月兩佳哉賓主談鋒夜轉雷猶言不見戴安道爲問適從何處來

四明狂客

豪端偶集一微塵何處溪山非此身狂客思歸便歸去更求敕賜枉天眞

西塞風雨

斜風細雨到來時我本無家何處歸仰看雲天真箬笠旋收江海入蓑衣

題王晉卿畫後

醜石半蹲山下虎長松倒臥木中龍試君眼力看多少數到雲峯第幾重

贈武道士彈賀若

清風終日自開簾涼月今宵肯挂檐琴裏若能知賀若詩中定合愛陶潛

元祐六年六月自杭州召還汶公館我於東堂

閱舊詩卷次諸公韻三首

半熟黃粱日未斜玉堂陰合手栽花卻尋三十年前味未飯鐘時已飯一作飲茶

夢覺還驚屧響廊故人來炷影前香鬢須白盡成何

事一帖空存老遂良

尺一東來喚我歸衰年已迫故山期文章曹植今堪笑卻卷波瀾入小詩

送歐陽主簿赴官韋城四首名憲文忠公孫

鳳雛驥子日相高白髮蒼顏笑我曹讀徧牙籤三萬軸欲來小邑試牛刀

出處年來恨不齊一尊臨水記分攜江湖咫尺吾將老汝潁東流子卻西

白馬津頭春水來白魚猶喜似江淮使君已復冰堂酒更勸重新畫舫齋

道傍垂白定霑巾正似當年綠髮新故國依然喬木在典刑復見老成人

臂痛謁告作三絕句示四君子

公退清閒如致仕酒餘歡適似還鄉不妨更有安心

病卧看縈簾一炷香

心有何求遣病安年來古井不生瀾祇愁戲瓦閑童
子卻作泠泠一水看

小閣低窗卧晏温了然非默亦非言維摩示病吾真
病誰識東坡不二門

西湖戲作

一士千金未易償我從陳趙兩歐陽舉鞭拍手笑山
簡祇有并州一葛彊

次韻趙德麟雪中惜梅且餉柑酒三首

千花未分出梅餘遣雪摧殘計已疏卧聞點滴如秋
雨知是東風爲掃除

閬苑千葩映玉宸人閒只有此花新飛霙要欲先桃
李散作千林火迫春

蹀躞嬌黃不受鞿東風暗與色香歸偶逢白墮爭春

手遣入王孫玉䍐飛

淮上早發

澹月傾雲曉角哀小風吹水碧鱗開此生定向江湖老默數淮中十往來

次韻德麟西湖新成見懷絶句

壺中春色飲中仙自注謂洞庭春色也騎鶴東來獨悄然猶有趙陳同李郭不妨同泛過湖船

予少年頗知種松手植數萬株皆中梁柱矣都梁山中見杜輿秀才求學其法戲贈二首

露宿泥行草棘中十年春雨養鬢龍如今尺五城南杜欲問東坡學種松

君方掃雪收松子我已開榛得茯苓爲問何如插楊柳明年飛絮作浮萍

次韻秦少游王仲至元日立春三首

省事天公厭兩回新年春日併相催殷勤更下山陰
雪要與梅花作伴來

己卯嘉辰壽阿同（自注子由一字同叔元日己卯渠本命也）願渠無過亦
無功明年春日江湖上回首觚稜一夢中

詞鋒雖作楚騷寒德意還同漢詔寬好遣秦郎供帖
子盡驅春色入毫端（自注立春日翰林學士供詩帖子）

上元侍飲樓上三首呈同列

澹月疏星遶建章仙風吹下御爐香侍臣鵠立通明
觀（一作殿）一朶紅雲捧玉皇

薄雪初銷野未耕賣薪買酒看升平吾君勤儉倡優
拙自是豐年有笑聲

老病行穿萬馬羣九衢人散月紛紛歸來一盞殘燈
在猶有傳柑遺細君（自注侍飲樓上則貴戚爭以黃柑遺近臣謂之傳柑聽攜以歸蓋故事也）

再送蔣潁叔帥熙河二首

使君九萬擊鵬鶤肯為陽關一斷魂不用寬心九千里安西都護國西門

餘刃西屠橫海鯤應予詩讖是游魂歸來趁別陶弘景看挂衣冠神武門

次韻錢穆父馬上寄蔣潁叔二首

玉關不用一丸泥自有長城烏鼠西贊與故人尋土物臘糟紅麴寄駝蹏

多買黃封作洗泥使君來自隴山西高才得兔人人羨爭欲尋蹤覓舊蹏

七年九月自廣陵召還復館於浴室東堂八年六月乞會稽將去汶公乞詩乃復用前韻二首

乞郡三章字半斜廟堂傳笑眼昏花上人問我遲留

意待賜頭綱八餅茶自注尚書學士得賜頭綱龍茶一片今年綱到最遲

夢繞吳山卻月廊白梅盧橘覺猶香自注杭州梵天寺有月廊數百閒寺中多白楊梅盧橘

會稽且作須臾意從此歸田策最良

東南此去幾時歸倦鳥孤飛豈有期斷送一生消底物三年光景六篇詩

題毛女真

霧鬢風鬟木葉衣山川良是昔人非祇應閒過商顏老獨自吹簫月下歸

三月二十日開園三首自注此以上皆入爲翰林學士出守杭州入爲承旨出知潁州揚州入爲端明學士出知定州之詩

雪髯霜鬢語傖獰澹蕩園林取次行要識將軍不凡意從來祇毀小人羹自注是日散父老酒食

西園牡籥夜沈沈尚有遊人臥柳陰鶴睡覺時風露下落花飛絮滿衣襟

鬖鬖蒼髯眞道友絲絲紅萼是鄉人自注蒼髯松也紅萼海棠也
何時翠竹江村路送我柴門月色新

臨城道中作并引○自此以下南遷嶺表之詩

予初赴中山連日風埃未嘗了了見太行也今將適嶺表頗以是爲恨過臨城內邱天氣忽清徹西望太行草木可數岡巒北走崖谷秀傑忽悟歎曰吾南遷其速返乎退之衡山之祥也書以付邁使志之

逐客何人著眼看太行千里送征鞍未應愚谷能留柳可獨衡山解識韓

予前後守倅餘杭凡五年夏秋之閒蒸熱不可過獨中和堂東南頰下瞰海門洞視萬里三伏常蕭然也紹聖元年六月舟行赴嶺外熱甚忽憶此處而作是詩

忠孝王家千柱宮東坡作吏五年中中和堂上東南
頗獨有人閒萬里風

慈湖夾阻風五首

捍索桅竿立嘯空篙師酣寢浪花中故應菅蒯知心
腹弱纜能爭萬里風

此生歸路愈茫然無數青山水拍天猶有小船來賣
餅喜聞虛落在山前

我行都是退之詩真有人家水半扉千頃桑麻在船
底空餘石髮挂魚衣

日輪亭午汗珠融誰識南訛長養功暴雨過雲聊一
快未妨明月却當空

臥看落月橫千丈起喚清風得半帆且並水村攲側
過人間何處不巉巖

宿建封寺曉登盡善亭望韶石三首

雙闕浮光照短亭至今猿鳥歗青熒君王自此西巡狩再使魚龍舞洞庭

蜀人文賦楚人辭堯在崇山舜九疑聖主若非真得道南來萬里亦何爲

嶺海東南月窟西功成天已錫元圭此方定是神仙宅禹亦東來隱會稽

食荔枝二首並引○前一首五律未鈔

惠州太守東堂祠故相陳文惠公堂下有公手植荔枝一株郡人謂之將軍樹今歲大熟賞啖之餘下逮吏卒其高不可致者縱猿取之

羅浮山下四時春盧橘楊梅次第新日啖荔枝三百顆不辭長作嶺南人

三月二十九日二首

南嶺過雲開紫翠北江飛雨送淒涼酒醒夢回春盡日閉門隱几坐燒香

門外橘花猶的皪牆頭荔子已斕斑樹暗草深人靜處捲簾攲枕臥看山

縱筆三首

寂寂東坡一病翁白須蕭散滿霜風小兒誤喜朱顏在一笑那知是酒紅

父老爭看烏角巾應緣曾現宰官身溪邊古路三叉口獨立斜陽數過人

北船不到米如珠醉飽蕭條半月無明日東家當祭竈隻雞斗酒定膰吾

次韻子由贈吳子野先生二絕句 施注吳子野名復古一字遠遊潮州人東坡與一見論出世閒法嘗著養生論一篇爲子野作也與遊二十餘年南還至真揚閒見子野無一語及得喪休戚事獨告坡曰邯鄲之夢猶足破妄而歸真目見

而身履之亦可以悟矣未幾南歸訪東坡於惠過子由於循坡從儋耳子野又從之爲作遠遊菴銘送坡北歸遇疾而殂以文祭之曰嗚呼子野道與世違寂默自求闔門垂幃兀爾坐忘有似子微或似壺子杜氣發機急人緩己忘其渴飢送我北還中道傲衣有疾不藥但卻甘肥問以後事一笑而麾可以知其人矣

馬迹車輪滿四方若爲閑著小茆堂仙心欲捉左元放癡疾還同顧長康

江令蒼苔圍故宅謝家語燕集華堂先生笑說江南事祇有青山繞建康

被酒獨行徧至子雲威徽先覺四黎之舍三首

半醒半醉問諸黎竹刺藤梢步步迷但尋牛矢覓歸路家在牛欄西復西

總角黎家三四童口吹蔥葉送迎翁莫作天涯萬里意谿邊自有舞雩風

符老風情奈老何朱顏減盡鬢絲多投梭每困東鄰

女換扇唯逢春夢婆（自注是日復見符林秀才言換扇事）

題過所畫枯木竹石三首

老可能爲竹寫真小坡今與石傳神山僧自覺菩提
長心境都將付臥輪

散木支離得自全交柯蚴蟉欲相纏不須更說能鳴
雁要以空中得盡年

倦看澀勒暗蠻村亂棘孤藤束瘴根唯有長身六君
子猗猗猶得似淇園

澄邁驛通潮閣二首

倦客愁聞歸路遙眼明飛閣俯長橋貪看白鷺橫秋
浦不覺青林沒晚潮

餘生欲老海南村帝遣巫陽招我魂杳杳天低鶻沒
處青山一髮是中原

合浦愈上人以詩名嶺外將訪道南嶽留詩壁

上元閒伴孤雲自在飛東坡居士過其精舍

戲和其韻

孤雲出岫豈求伴錫杖凌空自要飛爲問庭松尚西指不知老奘幾年時一作歸

書韓幹二馬

赤髯碧眼老鮮卑回策如縈獨善騎䳡白紫騮俱絕世馬中岳湛有姸姿

跋王晉叔所藏畫

徐熙杏花

江左風流王謝家盡攜書畫到天涯卻因梅雨丹青曬洗出徐熙落墨花

趙昌四季

芍藥

倚竹佳人翠袖長天寒猶著薄羅裳揚州近日紅千

葉自是風流時世妝

蟋蟀

楓林翠壁楚江邊蟋蟀千層不忍看開卷便知歸路近劍南樵客爲施丹

寒菊

輕肌弱骨散幽葩真是青裙兩髻丫便有佳名配黃菊應緣霜後苦無花

山茶

游蜂掠盡粉絲黃落蘂猶收蜜露香待得春風幾枝在年來殺菽有飛霜

題靈峯寺壁

靈峯山上寶陀寺白髮東坡又到來前世德雲今我是依希猶記妙高臺

贈龍光長老

斫得龍光竹兩竿持歸嶺北萬人看竹中一滴曹溪水漲起西江十八灘

贈嶺上老人

鶴骨霜髯心已灰青松合抱手親栽問翁大庾嶺頭住曾見南遷幾箇回

贈嶺上梅

梅花開盡百花開過盡行人君不來不趁青梅嘗煑酒要看細雨熟黃梅

予初謫嶺南過田氏水閣東南一峯豐下銳上里人謂雞籠山予更名獨秀峯今復過之戲留一絶

倚天巉絶玉浮屠肯與彭郎作小姑獨秀江南知有意要三二別四二壺

畫車二首

何人畫此隻輪車便是當年欹器圖上易下難須審細左提右挈免疏虞

九衢歌舞頌王明誰惻寒泉獨自清賴有千車能散福化爲膏雨滿重城

次韻郭功甫二首

蚤知臭腐卽神奇海北天南總是歸九萬里風安稅駕雲鵬今悔不卑飛

可憐倦鳥不知時空羨騎鯨得所歸玉局西南天一角萬人沙苑看孤飛

次韻法芝舉舊詩一首以上南遷嶺外及北歸之詩

春來何處不歸鴻非復羸牛踏舊蹤但願老師眞似月誰家甕裏不相逢

睡起聞米元章冒熱到東園送麥門冬飲子

一睡清風直萬錢無人肯買北窗眠開心煖胃門冬

飲知是東坡手自煎

洗兒（以下補遺）

人皆養子望聰明我被聰明誤一生惟願孩兒愚且魯無災無難到公卿

戲作賈梁道詩（並引）

王淩謂賈充曰汝非賈梁道之子耶乃欲以國與人由是觀之梁道之忠於魏也久矣司馬景王既執淩歸過梁道廟淩大呼曰我亦大魏之忠臣也及司馬病見淩與梁道守而殺之二人者可謂忠義之至精貫於神明矣然梁道之靈獨不能已其子充之姦至使首發成濟之事此又理之不可曉者也故予戲作小詩云

嵇紹似康爲有子郗超叛鑒似無孫如今更恨賈梁

道不殺公閭殺子元

戲孫公素

披扇當年笑溫嶠握刀晚歲戰劉郎不須戚戚如馮
衍便與時時說李陽

劉監倉家煎米粉作餅子余〻云爲甚酥潘邠老
家造逡巡酒余飲之〻云莫作醋錯著水來否
後數日余攜家飲郊外因作小詩戲劉公求
之

野飲花間百物無杖頭惟挂一葫蘆已傾潘子錯著
水更覓君家爲甚酥

元祐元年二月八日朝退獨在起居院讀漢書
儒林傳感申公故事作小詩一絶

寂寞申公謝客時自言已見穆生幾綰臧下吏明堂
廢又作龍鍾病免歸

過子忽出新意以山芋作玉糝羹色香味皆奇絶天上酥陀則不可知人間決無此味也

香似龍涎仍釅白味如牛乳更全清莫將南海金虀膾輕比東坡玉糝羹

擷菜並序

吾借王參軍地種菜不及半畝而吾與過子終年飽菜夜半飲醉無以解酒輒擷菜煑之味含土膏氣飽風露雖粱肉不能及也人生須底物而更貪耶乃作四句

秋來霜露滿東園蘆菔生兒芥有孫我與何曾同一飽不知何苦食雞豚

陸放翁七絶上百七十首

東陽道中

風欹烏帽送輕寒。雨點春衫作碎斑。小吏知人當著

句先安筆硯對溪山

以石芥送劉韶美禮部劉比釀酒勁甚因以爲戲二首

古人重改陽城驛吾輩欣聞石芥名風味可人終骨骾尊前真見魯諸生
長安官酒甜如蜜風月雖佳嬾舉觴持送盤蔬還會否與公新釀鬬端方

買魚二首

臥沙細肋何由得出水纖鱗卻易求一夏與僧同粥飯朝來破戒醉新秋
兩京春薺論斤賣江上鱸魚不直錢斫膾擣虀香滿屋雨窗喚起醉中眠

悲秋

煙草淒迷八月秋荒村絡緯戒衣裘道人大欠修行

力平地閒生爾許愁

七月十四夜觀月

不復微雲滓太清浩然風露欲三更開簾一寄平生快萬頃空江著月明

十月苦蠅二首

村北村南打稻忙浮雲吹盡見朝陽不宜便作晴明看撲面飛蠅未退藏

十月江南未擁爐癡蠅擾擾莫嫌渠細看豈是堅牢物付與清霜爲埽除

重陽

照江丹葉一林霜折得黃花更斷腸商略此時須痛飲細腰宮畔過重陽

秋風亭拜寇萊公遺像二首 以下皆入蜀以後之詩

江上秋風宋玉悲長官手自葺茅茨人生窮達誰能

料蠟淚成堆又一時

豪傑何心後世名材高遇事即崢嶸巴東詩句澧州

策信手拈來盡可驚

倚闌

故山未敢說歸期十口相隨又別離小雨初收殘照

晚闌干西角立多時

謝張廷老司理錄示山居詩二首

顛頷經年客瘴鄉把君詩卷意差强古人三語猶嗟

賞况是珠璣滿錦囊

老覺人間萬事非但思茆屋映疏籬秋衾已是饒歸

夢更讀山居二首詩

大安病酒留半日王守復來招不往送酒解酲

因小飲江月館

江驛春酲半日留更煩送酒爲扶頭柳花漠漠嘉陵

岸別是天涯一段愁

和高子長參議道中二絕

梁州四月晚鶯啼共憶扁舟罨畫谿（罨畫谿在越州思鄉也）莫作世間兒女態明年萬里駐安西

豐年食少厭兒啼覓得微官落五谿大似無家老禪衲打包還度棧雲西

自三泉泛嘉陵至利州

日日邅途處處詩書生活計絕堪悲江雲垂地灘風急一似前年上硤時

仙魚鋪得仲高兄書

病酒今朝載臥輿秋雲漠漠雨疏疏閬州城北仙魚鋪忽得山陰萬里書

劍門道中遇微雨

衣上征塵雜酒痕遠遊無處不消魂此身合是詩人

未細雨騎驢入劍門

劍門城北回望劍關諸峯青入雲漢感蜀士事慨然有賦

自昔英雄有屈信危機變化亦逡巡陰平窮寇非難禦如此江山坐付人

越王樓二首

上盡江邊百尺樓倚欄極目莫江秋未甘便作衰翁在兩腳猶堪蹋九州

蒲萄酒綠似江流夜燕唐家帝子樓約住筦絃呼羯鼓要渠打散醉中愁

和譚德稱送牡丹二首

洛陽春色擅中州檀暈鞓紅總勝流顦顇劍南人不管問渠情味似儂不

吾生何拙亦何工憂患如山一笑空猶有餘情被花

惱。醉搔華髮倚屏風。

思政堂東軒偶題

羇愁酒病兩無聊小篆吹香已半消喚起十年閩嶺夢。賴桐花畔見紅蕉。先生嘗爲福州甯德主簿故曰閩嶺夢

荔枝樓小酌二首

碧瓦朱欄已半摧强呼歌舞試樽罍邦人莫訝心情嬾。新出鸎花海裏來。

病與愁兼怯酒船巴歌聞罷更悽然此身未死長爲客。回首夔州又二年。

醉中作四首

晚途豪氣未低摧一飲猶能三百杯爛爛目光方似電。齁齁鼻息忽如雷。

驚鶴孤飛萬里風。偶然來憩大峨東。持杯露坐無人會。要看青天入酒中。

曾賜琳腴白玉京狂歌起舞蜀人驚卻騎黃鶴橫空去今夕垂虹醉月明

畫角三終夜未闌醉憑飛閣喜天寬月明滿地江風急吹落幽人紫綺冠

池上見魚躍有懷姑熟舊遊

雨過回塘漲碧漪幽人閒照角巾敧銀刀忽裂圓波出宛似姑溪晚泊時

秋夜讀書戲作

別駕生涯似蠹魚簡編垂老未相疏也知賦得寒儒分五十燈前見細書

太平花（元注花出劍南似桃四出千百包駢萃成朵天聖中獻至京師仁宗賜名太平花）

扶牀踉蹡出京華頭白車書未一家宵旰至今勞聖主淚痕空對太平花

次韻周輔道中二首

山靈喜我馬嘶聲正用此時秋雨晴日淡風斜江上路蘆花也似柳花輕

從來重九如寒食天氣微陰正自佳莫問茱萸賜朝士一尊隨處有黃花

高秋亭

三日山中醉復醒徑歸回首愧山靈從今惜取觀書眼長看天西萬疊青

九日試霧中僧所贈茶

少逢重九事豪華南陌雕鞍擁鈿車今日蜀州生白髮瓦爐獨試霧中茶

花時徧遊諸家園十首

看花南陌復東阡曉露初乾日正妍走馬碧雞坊裏去市人喚作海棠顛

爲愛名花抵死狂只愁風日損紅芳綠章夜奏通明
殿乞借春陰護海棠
翩翩馬上帽簷斜盡日尋春不到家偏愛張園好風
景半天高柳臥溪花
花陰埽地置清尊爛醉歸時夜已分欲睡未成敧倦
枕輪囷帳底見紅雲
宣華無樹著嗁鸎惟有摩訶春水生故老能言當日
事直將宮錦裹宮城
枝上猩猩血未晞尊前紅袖醉成圍應須直到三更
看畫燭如椽爲發輝
重萼丹砂品最高可憐寂寞棄蓬蒿會當車載金錢
去買取春歸亦足豪
絲絲紅萼弄春柔不似疏梅只慣愁常恐夜寒花索
寞錦茵銀燭按涼州

飛花盡逐五更風不照先生社酒中輸與新來雙燕子銜泥猶得帶殘紅

海棠已過不成春絲竹淒涼鎖暗塵眼看燕脂吹作雪不須零落始愁人

題直舍壁

文書那得廢哦詩羞作羣兒了事癡付與後人評此老一邱一壑過元規

觀華嚴閣僧齋元注閣下自四月初至七月末日飯僧數千人

拂劍當年氣吐虹喑嗚坐覺朔庭空早知壯志成癡絕悔不藏名萬衲中

寺樓月夜醉中戲作三首

素壁徐升天宇闊連峯積雪蒼茫間樓臺是處可見月無此巉巉羣玉山

水晶盞映碧琳腴月下泠泠看似無此酒定從何處

得判知不是文君壚
海山縹緲玉真妃貪看氷輪不肯歸樓上三更風露冷旋圍步障換羅衣

江瀆池納涼

雨過荒池藻荇香月明如水浸胡牀天公作意憐覊客乞與今年一夏涼

讀書二首

面骨崢嶸鬢欲疏退藏只合臥蝸廬自嫌尚有人閒意射雉歸來夜讀書
歸老甯無五畝園讀書本意在元元燈前目力雖非昔猶課蠅頭二萬言（元注時方讀小本通鑑）

寺居睡覺二首

虛窗寂寂夜三更燈斂殘光避月明老懶只貪春睡美媿聞童子誦經聲

心地安平曉夢長忽聞魚鼓動修廊披衣起坐清羸甚想像雲堂無粥香元注僧雜菜餌之屬作粥名無粥

海棠二首

十里迢迢望碧雞一城晴雨不曾齊今朝未得平安報便恐飛紅已作泥

蜀地名花擅古今一枝氣可壓千林譏彈更到無香處常恨人言太刻深

雜詠四首

青羊宮中竹暗天白馬廟畔柏如山琴尊處處可消日車馬紛紛自欠閒

石犀廟壖江已回陵谷一變吁可哀郎今禾黍連雲處當日帆檣隱映來

微風翻翻芋葉白落日漠漠稻花香出門縱轡何所詣萬里橋南追晚涼

世事盛衰誰得知惠陵煙草掩柴扉陵邊人家叢竹裏燈火喧呼迎婦歸

夜坐

大風橫吹斗柄折迅雷下擊山壁裂放翁閉戶寂不聞楞嚴卷盡燈花結

城北青蓮院方丈壁間有畫鷰子者過客多題詩予亦戲作二絕句

一雙掠水鷰來初萬點飛花社雨餘辛苦成巢君勿笑從來吾亦愛吾廬

明窗短壁拂蛛絲常是江邊送客時留滯錦城生白髮不如巢燕有歸期

雙流旅舍三首

孤市人稀冷欲冰昏昏一盞店家燈開門拂榻便酣寢我是江南行腳僧

西風黃葉滿江村。瘦馬來穿渡口雲。動地傳呼逢醉尉。誰何禁殺故將軍

每因髀肉歎身閒。聊欲勤勞鞍馬間。黑稍黃旗端未免。會衝風雪出榆關

文君井

落魄西州泥酒杯。酒酣幾度上琴臺。青鞋自笑無羈束。又向文君井畔來。

山中小雨得宇文使君簡問嘗見張僊翁乎戲作一絕

張僊挾彈知何往。清嘯穿林但可聞。拾得鐵丸無處用。爲君打散四山雲。元注張四郎常挾彈視人家有災疾者輒以鐵丸擊散之

雨中山行至松風亭忽澄霽

煙雨千峯擁髻鬟。忽看青嶂白雲閒。卷藏破墨營邱筆。卻展將軍著色山

夜寒二首

清夜焚香讀楚詞寒侵貂褐歎吾衰輕冰滿研風聲急忽記山陰夜雪時

斗帳重茵香霧重膏粱那可共功名三更騎報河冰合鐵馬何人從我行

記夢二首

烏巾白紵憶當年抵死尋春不自憐顦顇劍南雙鬢改夢中猶上暗門船

團臍霜蟹四腮鱸樽俎芳鮮十載無塞月征塵身萬里夢魂也復醉西湖

江上散步尋梅偶得三絕句 淳熙四年丁酉五十三歲

小園風月不多寬一樹梅花開未殘剝啄敲門嫌特地緩拖藤杖隔籬看

鐘殘小院欲消魂漠漠幽香伴月痕江上人家應勝

此明朝更出小南門

小南門外野人家短短疏籬繚白沙紅稻不須鸚鵡啄清霜催放兩三花

看梅歸馬上戲作 五首錄二

平明南出笮橋門走馬歸來趁未昏漸老更知閒有味一冬強半在梅村

江郊車馬滿斜暉爭趁南城未闔扉要識梅花無盡藏人人襟袖帶香歸

敘州三首 自拜寇萊公像至此皆久客蜀中之詩

畫船衝雨入戎州縹緲山橫杜若洲須信時平邊堠靜傳烽夜夜到西樓 元注州治西樓

文章何罪觸雷霆風雨南溪自醉醒八十年間遺老盡壞堂無壁草青青 元注無等院山谷故居

楚柂吳檣又遠遊浣花行樂夢西州千尋鐵鎖還堪

恨空鎖長江不鎖愁元注鎖江亭

龍興寺弔少陵先生寓居以下皆出蜀之詩

中原草草失承平戍火胡塵到兩京扈蹕老臣身萬里天寒來此聽江聲元注以少陵詩考之蓋以秋冬閒寓此州也寺門聞江聲甚壯

歸州重五淳熙戊戌五十四歲

鬬舸紅旗滿急湍船窗睡起亦閒看屈平鄉國逢重五不比常年角黍盤

楚城

江上荒城猿鳥悲隔江便是屈原祠一千五百年閒事只有灘聲似舊時

小雨極涼舟中熟睡至夕

舟中一雨掃飛蠅半脫綸巾臥翠藤清夢初回窗日晚數聲柔艣下巴陵

過靈石三峯二首

奇峯迎馬駭衰翁蜀嶺吳山一洗空拔地青蒼五千仞勞渠蟠屈小詩中

曉日曈曨雪未殘三峯傑立插雲閒老夫合是征西將胸次先收一華山

梅花絕句共十首錄四五六八九十

濯錦江邊憶舊遊纏頭百萬醉青樓如今莫索梅花笑古驛燈前各自愁

蜀王小苑舊池臺江北江南萬樹梅只怪朝來歌吹鬧園官已報五分開元注成都合江園蓋故蜀別苑梅最盛自初開日監官日報府報至五分則府主來宴

湖上梅花手自移小橋風月最相宜主人歲歲常爲客莫怪幽香怨不知元注余所居在山陰鏡湖

探春歲歲在天涯醉裏題詩字半斜今日谿頭還小飲冷官不禁看梅花

池館登臨雪半消梅花與我兩無聊青羊宮裏應如
舊腸斷春風萬里橋
今年真負此花時醉帽何曾插一枝漸老情懷多作
惡不堪還作送梅詩

建安遣興六首錄五六

綠沉金鎖少時狂幾過秋風古戰場夢裏都忘閩嶠
遠萬人鼓吹入平涼
刺虎騰身萬目前白袍濺血尚依然聖時未用征遼
將虛老龍門一少年

秋懷二首

莫年身世轉悠悠又向天涯見早秋昨夜月明今夜
雨關人何事總成愁
星斗闌干河漢流建州風物更禁秋年來多病題詩
嬾付與鳴蛩替說愁

黃亭夜雨 元注去武夷四十里

未到名山夢已新千峯拔地玉嶙峋黃亭一夜風吹雨似爲遊人洗俗塵

紫谿驛二首 元注信州鉛山縣

它鄉異縣老何堪短髮蕭蕭不滿簪旋買一尊持自賀病身安穩到江南

雲外丹青萬仞梯木陰合處子規啼嘉陵棧道吾能說。略。似。黃。亭。到。紫。谿。

臥輿

白首躬耕已有期鳳城歸路覺遲遲臥輿擁被聽秋雨占盡人間好睡時

夜坐

老知世事謾紛紛紙帳蒲團自策勳一夜北風吹裂屋石樓無耳不曾聞

月巖

幾年不作月巖遊萬里重來已白頭雲外連娟何所似平羌江上半輪秋

聞雁

過盡梅花把酒稀熏籠香冷換春衣秦關漢苑無消息又在江南送雁歸

燈夕有感 淳熙庚子五十六歲

芙蕖紅綠亦參差睡起燒香强賦詩萬里錦城無夢到豈惟虛負放燈時

感舊絶句七首

鴨翎堠前山簇馬雞蹤橋下水連天金丹煉成不肯服且戲人間五百年

鵝黃酒邊綠荔枝摩訶池上納涼時氷紈不畫驂鸞女卻寫江南白紵辭

南市夜夜上元燈西鄰日日是清明青氈犢車碾花去黃金馬鞭穿柳行

十月新霜兔正肥佳人駿馬去如飛纖腰嫋嫋戎衣窄學射山前看打圍

半紅半白官池蓮半醒半醉女郎船鴛鴦驚起何曾管折得雙頭喜欲顛首句元注江瀆廟池

紅葉琵琶出嘉州四絃彈盡古今愁胡沙漫漫紫塞曉漢月娟娟青冢秋

美人傳酒清夜闌欲歌未歌愁遠山葡萄一斗元無價換得涼州也是閒

晝臥聞百舌

雨後郊原已徧犂陰陰簾幙燕分泥閒眠不作華胥計說與春烏自在啼元注江南呼百舌爲春烏

觀蔬圃

菘芥可葅芹可羹晚風咿軋桔槔聲白頭孤宦成何味悔不畦蔬過此生

焚香晝睡比覺香猶未散戲作二首

小屏煙樹遠參差吏散身閒與睡宜誰似爐香念幽獨伴人直到夢回時

燕梁寂寂篆煙殘偷得勞生數刻閒三疊秋屏護琴枕臥遊忽到瀼西山

薙庭草

露草煙蕪與砌平羣蛙得意亂疏更微涼要作安眠地放散今宵鼓吹聲

夏日晝寢夢遊一院闃然無人簾影滿堂惟燕蹋箏絃有聲覺而聞鐵鐸風響璆然殆所夢也邪因得絕句

桐陰清潤雨餘天檐鐸搖風破晝眠夢到畫堂人不

見一雙輕燕蹴箏絃

書李商叟秀才所藏曾文清詩卷後

隴蜀歸來兩鬢絲。茶山已作隔生期。西風落葉秋蕭瑟。淚灑行間讀舊詩。

社日小飲

社日西風吹角巾。一尊彊醉汝江濱。杏粱燕子還堪恨。歸去悤悤不報人。

杭頭晚興二首

山色蒼寒野色昏。下程初閉驛亭門。不須更把澆愁酒。行盡天涯慣斷魂。

落葉孤村晚下程。癡雲殘日半陰晴。篝爐火煖牀敷穩。臥聽黃鴉穀穀聲。

予欲自嚴買船下七里灘謁嚴光祠而歸會灘淺陸行至桐廬始能泛江因得絕句

客星祠下渺煙波欠我扁舟舞短簑不爲窮冬怕灘惡正愁此老笑人多

漁浦二首

桐廬處處是新詩漁浦江山天下稀安得移家常住此隨潮入縣伴潮歸

漁翁持魚叩舷賣炯炯綠瞳雙臉丹我欲從之逝已遠菱歌一曲莫江寒

小園四首 淳熙八年辛丑五十七歲

小園煙草接鄰家桑柘陰陰一徑斜臥讀陶詩未終卷又乘微雨去鋤瓜

歷盡危機歇盡狂殘年惟有付耕桑麥秋天氣朝朝變蠶月人家處處忙

村南村北鵓鴣聲水刺新秧漫漫平行徧天涯千萬里卻從鄰父學春耕

少年壯氣吞殘虜晚覺邱樊樂事多駿馬寶刀俱一夢夕陽閒和飯牛歌

夜坐獨酌

玉宇沈沈夜向闌跨空飛閣倚高寒一壺清露來雲表聊爲幽人洗肺肝

湖村月夕四首

客路風塵化素衣閒愁冉冉鬢成絲平生不負月明處神女廟前聞竹枝

錦城曾醉六重陽回首秋風每斷腸最憶銅壺門外路滿街歌吹月如霜

金尊翠杓猶能醉狐帽貂裘不怕寒安得驊騮三萬匹月中鼓吹渡桑乾

誰持綠酒醉幽人鶴氅笻枝發興新今夜湖邊有奇事青山缺處湧冰輪

蔬圃絶句七首

擬種蕪菁已是遲晚菘早韭恰當時老夫要作齋盂備乞得青秧趁雨移

百錢新買綠蓑衣不羨黃金帶十圍枯柳坡頭風雨急憑誰畫我荷鋤歸

青青蔬甲早寒天想像登盤已墮涎更欲鋤畦向東去園丁來報竹行鞭

瓦疊浮屠盆作池池邊紅蓼兩三枝貪看忘卻還家飯恰似兒童放學時

小橋只在槿籬東溝水穿籬曲折通煙雨空濛最堪樂從教打溼敗天公

衝雨衝風不怕寒晚來日出短蓑乾遶畦拾塊真爲樂莫作陶公運甓看

嬾隨年少愛花狂且伴羣兒鬬草忙行徧山南山北

路歸時新月浸橫塘

蔬園雜詠五首

菘

雨送寒聲滿背蓬如今真是荷鋤翁可憐遇事常遲鈍九月區區種晚菘

蕪菁

往日蕪菁不到吳如今幽圃手親鋤憑誰爲向曹瞞道徹底無能合種蔬

葱

瓦盆麥飯伴鄰翁黃菌青蔬放筯空一事尚非貧賤分芼羹僭用大官葱元注鄉圃有大官葱比常葱差小

巢

昏昏霧雨暗衡茅兒女隨宜治酒殽便覺此身如在蜀一盤籠餅是豌巢元注蜀中雜彘肉爲巢饅頭佳甚

芋

陸生晝臥腹便便歎息何時食萬錢莫誚蹲鴟少風
味賴渠撑拄過凶年

秋雨漸涼有懷興元三首 興元今漢中府南鄭附郭縣也

八月山中夜漸長雨聲燈影共淒涼遙知南鄭風霜
早已有寒熊犯獵場

十年前在古梁州痛飲無時不慣愁最憶夜分歌舞
歇臥聽秦女擘箜篌

清夢初回秋夜闌牀前耿耿一燈殘忽聞雨掠蓬窗
過猶作當時鐵馬看

秋夜觀月二首

夢回殘燭耿房櫳杳杳江天叫斷鴻病骨不禁風露
重披衣小立月明中

誰琢天邊白玉盤亭亭破霧上高寒山房無客兒貪

睡常恨清光獨自看

枕上

香冷燈昏夢自驚清愁冉冉帶餘酲夜長誰作幽人伴惟是蛩聲與月明

月下

月白庭空樹影稀鵲棲不穩繞枝飛老翁也學癡兒女撲得流螢露溼衣

寄題朱元晦武夷精舍五首

先生結屋綠巖邊讀易懸知屢絕編不用采芝驚世俗恐人謗道是神仙

蟬蛻房閒果是無世人妄想可憐渠有方爲子換凡骨來讀晦菴新著書

身閒賸覺溪山好心靜尤知日月長天下蒼生未蘇息憂公遂與世相忘

齊民本自樂衡門水旱那知不自存聖主憂勤常旰
食煩公一一報曾孫
山如嵩少三十六水似邛郲九折途我老正須閒處
著白雲一半肯分無

無題

碧玉當年未破瓜學成歌舞入侯家如今鬢顫蓬窗
裏飛上青天妒落花

游仙五首 羅澗谷選放翁詩有游仙七古一首卽飄飄初珥玉殿三絕句合成者

飄飄鸞鶴杳難攀萬里東遊海上山應有世人遙稽
首紫簫餘調落雲閒
鳳舞鸞歌宴蘂宮碧桃花下醉千鍾紅塵謫滿重歸
去花未開殘宴未終
玄圃春風賜宴時雙成獨奏玉參差侍晨飲罷虛皇
喜一段龍綃索進詩

初珥金貂謁紫皇仙班最近玉爐香爲憐未慣叢霄
冷獨賜流霞九醞觴
玉殿吹笙第一仙花前奏罷色悽然憶曾偷學春愁
曲謫在人閒五百年

十八家詩鈔卷二十七

十八家詩鈔卷二十八目錄

陸放翁七絕下四百八十二首

珍倣宋版印

十八家詩鈔卷二十八

湘鄉曾國藩纂　合肥李鴻章審訂
東湖王定安校

陸放翁七絕下四百八十二首

湖村野興

十里疏鐘到野堂五更殘月伴清霜已知無柰姮娥冷瘦損梅花更斷腸

山色空濛雨點微醉中不覺溼蓑衣何妨乞與丹青本一棹橫衝翠靄歸

中夜雨霽月色入戶起飲酒一杯作絕句

吹盡浮雲天宇清城頭疊鼓報三更平生無此一杯酒玉笥峯頭看月生元注玉笥山在石帆之南

溪上醉吟

行行不知溪路深但怪素月生遙岑不辭醉袖拂花絮與子更醉青蘿陰

鄉人或病予詩多道蜀中遨樂之盛適春日遊鏡湖共請賦山陰風物遂即杯酒間作四絶句卻當持以誇西州故人也淳熙十一年甲辰六十歲

嫩日輕雲淡淹天撲燈過後賣花前便從水閣杭湖去捲起朱簾上畫船

舫子窗扉面面開金壺桃杏閑尊罍東風忽送笙歌近一片樓臺泛水來

湖波綠似鴨頭深一日春晴直萬金好事誰家鬬歌舞方舟齊榜出花陰

花光柳色滿牆頭病酒今朝嬾出遊卻就水亭開小宴繡簾銀燭看歸舟

柯橋客亭

小市初晴已過春朱櫻青杏一番新灞陵老子無人識暫借郵亭整角巾

梅子生仁燕護雛遶簷新葉綠扶疏朝來酒興不可耐買得釣船雙鱖魚

曉枕

曉枕鶯聲帶夢聽忽看淡日滿窗櫺閑愁誰遣濃如酒醉過殘春不解醒

晨起閒步

飛紅掠地送春忙嫩綠成陰帶露香聽徹曉天鷺百囀卻隨飛蝶度橫塘

送紫霄女道士四明謝君

一別南充十四年時時清夢到金泉山陰道上秋風早卻見神仙小自然

道骨仙風凜不羣清秋采藥到江村自言家住雲南北知是遺塵幾世孫

夜中起讀書戲作

髮已凋零齒已疏忍飢白首臥蝸廬風聲忽轢篷窗過夜半呼燈起讀書
滅虜區區計本疏水邊喬木擁茅廬九原定發韓公笑至老依然一束書

初冬雜題

勳業文章意已闌莫年不足是看山江南寺寺樓堪倚安得身如杜牧閒
莫嫌風雨作新寒一樹青楓已半丹身在范寬圖畫裏小樓西角剩憑闌
風橫雲低雨腳斜一枝柔艣暮咿啞昏昏醉臥知何處推起船篷忽到家
五斗安能解醉酲瞢騰睡眼怯窗明策勳賴有春芽在臥聽山童轉磑聲
荒郊寒雨晚淒淒四壁穿穨旋補泥物我元須各安

穩自苦牛屋織雞棲

風雨聲豪入夢中不知身世寄孤篷狐裘氈帽如龍馬天漢西南小益東

題海首座俠客像

趙魏胡塵千丈黃遺民膏血飽豺狼功名不遣斯人了無柰和戎白面郎

曾仲躬見過適遇予出留小詩而去次韻二首

地僻元無俗客來蓬門只欲爲君開山橫翠黛供詩本麥卷黃雲足酒材

數樹山花草舍東想公繫馬落殘紅那知老子耶溪上正泛朝南莫北風

雜興

鰻井初生一縷雲鮑郎山下雨昏昏髇聲嘔軋秋空曉水際人家尚閉門

孤夢初回揭短篷橋邊曉日已曈曨太平氣象君知
否盡在豐年笑語中
古寺高樓暮倚闌野雲不散白漫漫好山遮盡君無
恨且作滄溟萬里看
舟中感懷三絕句呈太傅相公兼簡岳大用郎
中
浪中鞺鞳雨聲寒孤夢初回燭半殘甲子一周胡未
滅關山還帶淚痕看
雨打孤篷酒漸消昏燈與我共無聊功名本是無憑
事不及寒江日兩潮
夢筆亭邊擁鼻吟壯圖蹭蹬老侵尋不眠數盡雞三
唱自笑當年起舞心
飲張功父園戲題扇上
寒食清明數日中西園春事又悤悤梅花自避新桃

李不爲高樓一笛風

宿石帆山下

卷地東風吹釣船石帆重到又經年放翁夜半酒初解落月銜山聞杜鵑

繫船禹廟醉如泥投宿漁家月向低溼翠撲人濃可掬始知身在石帆西

倦眼

看書澀似上羊腸得睡甘如飲蜜房起坐藤牀搔短髮數聲畫角報斜陽

拜日表

一封馳奏效嵩呼清蹕何時返故都只道建炎巡狩禮誰知故事自祥符

病中夜半

蕭蕭欲脫猶吟葉耿耿微明未滅燈夜半不眠聞倚

壁使君清似北山僧

即事

組繡紛紛衒女工詩家於此欲途窮語君白日飛昇法正在焚香聽雨中

園中絕句

梅花重壓帽檐偏曳杖行歌意欲仙後五百年君記取斷無人似放翁顛

溪北溪南飛白鷗夕陽明處見漁舟憑誰爲翦機中素畫取天涯一片秋

雪中忽起從戎之興戲作

狐裘卧載錦駝車酒醒冰髭結亂珠三尺馬鞭裝白玉雪中畫字草軍書

鐵馬渡河風破肉雲梯攻壘雪平壕獸奔鳥散何勞逐直斬單于釁寶刀

十萬貔貅出羽林橫空殺氣結層陰桑乾沙上初飛雪未到幽州一丈深

羣胡束手仗天亡棄甲縱橫滿戰場雪上急追犇馬迹官軍夜半入遼陽

余年二十時嘗作菊枕詩頗傳於人今秋偶復采菊縫枕囊悽然有感淳熙十四年丁未六十三歲

采得黃花作枕囊曲屏深幌悶幽香喚回四十三年夢燈暗無人說斷腸

少日曾題菊枕詩蠹編殘藁鎖蛛絲人間萬事消磨盡只有清香似舊時

寒夜讀書三首錄一二

北窗暖熖滿爐紅夜半濤翻古檜風老死愛書心不厭來生恐墮蠹魚中

憶昨從戎出渭濱秋風金鼓震咸秦鳶肩竟欠封侯

相三尺繫邊老此身

楊庭秀寄南海集

俗子與人隔塵劫何曾相逢風馬牛夜讀楊卿南海句始知天下有高流

飛卿數闋嶠南曲不許劉郎誇竹枝四百年來無復繼如今始有此翁詩元注温飛卿南鄉子九首其工不減夢得竹枝

假中閑戶終日偶得絕句三首錄一

雨聲滴滴莫未已苔暈重重寒更添知是使君初睡起清香一綫透疏簾

雨中獨坐

馬目山頭雨腳昏龍津橋下浪花翻年豐郡僻無公事一炷清香晝掩門自拜旦表至此皆知嚴州時之詩

塞上曲此下自嚴州歸山陰後之詩

秋風獵獵漢旗黃曉陌霜清見太行車載氈廬駞載

酒漁陽城裏作重陽

將軍許國不懷歸又見桑乾木葉飛要識君王念征戍新秋已報賜冬衣

金鼓轟轟百里聲繡旗寶馬照川明王師仗義從天下莫道南兵夜斫營

老矣猶思萬里行翩然上馬始身輕玉關去路心如鐵把酒何妨聽渭城

寓蓬萊館

桐葉吹殘蕉葉黃驛窗微雨送淒涼長安許史無平素莫恨棲棲立路旁

古驛蕭蕭獨倚闌角聲催晚雨催寒殘年邁合應無日猶說新豐彊自寬

拄杖

放翁拄杖具神通蜀棧吳山興未窮昨夜夢中行萬

珍倣宋版印

里蓮華峯上聽松風

北望

北望中原淚滿巾黃旗空想渡河津丈夫窮死由來事要是江南有此人

估客有自蔡州來者感悵彌日

洮河馬死劍鋒摧綠髮成絲每自哀幾歲中原消息斷喜聞人自蔡州來

百戰元和取蔡州如今胡馬飲淮流和親自古非長策誰與朝家共此憂

夜歸偶懷故人獨孤景略

買醉村場半夜歸西山落月照柴扉劉琨死後無奇士獨聽荒雞淚滿衣

縱筆四首錄二四

一紙除書到海邊紫皇賜號武夷仙功名敢道渾無

意暫作閒人五百年

素月徘徊牛斗閒天風吹鶴度函關一年似此佳時少喚起陳摶醉華山

練塘

微風吹頰酒初醒落日舟横杜若汀水秀山明何所似玉人臨鏡暈螺青

五雲橋元注往時鏡湖陂防不廢則若耶溪水常滿可行大舟至雲門此橋本跨溪上今則在平陸矣

若耶北與鏡湖通縹緲飛橋跨半空陵谷變遷誰復識我來徙倚莫煙中

雲門獨坐

山北山南處處行回頭六十七清明如今老去摧頽甚獨坐焚香聽水聲

東關

天華寺西艇子橫白蘋風細浪紋平移家只欲東關住夜夜湖中看月生

煙水蒼茫西復東扁舟又繫柳陰中三更酒醒殘燈在臥聽蕭蕭雨打篷

詠史

入郢功成賜屬鏤削吳計用載廚車閉門種菜英雄事莫笑衰翁日荷鉏

湖上小閣

蒲萄初紫柹初紅小閣憑闌萬里風莫怪年來增酒量此中能著太虛空

道石（元注吾家舊藏奇石甚富今無復存者獨道石一尚置几案閒戲作）

秋風嫋嫋雨班班身隱幽窗筆硯閒小試壺公縮地術數峯閒對道州山

林盧靈壁俱尤物散落人閒不復還投老東歸風味

在春陵小岫伴身閒

誤因祿米棄蓴鱸一落塵埃底事無布韈青鞵雖與盡此峯聊當臥遊圖

秋晚思梁益舊遊

幅巾笻杖立籬門秋意蕭條欲斷魂恰似嘉陵江上路冷雲微雨溼黃昏

憶昔西行萬里餘長亭夜夜夢歸吳如今歷盡風波惡飛棧連雲是坦途

滄波極目江鄉恨衰草連天塞路愁三十年閒行萬里不論南北怯登樓

小舟自紅橋之南過吉澤歸三山

霏霏寒雨數家村雞犬蕭然晝閉門它日路迷君勿恨人閒隨處有桃源

六月芙蕖正盛時畫船長記醉題詩世閒好景元無

盡霜落荷枯又一奇

雜題

松肪釀酒石根醉槲葉作衣雲外行指點人間一長歎秋風又到洛陽城

山家貧甚亦支撐時撫桐孫一再行朝甑米空烹芋粥夜釭油盡點松明

羊裘老人只念歸安用星辰動紫微洛陽城中市兒眼情知不識釣魚磯

黍醅新壓野雞肥茆店酣歌送落暉人道山僧最無事憐渠猶趁莫鐘歸

釣魚吹笛本閒身正坐微官白髮新著屐此生猶幾緉可令復踏九衢塵

山光染黛朝如濕川氣鎔銀莫不收詩料滿前誰領略時時來倚水邊樓

歎俗

風俗陵夷日可憐乞墦鉗市亦欣然看渠皮底元無血那識虞卿魯仲連

觀梅至花涇高端叔解元見尋

春晴閒過野僧家邂逅詩人共晚茶歸見諸公問老子爲言滿帽插梅花

春暖山中雲作堆放翁艇子出尋梅不須問訊道傍叟但覓梅花多處來

小市

小市狂歌醉墮冠南山山色跨牛看放翁胷次誰能測萬里秋空未是寬

秋夜將曉出籬門迎涼有感

迢迢天漢西南落喔喔鄰雞一再鳴壯志病來消欲盡出門搔首愴平生

三萬里河東入海五千仞嶽上摩天遺民淚盡胡塵裏南望王師又一年

秋日郊居

山雨霏微鴨頭水溪雲細薄魚鱗天幽尋自笑本無事羽扇筇枝上釣船

行歌曳杖到新塘銀闕瑤臺無此涼萬里秋風菰菜老一川明月稻花香

秋日留連野老家朱盤鮓臠粲如花已炊藕散真珠米更點丁坑白雪茶元注藕散米名丁坑茶名

車蕩比鄰例饋魚流涎對此四腮鱸北窗雨過涼如水消得先生一醉無

今年斟酌是豐年社近兒童喜欲顛半醉半醒村老子家家門口掠神錢

魚鹹滿缶酒新篘處處吳歌起壠頭上客已隨新雁

到晚禾猶待薄霜收

兒童冬學閙比鄰據案愚儒卻自珍授罷村書閉門睡終年不著面看人

兩翁兒女舊論姻酒擔羊腔喜色新不遣交情隔生死固應世好等朱陳元注小兒子聿聘士友張叔渚季女蓋尋舊約也

示兒

文能換骨餘無法學到窮源自不疑齒豁頭童方悟此乃翁見事可憐遲

舍北望水鄉風物戲作絶句

西風沙際矯輕鷗落日橋邊繫釣舟乞與畫工團扇本青林紅樹一川秋

晝眠

困睫瞢騰老孝先麤氈布被早霜天珥貂碧落應無分且向人閒作睡仙

夜讀范致能攬轡錄言中原父老見使者多揮涕感其事作絕句

公卿有黨排宗澤帷幄無人用岳飛遺老不應知此恨亦逢漢節解沾衣

村東

村西行藥到村東沙路溪流曲折通莫問梅花開早晚杖藜到處卽春風

雨晴

山川炳煥似開國風雨退收如解嚴老子真成無一事抱孫負日坐茆檐

病起

少年射虎南山下惡馬强弓看似無老病卽今那可說出門十步要人扶

松下縱筆

自掃松陰寄醉眠龍吟虎嘯滿霜天卻思初到人間世似是唐堯丙子年

老不能閒莫笑予五千言豈世間書青松折取當麈尾爲子試談天地初

種玉餐芝術不傳金丹下手更茫然陶公妙訣吾曾受但聽松風自得仙

髯龍夭矯欲飛去百尺蒼藤羅絡之應笑此翁才不進故將老氣起吾詩

山園遣興

輸逋告糴走比鄰恤患分菑累故人安得此身無一事林中數筍過殘春

雨夕焚香

芭蕉葉上雨催涼蟋蟀聲中夜漸長繙十二經真太漫與君共此一爐香

排悶

丈夫結髮志功名大事真當以死爭我昔駐車籌筆驛孔明千載尚如生

曾攜一劍遠從戎秦趙關河顧盼中老去功名無復夢淩煙分付黑頭公

四十從軍渭水邊功名無命氣猶全白頭爛醉東吳市自拔長刀割彘肩

西塞山前吹笛聲曲終已過雒陽城君能洗盡世間念何處樓臺無月明

萬里風中寄斷蓬古來虛死幾英雄拔山力與回天勢不滿先生一笑中

風霜九月冷颼飀湖海飄然一布裘親見宓羲初畫卦轉頭三十萬春秋

繫舟

繫舟江浦待潮平數息無人共月明歷盡世閒多少事飄然依舊老書生

地曠月明鋪素練霜寒河淺拂輕綃手扶萬里天壇杖夜過前村禹會橋

連日風雨寒甚夜忽大風明日遂晴

萬里浮雲一埽空碧天無際日曈曨歡聲四起春風裏恰似祥符景德中

晚興

一聲天邊斷雁哀數蘂籬外蚤梅開幽人耐冷倚門久送月墮湖歸去來

記夢

黃河袞袞抱潼關蒼翠中條接華山城郭邱墟人盡老藥爐依舊白雲閒

西巖老宿雪垂肩白石爲糧四百年喜我未忘山下

過慇懃握手一欣然

三髻山童喜欲顛下山迎我拜溪邊松陰拂罷蒼苔石接竹穿雲理舊泉

讀史

南言蓴菜似羊酪北說荔枝如石榴自古論人多類此簡編千載判悠悠

夜讀呂化光文章抛盡愛功名之句戲作

玉關西望氣横秋肯信功名不自由卻是文章差得力至今知有呂衡州

泛舟觀桃花五首錄一二

花逕二月桃花發霞照波心錦裏山說與東風直須惜莫吹一片落人閒

桃源只在鏡湖中影落清波十里紅自别西川海棠後初將爛醉酧春風

小僧乞詩

風前掩苒草吹香溪上霏微雨送涼萬里安西無夢到。卻尋僧話破年光。

看鏡

凋盡朱顏白盡頭。神仙富貴兩悠悠。胡塵遮斷陽關路。空聽琵琶奏石州。

七十衰翁臥故山鏡中無復舊朱顏。一聯。輕。甲。流。塵。積。不爲君王戍玉關

三峽歌

乾道庚寅予始入蜀上下三峽屢矣後二十五年歸畊山陰偶讀梁簡文巴東三峽歌感之擬作九首實紹熙甲寅十月二日也時年七十歲

神女廟前秋月明。黃牛峽裏莫猨聲。危途性命不容

恤百丈牽船侵夜行
不怕灘如竹節稠新灘已過可無憂古妝峩峩一尺
髻木盎銀杯邀客舟
十二巫山見九峯船頭彩翠滿秋空朝雲暮雨渾虛
語一夜猨啼明月中
錦繡樓前看賣花麝香山下摘新茶長安卿相多憂
畏老向夔州不用嗟
險詐沾沾不媿天交情回首薄如煙東遊萬里雖堪
樂灩澦瞿唐要放船
巒江水碧瘴花紅白舫黃旗無便風涪萬四時常避
水棚居高出亂雲中
亂插山花簣子紅巒歌相和瀼西東忽然四散不知
處踏月捫蘿歸峒中
萬州溪西花柳多四鄰相應竹枝歌問君今夕不痛

飲柰此滿川明月何

我遊南賓春莫時蜀船曾繫挂猨枝雲迷江岸屈原墖花落空山夏禹祠

望永思陵

綠衣迎拜屬車塵草木曾霑雨露春三十五年身未死卻爲天下最窮人

旰食憂民宴樂疏太倉幾有九年儲賈生未解人間事北闕猶陳痛哭書元注紹興庚辰辛巳閒游屢貢瞽言略蒙施用

霜夜三首錄一二

梅花欲動夢魂狂橙子閒搓指爪香莫怪草堂清到骨一梳殘月伴新霜

黃甘磊落圍三寸赤蟹輪囷可一斤更喚東陽麴道士與君霜夜策奇勳元注時東陽餉酒

贈道友凡遊仙及學道詩都無事實縹緲恍惚語在可解不可解之閒太白最多放翁

亦屢爲之此末二首又似先生自述之詞

凡骨已蛻身自輕勃落葉上行無聲華陰市樓醉舞罷卻上蓮峯看月明

憶在長安爛漫遊大明宮闕與雲浮今朝偶下慈恩塔北望芒芒禾黍秋

當時辛苦學長生準擬中原看太平今日醉遊心已足一瓢歸去隱青城

三杯兀兀復騰騰服氣燒丹總不能借問生涯在何許孤舟風雨伴漁燈

零落殘碑草棘中北邙蕭瑟又秋風舊時憶在鵷行裏幾見宣麻拜相公

示子聿

儒林早歲竊虛名白首何曾負短檠堪歎一衰今至此夢回聞汝讀書聲

紙閣午睡

紙閣甎爐火一杴斷香欲出礙蒲簾放翁不管人閒事睡味無窮似蜜甜

黃紬被煖青氈穩紙閣油窗晚更姸一飽無營睡終日自疑身在結繩前

春晚懷山南

梨花堆雪柳吹緜常記梁州古驛前二十四年成昨夢每逢春晚即悽然

壯歲從戎不憶家梁州裘馬鬭豪華至今夜夜尋春夢猶在吳園藉落花

梁州一別幾清明常憶西郊信馬行桃李成塵總閒事梨花楊柳最關情

身寄江湖兩鬢霜金鞭朱彈夢猶狂遙知南鄭城西路月與梨花共斷腸

初夏

紛紛紅紫已成塵布穀聲中夏令新夾路桑麻行不盡始知身是太平人

蒻韭醃虀粟作漿新炊麥飯滿村香先生醉後騎黃犢北陌東阡看戲場

稻未分秧麥已秋豚蹄不用祝甌窶老翁七十猶彊健沒膝春泥夜叱牛

買得新船疾似飛蠶飢遙望采桑歸越羅蜀錦吾何用且備鄰人卒歲衣

槐柳成陰雨洗塵櫻桃乳酪併嘗新古來江左多佳句夏淺勝春最可人

隋家古寺郡西南寺廢殘僧只二三藜藿滿庭塵闇佛時聞鐃鼓賽春蠶

渺渺荒陂古埭東柳姑小廟柳陰中放翁老憊扶藜

杖也逐鄉人禱歲豐

老翁賣卜古城隅兼寫宜蠶保麥符日日得錢惟買酒不愁醉倒有兒扶

舍北晚眺

紅樹青林帶莫煙竝橋常有賣魚船樊川詩句營邱畫盡在先生拄杖邊

日日津頭繫小舟老人自嬾出門遊一枝筇杖疏籬外占斷千巖萬壑秋

小舟遊近村捨舟步歸

數家茅屋自成村地碓聲中晝掩門寒日欲沈蒼霧合人間隨處有桃源

借得漁船泝小谿繫船浦口卻扶藜莫言村落蕭條甚也勝京塵沒馬蹄

不識如何喚作愁東阡南陌且閒遊兒童共道先生

醉折得黄花插滿頭。斜陽古柳趙家莊。負鼓盲翁正作場。死後是非誰管得。滿村聽說蔡中郎。

讀易

羸軀抱疾時時劇。白髮乘衰日日增。淨埽東窗讀周易。笑人投老欲依僧。老喜杜門常謝客。病惟讀易不迎醫。冬來更愧乖慵甚。醉過收蕎下麥時。

一壺歌

悠悠。日月。沒根株。常在人閒醉一壺。傾倒欲空還瀲灎。不曾教化不曾沽。先生醉後即高歌。千古英雄柰我何。花底一壺天所破。不曾飲盡不曾多。自從軒昊到隋唐。幾見中原作戰場。三十萬年如電。

掣不曾記得不曾忘

恥從嶽牧立堯庭況見商周戰血腥攜得一壺閒處飲不曾苦醉不曾醒

長安市上醉春風亂插繁花滿帽紅看盡人間興廢事不曾富貴不曾窮

懷舊

鶴鳴山下竹連雲鳳集城邊柳映門當日不知爲客樂如今回首卻消魂

駿騾西過雨漫天千里江山在眼邊二十四年如昨夢憑誰問訊帶枷僊

狼煙不舉羽書稀幙府相從日打圍最憶定軍山下路亂飄紅葉滿戎衣

翠崖紅棧鬱參差小益初程景最奇誰向豪端收拾得李將軍畫少陵詩

回龍寺壁看維摩最得曹吳筆意多風雨塵埃昏欲
盡何人更著手摩挲
嶓冢山頭是漢源故祠寂寞掩朱門擊鮮藉草無窮
樂送老那知江上村
讀杜詩
千載詩亡不復刪少陵談笑卽追還常憎晚輩言詩
史清廟生民伯仲閒
半丈紅盛開
滿酌吳中清若空共賞池邊半丈紅老子通神誰得
似短笻到處卽春風
感事
雞犬相聞三萬里遷都豈不有關中廣陵南幸雄圖
盡淚眼山河夕照紅
堂堂韓岳兩驍將駕馭可使復中原廟謀尚出王導

下顧用金陵為北門

渭上畫昏吹戰塵橫戈慷慨欲志身東歸卻作漁村老自誤青春不怨人

捫蝨當時頗自奇功名遠付十年期酒澆不下胷中恨吐向青天未必知

題韓運鹽竹隱堂絕句三首錄一

塵埃車馬日騣騣誰解從君一散襟待我清秋有閒日抱琴來寫萬龍吟

北園雜詠共十首錄一三四八九十

西村林外起炊煙南浦橋邊繫釣船樂歲家家俱自得桃源未必是神仙

小橋密接西岡路支徑深通北崦村老子意行無遠近月中時打野人門

東吳霜薄富園蔬紫芥青松小雨餘未說春盤供采

擷老夫湯餅亦時須

歲殘已似早春天隔水橫林一抹煙聞道埭西梅半吐攜兒閒上釣魚船

白髮蕭蕭病滿身凍雲野渡正愁人揚鞭大散關頭日曾看中原萬里春

莫年身似一虛舟付與滄波自在流垂地雪雲吹不散且傾桑落膾槎頭

雜感 慶元四年戊午七十四歲

志士山棲恨不深人知已是負初心不須先說嚴光輩直自巢由錯到今

勸君莫識一丁字此事從來誤幾人輸與茅檐負暄叟時時睡覺一頻伸

世事紛紛無已時勸君杯到不須辭但能爛醉三千日楚漢興亡總不知

百年鼎鼎成何事寒暑相催卽白頭縱得金丹眞不死摩挲銅狄更添愁

世閒魚鳥各飛沈茅屋青山無古今畢竟替他愁不得幾人虛費一生心

一杯濁酒卽醺然自笑閒愁七十年今日出門天地別此身如在結繩前

山人那信宦途艱强著朝衣趁曉班豪氣不除狂態作始知只合死空山

老子傾囊得萬錢石帆山下買烏犍牧童避雨歸來晚一笛春風草滿川

故舊書來訪死生時聞剝啄叩柴荆自嗟不及東家老至死無人識姓名

忍窮待死十年閒老子誰知老更頑溪友留魚供晚酌鄰僧送米續朝餐

戲作治生絶句

治生何用學陶朱少許能慳便有餘惜酒已停晨服藥省油仍廢夜觀書

龜堂雜題

龜堂端是無能者妄想元無一事成最後數年尤可笑飽餐甘寢送浮生

癡頑老子老無能遊惰農夫酒肉僧閑著菴門終日睡任人來喚不曾譍

長腰玉粒出新舂秋穫真成畝一鍾衣食麤供官賦足何妨世世作耕農

冷雨蕭蕭澀不晴亂書圍坐正縱横忽聞小瓮新醅熟急喚兒童洗破觥

太息

早歲元于利欲輕但餘一念在功名白頭不試平戎

策虛向江湖過此生

書生忠義與誰論骨朽猶應此念存砥柱河流僊掌日死前恨不見中原

自古才高每恨浮偉人要是出中州即今未必無房魏埋沒湖沙死即休

關輔堂堂墮虜塵渭城杜曲又逢春安知今日新豐市不有悠然獨酌人

梅花六首錄一五六

五十年閒萬事非放翁依舊掩柴扉相從不厭閒風月只有梅花與釣磯

秭歸江頭煙雨昏客舟夜繫梅花村相逢萬里各羇旅不待猨啼已斷魂

青羊宮前錦江路曾爲梅花醉十年豈知今日尋香處卻是山陰雪夜船

沈園

城上斜陽畫角哀沈園非復舊池臺傷心橋下春波綠曾是驚鴻照影來

夢斷香消四十年沈園柳老不吹緜此身行作稽山土猶弔遺蹤一泫然

致仕後卽事（共十五首錄一四五七九十五）

休官拜命不勝榮墨溼黃新照眼明絡繹交親來作賀羊腔酒擔擁柴荊

白髮三朝執戟郎賜骸偶值歲豐穰村東已種千畦麥舍北新添百本桑

老民一日脫朝衣回首平生萬事非赤腳婢沽村釀去平頭奴馭草驢歸

沈緜分已餞餘生造物苛留未遣行今日下牀還健在一編來就小窗明

一盂麥飯掩柴關坐久不堪腰腳頑拖得瘦藤閒信步小橋東北望螺山

多事車前要八騶老人惟與一藤遊未教變化爲龍去更踏人閒萬里秋

冬晴與子坦子聿遊湖上

湖邊細靄弄霏微柳下人家晝掩扉乘暖冬耕無遠近小舟日晚載犂歸

村南村北紡車鳴打豆家家趁快晴過盡水邊牛跡路嶺頭猨鳥伴閒行

道邊白水如牛湩知是山泉一脈來會挈風爐竝石鼎桃枝竹裏試茶杯

海山山下百餘家垣屋參差一帶斜我欲往尋疑路斷試沿流水覓桃花

老僧八十無童子禮佛看經總不能雙手丫叉出迎

客自稱六十六年僧

一榼無時可醉吟一藤隨處得幽尋先須挽取銀河水淨洗人間塵霧心

龜堂雜興 共十首錄八

朝來地碓玉新舂雞跖豚肩異味重便腹摩挲更無事老人又過一年冬

曳杖東岡信步行夕陽偏向竹間明丹楓吹盡鴉聲樂又得霜天一日晴

閩溪紙被軟於緜黎峒花紬暖勝氈一夜山中三尺雪未妨老子日高眠

三分帶苦檜花蜜一點無塵柏子香鼻觀舌根俱得道悠悠誰識老龜堂

方石斛栽香百合小盆山養水黃楊老翁不是童兒態無柰菴中白日長

少年身寄市朝中俗論紛紛聒耳聾清絶甯知有今日高眠終夜聽松風

蒲團安坐地爐温無位眞人出面門世上不知何歲月斷鐘殘角送黃昏

散樸澆淳萬事新腐儒空有涕沾巾唐虞不是終難致自欠皋夔一輩人

庚申元日口號慶元六年七十六歲

數行晴日照青鴛春入屠蘇瀲灎樽兒報山僧留刺去未爲無客到吾門

黃絁五丈裁衫穩黑黍三升作飯香造物要教無媿怍一身温飽出耕桑

南陌東阡自在身耄年喜見歲華新洛中九老非吾侶且作山陰十老人

晚塗初入長生運新歲仍當大有年賸與鄉鄰同見

醉市樓酒賤不論錢

仁和館外列鵷行憶送龍舟幸建康舍北老人同甲子相逢揮淚說高皇

枕上口占三首錄其末

五十年間萬事空嬾將白髮對青銅故人只有桃花在惆悵無情一夜風

喜晴

江湖春莫多風雨點滴空階實厭聽臘喜今朝有奇事一窗晴日寫黃庭

枕上

殘燈熠熠露螢明落葉蕭蕭寒雨聲堪笑衰翁睡眠少小詩常向此時成

斷香猶在夢初回燈似孤螢闔復開怪底詩情清徹骨數聲新雁枕邊來

對酒戲詠

淺傾西國蒲萄酒小嚼南州豆蔻花更拂烏絲寫新句此翁可惜老天涯

食晚

日高得米喚兒舂苦雨園蔬久闕供省事家風君看取半飢半飽過殘冬

小舟白竹篷蓋保長所乘也偶借至近村戲作

茅檐細雨溼炊煙江路清寒欲雪天不愛相公金絡馬羨他亭長白篷船

雪雲無際暗長空小市孤村禹廟東一段荒寒端可畫白篷籠底白頭翁

稻飯

買得烏犍遇歲穰此身永免屬官倉塘南塘北九千頃八月村村稻飯香元注鏡湖下至海凡種稻九千頃

追感往事

太平翁翁十九年，父子氣焰可熏天。不如茅舍醉村酒，日與鄰翁相枕眠。

世事紛紛過眼新，九衢依舊漲紅塵。桃花夢破劉郎老，燕麥搖風別是春。

渡江之初不暇給，諸老文辭今尚傳。六十年閒日衰靡，此事安可付之天。

文章光焰伏不起，甚者自謂宗晚唐。歐曾不生二蘇死，我欲痛哭天茫茫。

諸公可歎善謀身，誤國當時豈一秦。不望夷吾出江左，新亭對泣亦無人。

雨晴風日絕佳徙倚門外

一雙芒屩伴筇枝，不用兒扶自出嬉。貪看南山雲百變，舍西溪上立多時。

茶釅無端廢午眠杖藜信步到門前青裙溪女結蠶卦白髮廟巫催社錢

章老三年病方死吳翁一夕呼不醒獨有此身頑似鐵倚門常看莫山青（元注章吳皆鄰人以去冬死）

海上作

厭逐紛紛兒女曹挂帆江海寄吾豪鯨吞鼉作渾閑事要看秋濤天際高

夏日雜題（八首錄七八）

憔悴衡門一禿翁回頭無事不成空可憐萬里平戎志盡付蕭蕭莫雨中

衰疾沈緜短鬢疏淒涼圯上一編書中原久陷身垂老付與囊中飽蠹魚

出門與鄰人笑談久之戲作（四首錄其二）

莫靄昏昏半掩扉偶逢鄰叟荷鉏歸且令閒說鄉村

事莫問渠言是與非

夜歸 嘉泰元年辛酉七十七歲

今年寒到江鄉早未及中秋見雁飛八十老翁頑似鐵三更風雨采菱歸

芡浦菱陂夜半時小舟更著疾風吹青熒一炬楓林外鬼火漁燈兩不知

錢道人不飲酒食肉囊中不畜一錢所須飯及草屨二物皆臨時乞錢買之非此雖強與不取也

萬里飄如不繫船空囊短褐過年年食時無飯芒鞵破只向街頭旋乞錢

謨辱君王賜鏡湖身隨鷗鷺寄菰蒲行年八十猶強健欲伴先生去得無

秋日雜詠 八首錄一二三

都門初出若登仙弄水穿雲喜欲顛只恐光陰已無
幾不知又過十三年
五百年前賀季真再來依舊作閒人一生看盡佳風
月不負湖山不負身
菰蒲風起莫蕭蕭煙斂林疏見斷橋白蟹鱟魚初上
市輕舟無數去乘潮

倚樓 元注初三日

莫雲細細鱗千疊新月纖纖玉一鉤數息化工真妙
手衡寒來倚水邊樓

除夕

六聖涵濡作幸民明朝七十八年身門前西走都城
道臥看無窮來往人

梅花絕句 嘉泰二年壬戌七十八歲

幾年不到合江園說著當時已斷魂只有梅花知此

恨相逢月底卻無言

當年走馬錦城西曾爲梅花醉似泥二十里中香不斷青羊宮到浣花溪

聞道梅花坼曉風雪堆徧滿四山中何方可化身千億一樹梅前一放翁

小亭終日倚闌干樹樹梅花看到殘只怪此翁常謝客元來不是怕春寒

亂篸桐帽花如雪斜挂驢鞍酒滿壺安得丹青如顧陸憑渠畫我夜歸圖

紅梅過後到緗梅一種春風不並開造物無心還有意引教日日放翁來

別嚴和之

器之魂逝已難招尚有和之慰寂寥今夜月明空歎息想君孤棹泊溪橋

千里風煙行路難旅舟應過子陵灘人間富貴知何物莫負君家舊釣竿

夏初湖村雜題八首錄一四七

市遠村深客到稀草堂終日掩柴扉釀成新蜜蜂兒靜分盡殘泥燕子歸

日落溪南生莫煙幅巾蕭散立橋邊聽殘賽廟鼕鼕鼓數盡歸村隻隻船

幽禽兩兩已成巢新竹森森漸放梢稻壠作陂先蓄水野堂防漏卻添茅

夜吟先生以嘉泰二年五月入都直史局修兩朝實錄三朝史此下皆在都時之詩

似睡不睡客欹枕欲落未落月挂檐詩到此時當得句羈愁病思恰相兼

六十餘年妄學詩工夫深處獨心知夜來一笑寒燈下始是金丹換骨時

感舊贈超師

一聲清蹕出行宮百尺黃旗繡戲龍我赴文場君受戒道邊曾共望高宗。

謝韓實之直閣送燈

玉作華星綴絳繩樓臺交映莫天澄東都父老今誰在腸斷當時諫浙燈

舊友年來不作疏華燈乃肯寄蝸廬甯知此老蕭條甚二尺檠前正讀書

紹興癸亥余以進士來臨安年十九明年上元從舅光州通守唐公仲俊招觀燈後六十年嘉泰壬戌被命起造朝明年癸亥復見燈夕遊人之盛感歎有作

隨計當時入帝城笙歌燈火夜連明甯知六十餘年後老眼重來看太平。

夢遊

太華峯頭秋氣新醉臨絕壁岸綸巾世閒萬事惟堪笑禹跡茫茫九片塵

九秋風露洗頭盆萬里雲煙腰帶鞋小瓮松醪知已孰與君爛醉不須醒

客途幽夢苦凄凄滿眼山川意卻迷條華朝驅雲外騎河潼夜聽月中雞

聞蛩

蟬聲未斷已蛩鳴徂歲崢嶸得我驚八十光陰猶幾許勉思忠敬盡餘生

稽首周公萬世師小儒命薄不同時秋蟲卻是生無憾名在豳人七月詩

湖上秋夜

湖上山銜落月明釣筒收罷葉舟橫不知身世在何

許一夜蕭蕭蘆荻聲

秋思 三首錄一

烏桕微丹菊漸開天高風送鴈聲哀詩情也似并刀快翦得秋光入卷來

雜興 三十首錄三七八

靈府甯容一物侵此身只合老山林何由挽得銀河水淨洗羣生忿慾心

扁舟夜載石帆月雙屨曉穿天柱雲八十老翁能辦此不須身將渡遼軍 元注謂李勣

犀象本安山海遠楩楠豈願棟梁材伏波病困壺頭日應有嚴光入夢來

書事

聞道輿圖次第還黃河依舊抱潼關會當小駐平戎帳饒益南亭看華山 元注饒益寺南亭盡得太華之勝

關中父老望王師想見壺漿滿路時寂寞西溪衰草
裏斷碑猶有少陵詩

鴨綠桑乾盡漢天傳烽自合過祁連功名在子何殊
我惟恨無人快著鞭

九天清蹕響春雷百萬貔貅扈駕回不獨雨師先灑
道汴流衮衮入淮來

雨後

雨後涼生病體輕閒拖拄杖出門行槐花落盡桐陰
薄時有殘蟬一兩聲

甲子秋八月偶思出遊往往累日不能歸或遠
至傍縣凡得絕句十有二首雜錄入槖中亦
不復詮次也錄一三五六七八九十二

齧雪猶能活窖中僧牛亦可隱牆東來歸里社當知
幸萬卷書邊一老翁

早攜書劍三隨計晚辱弓旌四造朝心媿石帆山下叟一生不識浙江潮

著囊藥笈每隨身問病求占日日新向道不能渠豈信隨宜酬答免違人

藥麤野老偏稱効詩淺山僧妄謂工懷對裏茶來問訊不妨一笑寂寥中

家居愈老厭拘纏旅舍僧房意自便乞菜作羹殊有味借牀小憩即成眠

鄉閭敬老意常勤一味甘鮮必見分大胾在前無箸食始知富貴本浮雲

市樓嘈囋知豐歲驛樹輪囷傲早霜六十年閒凡幾到賸沽新酒對斜陽

秋風敗葉委蒼苔小蹇閒遊始此回溪上風煙爭晚渡縣前燈火賣新醅

感昔

行年三十憶南遊穩駕滄溟萬斛舟常記早秋雷雨霽枕師指點說流求

馬瘦行遲自一奇溪山佳處看無遺酒壚强挽人同醉散去何曾識是誰

負琴腰劍成三友出蜀歸吳歷百城最是客途愁絕處巫山廟下聽猨聲

岳陽三伏正炎蒸爽氣淒風見未曾白浪蹴天樓欲動當時恨不到黃陵

行徧天涯只漫勞歸來登覽興方豪雲生神禹千年穴雪捲靈胥八月濤

莫秋

多雨今秋水渺然溝溪無處不通船山回忽得煙村路始信桃源是地仙

閑傾清聖濁賢酒穩泛朝南莫北風射的山前雲幾
片一秋不散伴漁翁
百年大耋龍鍾日九月初寒慘澹天嶺谷高低明野
火村墟遠近起炊煙
舍前舍後養魚塘溪北溪南打稻場喜事一雙黃蛺
蝶隨人來往弄秋光
九月山村已驟寒看雲殊怯倚闌干一杯濁酒栽培
睡不覺春雷起鼻端
清秋又是一年新滿眼丹楓映白蘋海內故人書斷
絕汀洲鷗鷺卻心親

晚歸

梅市橋邊弄夕霏菱歌聲裏棹船歸白鷗去盡還堪
恨不爲幽人煖釣磯

太息

太息貧家似破船不容一夕得安眠春憂水潦秋防旱左右枝梧且過年

禱廟祈神望歲穰今年中熟更堪傷百錢斗米無人要貫朽何時發積藏

北陌東阡有故墟辛勤見汝昔營居豪吞暗蝕皆逃去闔戶無人草滿廬

柳橋

村路初晴雪作泥經旬不到小橋西出門頓覺春來早柳染輕黃已蘸溪

鷗

海上輕鷗何處尋煙波萬里信浮沈今朝忽向船頭見消盡平生得喪心

鷺

雪霽春回亦樂哉棋軒正對小灘開翩翩飛鷺真吾

友肯爲幽人一再來

夢中作開禧乙丑八十一歲

華山敷水本閒人一念無端墮世塵八十餘年多少事藥爐丹竈尚如新

自詠絶句

雙鬢蕭條失故青躬耕猶得養餘齡明時恩大無由報欲爲鄉鄰講孝經

深村人有結繩風晚歲身爲帶索翁歠粥茹蔬茅屋底誰知也過百年中

不論鬼錄不登仙遊戲杯觴近百年小市跨驢寒日裏任教人作畫圖傳

逆旅門前撥不開先生醉策蹇驢來未言乞得囊中藥一見童顏且壓災

遠遊索手不齎糧薪米臨時取道傍今日晴明行亦

好經句風雨任何妨

一條紙被平生足半盌藜羹百味全放下元來總無事雞鳴犬吠送殘年

平生甯獨愛吾盧何處茅檐不可居晝闕僮奴停接客夜無膏火罷觀書

睡著何曾厭夜長老人少睡坐何傷無燈無火春寒惡破絮麤氈即道場

新製小冠

淺醉微吟獨倚闌輕雲淡月不多寒悠然顧影成清歗新製栟櫚二寸冠

栟櫚冠子輕宜髮練布單衣爽辟塵縱不能詩亦堪畫年餘八十水雲身

秋懷

少年萬里度關河老遇秋風感慨多草聖詩情元未

減若無明鏡柰君何

園丁傍架摘黃瓜村女沿籬采碧花城市尚餘三伏熱秋光先到野人家

迢迢枕上望明河帳薄簾疏柰冷何不惜衣篝重換火卻緣微潤得香多

詩如水淡功差進身似雲孤累轉輕落葉擁籬門巷晚一枝藤杖且閑行

秋思絕句六首錄前五

煙草茫茫楚澤秋牧童吹笛喚歸牛九衢不是風塵少一點能來此地不

榮悴元知豈有常紛紛草木占年光霜風一埽知何在楚客從來枉斷腸

一片雲生便作陰東軒草樹共蕭森秋風豈必關人事自是衰翁感慨深

枳棘編籬晝掩門桑麻遮路不知村平生詩句傳天下白首還家自灌園

胸次本來容具區自私盆盎一何愚片帆忽逐秋風起聊試人閒萬里途

老學菴北窗雜書三七首錄六

茅齋遙夜養心君靜處工夫自策勳正喜殘香伴幽獨鴉鳴窗白又紛紛

松棚接屋得陰多石徑生苔奈滑何盡道疏籬宜細雨晴時最好晒漁蓑

秋興

晨興秋色已淒淒咿喔猶聞隔浦雞說與僧門謝來客要乘微雨理蔬畦

村酒甜酸市酒渾猶勝終日對空樽茅齋不奈秋蕭瑟蹋雨來敲野店門

囷儲赤米枝梧飯篋有青氈準擬寒政使堆金無處
用不須常貯一錢看
病起殘骸不自支旋烹藜粥解羸飢一編蠹簡青燈
下恰似吳僧夜講時
淹速從來但信緣襟懷無日不超然喚船渡口因閒
立待飯僧牀得暫眠
放翁老矣欲何之采藥名山更不疑但入剡中行百
里姓名顏狀有誰知
樵客高僧兩斷蓬偶同煙榜泛秋風栖賢雪夜悤悤
別豈意相逢在剡中

道室卽事

看盡吳山看蜀山歸來不減舊朱顏宣和遺老凋零
盡況說祥符景德閒
松根茯苓味絕珍甑中枸杞香動人勸君下筯不領

略終作邛山一窖塵

徧遊海嶽卻歸秦除卻南山萬事新長劍高車何足道金人十二也成塵

黃金堆屋無處用甲第連雲誰與居莫笑先生無僕馬風雷萬里跨鯨魚

憶昨 開禧三年丁卯八十三歲

入蜀還吳迹已陳蘭亭道上又逢春諸君試取吾詩看何異前身與後身

當年落魄錦江邊物外常多宿世緣先主廟中逢市隱丈人觀裏識巢仙 元注蘧道人賣藥成都市中巢仙謂上官先生

萬里曾爲汗漫遊豈知白首弄漁舟會騎一鶴淩風去何處人間無酒樓

出遊歸臥得雜詩

江天缺月西南落村路寒雞一再鳴自笑此身羈旅

慣野橋孤店每關情。
江村何處小茅茨紅杏青蒲雨過時。半幅生綃大年
畫一聯新句少游詩。
眼明未了觀山債。力在猶能涉水行莫笑軒然誇老
健身存終勝得浮名。
壯歲經春在醉鄉老來數酌不禁當。正須獨倚蒲團
坐領略明窗半篆香。
兒扶行飯出柴扉傴僂方嗟氣力微。道側偶逢耘麥
叟倚鋤閒話雨忘歸
久讀仙經學養形未容便應少微星。一枝新鍛金雅
觜更向名山斸茯苓。
薺花如雪滿中庭乍出芭蕉一寸青。老子掩關常謝
客短蓑鋤菜伴園丁。
晚交數子多才傑誰肯頻來寂寞鄉但寄好詩三四

幅絕勝共笑億千場

煙波即事

短髮垂肩不裹巾世人誰識此翁真阻風江浦詩成束賣藥山城醉過春

煙波深處臥孤篷宿酒醒時聞斷鴻最是平生會心事蘆花千頃月明中

家浮野艇無常處身是閒人不屬官但有濁醪吾事足浮名不作一錢看

落鴈沙邊艇子斜分明清夢上三巴眼明一點炊煙起不是漁家即酒家

雕胡炊飯芰荷衣水退浮萍尚半扉莫爲風波羨平地人間處處是危機

夢筆橋邊聽午鐘無窮煙水似吳松前年送客曾來此惟有山僧認得儂

淚迹人間數十年年年散髮醉江天岳陽樓上留三日聊與瀟湘結後緣

煙水蒼茫絕四鄰幽棲無地著纖塵蕭條雞犬楓林下似是無懷太古民

歸老何須乞鏡湖秋來日日飽蓴鱸正令霖雨稱賢佐未及煙波號釣徒

父子團欒到死時漁家可樂更何疑高文大策人皆有且聽煙波十絕詩

見鵲補巢戲作

臥看銜枝鵲補巢方知此老懶堪嘲山村四十餘年住未省曾添一把茅

春晚卽事

桑麻夾道蔽行人桃李隨風旋作塵煜煜紅燈迎婦擔鼕鼕畫鼓祭蠶神

小時抵死願春留老大逢春去即休今歲禹祠纔一到安能分日作遨遊

漁村樵市過殘春八十三年老病身殘虜遊魂苗渴雨杜門憂國復憂民

龍骨車鳴水入塘雨來猶可望豐穰老農愛犢行泥緩幼婦憂蠶采葉忙

雜詠十首錄其二

鏡中顏狀年年改海內交朋日日疏一慟寢門生意盡從今無復季長書元注近聞張季長物故

夏日雜題六首錄前五

東吳五月黃梅雨南浦孤舟白髮翁貂插朝冠金絡馬多年不入夢魂中

午夢初回理舊琴竹爐重炷海南沈茅檐三日蕭蕭雨又展芭蕉數尺陰

新縫細葛作蟁裯簟展風漪凜欲秋啼鳥一聲呼夢斷依然書卷在牀頭

檐前桐影偏宜夏葉底蟬聲漸報秋莫道衰翁怯風露也能覓醉水邊樓

渚蒲經雨送微馨野鶴凌風有墮翎歸入衡門天薄莫清溝淺浸兩三星

秋晚雜興

汀樹猶青未著霜壠間稗穗已先黃放翁皓首歸民籍爛醉狂歌坐簀牀

昔遇高皇起衆材姓名曾得廁鄒枚年踰八十猶縣死卻伴鄰翁斸芋魁

老病侵凌不可當時時攬鏡自悲傷西風吹散朝來酒依舊衰顏似葉黃

冷落秋風把酒杯半酣直欲挽春回今年菰菜嘗新

晚正與鱸魚一併來

置酒何由辦咄嗟清言深媿淡生涯聊將橫浦紅絲磑自作蒙山紫筍茶

洗耳高人恥見堯看渠應不受弓招精神徇物那能久刀礪君看日日銷

石帆山下醉清秋常伴漁翁弄小舟箬笠照溪吾自喜貂蟬誰管出兜鍪

煙波萬頃鏡湖秋清嘯雖聞不可求自是世閒知者少山林何代乏巢由元注隱者

禹巡吾國三千歲陳迹銷沈渺莽中豈獨江山無定主苔磯知換幾漁翁元注禹廟

江東誰復識重瞳遺廟敧斜草棘中若比咿嚶念如意烏江戰死尚英雄元注項羽廟

漠漠漁村煙雨中參差蒼檜映丹楓古來畫手知多

少除卻范寬無此工

渺渺風煙接小江牛頭山色滿蓬窗門前西走錢塘路也有閒人似老龐

二友

剩儲名酒待梅開淨埽虛窗候月來老子幽居得二友人閒萬事信悠哉

歲晚六首錄四五

小岫嶙峋炷寶熏卷書閒對一窗雲鴈聲忽向天邊過起立中庭看斷羣

小塢梅開十二三曲塘冰綻水如藍兒童鬬采春盤料蓼茁芹芽欲滿籃

曉起折梅

織女斜河漏已殘長庚配月夜將闌小橋幽徑無人見折得梅花伴曉寒

新春感事八首終篇因以自解 錄一三五六八〇嘉定元年

戊辰八十四歲

九陌風和不起塵平湖氷解欲生鱗往來朝莫紛如蟻得見新春有幾人。

一年最好早春天風日初和未脫緜坎坎圓鼙賽神社。翻翻小繖下湖船。

錦城舊事不堪論回首繁華欲斷魂繡轂金羈二十里。至今猶夢小東門。

玻瓈江上柳如絲行樂家家要及時只怪今朝空巷出。使君人日宴蟆頤。元注眉州

烏藤即是碧油幢百萬天魔指顧降酣枕不知霜縞瓦。下牀已見日烘窗。

記閒

白雲堆裏看青山猨鳥爲鄰日往還黃綺後身應我

是。再來依舊一生閒。

春遊四首錄一三四

方舟衝破湖波綠。聯騎蹋殘花徑紅。七十年閒人換盡。放翁依舊醉春風。（元注予年十四始到禹祠龍瑞今七十一年矣）

蘭亭路上換春衣。梅市橋邊送夕暉。聞有水仙翁是否。輕舟如葉槳如飛。

沈家園裏花如錦。半是當年識放翁。也信美人終作土。不堪幽夢太悤悤。

書憂

時人應怪我何求。白盡從來未白頭。磅礴崑崙三萬里。不知何地可蘊憂。

門外獨立

朝看出市莫看歸。數盡行人尚倚扉。要見先生無盡興。少須高樹挂殘暉。

書感

翟公冷落客散去蕭尹譴死人所憐輸與桐君山下叟一生散髮醉江天。

驅山不障東逝波一樽莫惜醉顏酡。斜風細雨苕溪路。我是後身張志和。

秋暑夜起追涼

漱罷寒泉弄月明。浩然風露欲三更。曲闌干畔踟躕久。靜聽空廊絡緯聲。

道士磯邊浪蹴天。郎官湖上月侵船。莫年自度無因到。且與沙鷗作後緣。道士磯今名道士洑在蘄州郎官湖在漢陽

秋思十首未鈔者七十

秋雲易簇日常陰西望山村每欲尋屏掩數峯臨峭絕虵蟠一徑入幽深。

山步溪橋入早秋飄然無處不堪遊。僧廊偶爲題詩

入魚市常因施藥留

臨海銅燈喜夜長蘄春笛簟怨秋涼世間生滅無窮
境盡付山房一炷香

才不才閒未必全胷中元自要超然黃金不博身强
健且醉江湖萬里天

牙齒漂浮欲半空此生已付有無中一杯藜粥楓林
下時與鄰翁說歲豐

疏泉洗石誇身健試墨燒香破日長若得三山安樂
法不須更覓玉函方

閒愁正可資詩酒小疾安能減食眠一畝旋租畦菜
地千錢新買釣魚船

眼明尚見蠅頭字暑退初親雁足燈歷歷胷中千載
事莫將輕比住菴僧

感事

已醉猩猩猶愛屐。入秋燕燕尚爭巢。老夫看盡人間事。欲向山僧學打包。

仲秋書事十首未鈔者二五

秋風社散日平西。餘胙殘壺手自提。賜食敢思烹細項。家庖仍禁臠團臍。元注昔爲儀曹郎兼領膳部每蒙賜食與王公略等食品中有羊細項甚珍予近以惡殺不食蟹

斷雲歸岫雨初收。茅舍蕭條古渡頭。短褐老人垂九十。松枯石瘦不禁秋。

客來深媿里閭情。近爲衰殘罷送迎。旋置風爐煎顧渚。劇談猶得慰平生。

書生習氣盡驅除。酒興詩情亦已無。底怪今朝親筆硯。村鄉來請辟蝗符。

靈府不搖神泰定。病根已去脈和平。金丹妙處無多子。只要先生兩眼明。

省身要似晨通髮止殺先從莫拍蚊老負明時無補
報惟將忠敬事心君
杖得輕堅餘可略酒能醇勁更何求二一君最是平生
舊白首相從萬事休
心明始信元無佛氣住何曾別有仙領取三山安樂
法蒲團紙帳過年年

溪上小雨

我是人閒自在人江湖處處可垂綸埽空紫陌紅塵
夢收得煙蓑雨笠身

聞新雁有感

才本無多老更疏功名已負此心初鏡湖夜半聞新
雁自起吹燈讀漢書
新雁南來片影孤冷雲深處宿菰蘆不知湘水巴陵
路曾記漁陽上谷無

初冬雜詠八首鈔一四五六七

重陽已過二十日殘菊纔存三四枝對酒插花君勿笑從來不解入時宜

微風蹙水靴文淚薄日烘雲卵色天但恨世間閒客少江湖底處欠漁船

書生本欲輩莘渭蹭蹬乃去爲詩人囊中略有七千首不負百年風月身

俗緣已斷箒容續幽事雖多不厭增折簡迎醫看病鹿春粳炊飯供遊僧

夜窗父子共煎茶一點青燈冷結花村落盜清無吠犬園林月上有啼鴉

得子虞書言明春可歸

白首相依飽蕨薇吾家父子古來稀春秧出水柔桑綠正是農時望汝歸

雜賦 十二首 錄二、六

病叟胸中一物無夢遊信脚到華胥覺來忽見天窗白短髮蕭蕭起自梳

昔人莽莽荒邱裏陳迹紛紛朽簡中畢竟是非誰辨得舉杯吾欲問虛空

梅 二首 錄一

三十三年舉眼非錦江樂事秪成悲溪頭忽見梅花發恰似青羊宮裏時

春日雜興 嘉定二年己巳八十五歲 十二首錄一、七、八、九、十

方塘盎盎帶泥渾遠草青青沒燒痕只道雨晴春晝永歸時不覺已黃昏

一枝筇杖一山童買酒行歌小市中莫笑摧頹今至此當年萬里看春風

四十餘年學養生誰知所得亦平平體羸不犯寒時

出路溼常尋乾處行

攪睡禽聲曉傍檐泥人花氣午穿簾懽情老去年年薄困思春來日日添

陰晴不定春猶淺困健相兼病未蘇見說市樓新酒美杖頭今日一錢無

花下小酌

柳色初深燕子回猩紅千點海棠開鯗魚蒓菜隨宜具也是花前一醉來

雲開太華插遙空我是山中采藥翁何日胡塵埽除盡敷溪道上醉春風

夏日十二首錄一三八九十十一十二

暑夏初晴晝漏遲江鄉樂事有誰知村村壠麥登場後戶戶吳蠶坼簇時

竹根斷作眠雲枕木癭刳成貯酒尊怪怪奇奇非著

意自無俗物到山村
謝客捐書日日閒行穿密竹臥看山巖前恨欠煎茶
地安得茅茨一小閒
蘋生洲渚微風起梅熟園林細雨來咫尺柴門常懶
出不教拄杖損蒼苔
側臥橫眠百不知軒窗寂寂雨絲絲豈無布襪青鞋
興過卻梅天出未遲
幽花婭姹開還斂小蝶翩翾去復留貪睡畸翁俱不
領被人錯喚作閒愁
山下柴荊晝不開苔生古井暗楸槐新詩哦罷閒無
事移取藤牀睡去來

即事八首錄三四

煙雨淒迷曉不收疏簾曲几寄悠悠一雙蛺蝶來何
許點盡青青百草頭

生來骨相本酸寒天遣沙頭把釣竿但稱山人擲耳帽敢希楚客切雲冠

嘉定己巳立秋得膈上疾近寒露乃小愈十二首錄

一八九

獨立溪橋看落暉殘蕪漠漠蝶飛飛從來澤國秋常晚歎息衰翁已衲衣

小詩閑淡如秋水病後殊勝未病時自翦矮箋謄斷稾不嫌墨淺字傾欹

八月吳中風露秋子鵝可炙酒新篘老人病愈鄉閭喜處處邀迎共獻酬

梅市書事

羸馬孤愁不可勝小詩未忍付瞢騰一聲客枕江頭雁數點商船雨外燈

示兒

死去元知萬事空但悲不見九州同王師北定中原日家祭無忘告乃翁

十八家詩鈔卷二十八

西元二〇二二年一月一日重製一版

十八家詩鈔 冊四（清曾國藩輯）

平裝四冊基本定價參仟捌佰元正
（郵運匯費另加）

發行人 張敏君
發行處 中華書局
臺北市內湖區舊宗路二段一八一巷八號五樓（5FL., No. 8, Lane 181, JIOU-TZUNG Rd., Sec 2, NEI HU, TAIPEI, 11494, TAIWAN）
客服電話：886-8797-8396
公司傳真：886-8797-8909
匯款帳戶：華南商業銀行西湖分行
179100026931
印刷：經典數位印刷有限公司
海瑞印刷品有限公司

No. N3080-4

國家圖書館出版品預行編目(CIP)資料

十八家詩鈔/(清)曾國藩輯. -- 重製一版. -- 臺北市 : 中華書局, 2022.01

冊 ; 公分

ISBN 978-986-5512-71-2(全套 : 平裝)

831 110021465